梦呓
泽公

舒飞廉 著

四川人民出版社

目　录

代序

01 周毅老师二三事

应该是2007年的初夏，我还在《今古传奇》的武侠版做编辑，当年游侠人，每天清早开着车，绕今天的东湖绿道，由杉树藕塘间的公路，俯冲河桥，走近二十公里，去郊区新树荒草间的编辑部上班。一天上午接到周毅老师的电话，说出差在武汉，要顺便来看看。之前她在MSN上找到我，说《文汇报》的“笔会”副刊想选一些《飞廉的村庄》中的篇章，分几次连载。其时我并不知道“笔会”，不知道它在我国现当代散文史上的声名，也不知道将已经发表过的文章分期重新刊出，是它的破例。我躲在偏僻的东湖里做侠客梦，有时写一点小说和诗，只是一个业余的文学爱好者，将《飞廉的村庄》涂抹到BBS版上，被读者看到，是意外。由她住的酒店过来，要过长江，武汉彼时又是一个“光灰”的堵城，我有一点想推，但她很坚持，就这样，我一个编辑，生平第一次，以一个作者的身份，去见另外一个编辑。

今天绿道上的大李村已经是小资青年云集的文创地，当年却是武昌郊区农家乐的渊薮。我请风尘仆仆赶来的周毅老师在一家普通的餐馆吃饭，江湖菜，有一道很风行的腊鸭焖藕，我一定点了，因为天气热，还特别要了冰啤酒。她给我的印象是浓眉大眼的大姐，谈锋很盛，是刚刚好的那种干练，并不会让人感觉到话语的压迫，她脸色有一点发暗，现在我已经知道，那时候她其实刚刚由病痛里走出来，担任起“笔会”的工作。我们谈到乡村的观察，不是苦大仇深，不是农家乐，也不仅仅是纯真童年，一种新的变化正在发生，有必要以散文的体例，将之记录下来。这便是我在“笔会”上的栏目“风土记”的由来，也是后来我写《草木一集》《云梦出草记》的由来。我大概就是由这一次谈话里，慢慢走出“江湖岁月”，变成了一个描写乡村的散文作者。这大概也是周毅老师发现作家，将他们由日常生活引向“笔会”的一个案例，有一点像王重阳找到丘处机等“全真七子”，将他们由俗世中一一“钓”出来，他们求的道，是长生不老，我们大概是文章之道吧。周毅老师自海上来这片武汉“野鹅塘”，冥冥中是来点化木剑客的。

第二次见到周毅老师，是2014年的秋天，我已经由苏州大学修完学位，准备去学校教书，在参加过一次苏大的学术会之后，转道去上海，这次的回访，已经是七年之后了。我按照她的指令，由苏州坐高铁，由虹桥转地铁，到威海路附近一个庞大的玻璃钢铁的商业中心，由层层转折的电梯上到七楼某餐厅等她中午下班，由编辑部走过来赏饭。依旧是浓眉大眼的大姐，我的印象是，她好像比七年之前，显得更年轻有朝气。我被她推荐了一批精细的点心，消化这些点心的，除了菊花茶，还有与路明与李娟相关的话题，这是她新发现的作者，谈起他们的生活与文字，她如数家珍，眉飞色舞。2020年1月我又去上海参加她的追思会，在烛光跳闪的席间遇到路明兄，谈起她对小镇记事的赞叹，路明腼腆地抓着后脑勺，也回忆起在此餐厅里被毅姐赏饭的经历，“她跟我谈的是李娟、飞廉啊！”我一下子明白了，这个餐厅的茶点与话题，大概也是与散文、与“笔会”息息相关的，我们这些访客，“英华风发”的新人，“淳厚耐读的底色”，都被周毅老师的劳作，织进同一条文脉之中。

饭后我去火车站，她回编辑部，有一段路是相同的，我们还顺便走进了附近的一条里弄，周毅老师也能如数家珍般谈起这些民国的洋房里，曾经有过的名人与逸事，好像张爱玲们、王琦瑶们，此时此刻，就生活在那些布尔乔亚的石库门百叶窗后面。之前我也常到上海，多半是在机场车站、出租车、酒店与会议室中间折腾，此番回访，是第一次入迷宫，知道一点大都市之下的烟火气。说到迷宫与烟火气，大概也与我自己的写作有一点关系。那几年，是常常被周毅老师批评的，她说这些风土文章写得好看，写得正确，写得流利，但它们是浮在表面的。的确应该有入迷宫的勇气，不仅仅是做一个观察者，还应该沉浸到乡村活泼泼的声色中去。没有武汉的陶渊明，也没有纽约的梭罗，你必须在乡村，在风土之中。“风土记”也由此发生了变化，它终于由外在的“看 ”转向了更具复杂性与体验性的“乡间生活”本身。这一条穿过迷宫的道路，也是由她激发指引出来的。

那天下午，我与周毅老师在报社门口作别，她笑说要不去编辑部看看？我说“等下次”。随着她2019年英年的逝世，这“下一次”已经没有了。2017年其实还有一次碰面的机会，暑假她准备与李娟结伴到湖北恩施、神农架旅行，我自荐开车，又担心鄂西盘绕的山路，还特别请孝感的好友冯志华兄一起做司机，我们做好了攻略，临近出发的时候，她电话告诉我说体检遇到了麻烦。鄂西的奇山丽水、洞天林树，与她多次探访的陈渠珍、沈从文、黄永玉的湘西，并没有什么不同，她用热情、有英气的文字写过，可惜的应是腾龙洞、梭布垭、屏山峡谷、神龙顶这些“地灵”，它们中国西南的神荒，桃花源的灵秀，再无机会被她捕捉到、描写出来了。

这是我与周毅老师在现实生活中的两次见面，加起来，大概是三四个小时吧。与在电子邮件、微信对话框里，十余年间，一通一通、一次一次的网络讨论比较起来，是渺渺沧海之一粟。以上的文字，也是因周毅老师的家人替她在微信里邀请写出来的，会像之前的二三十篇“风土记”一样，发到对话框上去。黄德海兄讲，他觉得周毅没有离去，她会在微信的另一端，看着我们的文字，激发我们去写。我也深有同感，我们尚共在于宇宙之中，能通过网络持续对话，我会继续写下去，生活下去，以期待新的聆听她指引与教诲的机会。

2020年4月25日，武汉

02 柳椅

沿着东湖水岸走，好看的第一是水杉，第二是柳树。水杉兴起于六十年前川鄂路上的植物大发现，武汉得地利，移植早，所以羽仪俊秀，已蔚然成林。柳树自然是城市公园的标配，扶长在水湄，补了死，死了补，几十年下来，老少不一。柳树主控形态的基因不稳定，与动物中的犬科有得一比，春夏秋冬，积年累月，水火既济，横生竖长，小的挺拔，老的古媚，我早晚去散步，就好像走在一群千姿百态的柳树精中间。

说到柳树精，我脑补的，其实会是一群男妖。晚唐温庭筠诗词之外，也写传奇，他写过一个《薛弘机》的故事，隐士薛弘机住在东都渭桥铜驼坊，晚上有老秀才来访谈周易，吟诗道："谁谓三才贵，余观万化同。心虚嫌蠹食，年老怯狂风。"后来狂风吹倒隐士桥边老柳树，薛弘机明白了，原来一肚子学问的老秀才就是它变化的。柳树的树汁，大概就是植物界的可口可乐，特别招虫子，虫子咬出空洞，北风来吹，焉得不倒。东湖边的许多柳树，也是来不及成精，就被风拉折了。《聊斋志异》里又有一则《柳秀才》，讲的是县令得一位“峨冠绿衣，状貌修伟”的柳秀才托梦，让他半路上拦住一个骑母驴子的女人，这个女人其实是来作法的女蝗神。女蝗神被县令恳求，很无奈，很生气，只好转移愤怒，将蝗虫全撒到了柳树身上——柳秀才其实是很讲义气的侠客，不是吗？

唐传奇小说中的柳毅不仅是书生，也是侠客。钱塘君激赏他替龙女千里送信的义气，趁酒意跳出来说媒，结果惨遭回绝。不是龙女不好看，也不是泾河之畔的男主女主第一眼没有来电，柳毅觉得，他传书是为义，不为色，很别扭，对吗？龙女只好经过了好几个曲折，才抱得这别扭的夫婿归。陶渊明爱菊花，爱木槿（荣木），也爱青松，最后还是根据门口的五棵柳树，给自己取名“五柳先生”。我跟学生上课讲到《五柳先生传》，常问学生，为什么是五棵？为什么是柳树？为什么是先生？为什么是“传”？看起来无厘头，其实大义存焉。五柳先生非汉非奚（族），非晋非宋（朝），非儒非道，非官非农，其实也蛮别扭的。其他如柳宗元，年轻锐进的官员被心怀愤恨的皇帝贬入南荒，从此不再回来，他“斗折蛇行”的《永州八记》，叙事描写之好，其实在一个“曲”字。柳公权的柳体字，是书法入门的一大门径，与颜真卿浑厚圆润的大字比较起来，柳字是爽利挺秀，“书贵瘦硬方通神”。这些书生，做事、为人、为文、写字，好像都跟“柳”有一点关系，有一股子别扭劲儿。

所以柳树的得名，可能不是音节上通“留”，而是会意在这个“卯”字。早上六七点钟，是卯时，大伙儿由七环到五环，由五环到二三环，排除万难点卯上班，卯时是星星落、太阳出，黑暗与光明分野的时刻。木匠师傅拿起射钉枪，嗖嗖地将一块木头与另外一块木头扭在一起，铁匠师傅抡着锤子，将一块铁打入另一块铁里，都是在“铆”起劲来铆。冬去春来，清明到了，我们插柳在门口，之所以能辟邪，是因为柳树早早发芽，是寒冬与阳春的分野？昔我往矣，杨柳依依，从前朋友们灞桥伤别，折柳相送，除了表达留恋之情，也还想用这股心灵的“铆”劲，来抗拒虚无的流年吧？我们多么希望友谊、爱情、青春岁月能长留在身边。另一个唐传奇故事里，韩翃重返长安，以“章台柳，章台柳，昔日青青今在否？纵使长条似旧垂，也应攀折他人手”，投诗问讯昔年的美妾柳氏，他心目中的柳树，是水性杨花、残花败柳、随手可折的“柳”，柳氏的回诗是：“杨柳枝，芳菲节，所恨年年赠离别！”她心中的柳，却是抗拒流年的“卯木”！

小时候，父亲在我家门前，也种有一棵柳树。房前柳，屋后竹，河边桑树一片绿。他老人家一介农夫，没得离意别绪，也顾不上风花雪月，自然也学不来桓温种柳，等到我们儿女成行，来感叹一番：“树犹如此，人何以堪！”我知道，他栽这棵柳树，是为了“曲”椅子坐。大概是两三年的光景，由柳树支离的主干上抽出来的侧枝就会有胳膊粗细，锯下来，剥去皮，放到火堆里，火逼灰炙，长的弯成椅靠，短的斗楔成椅座，大概花掉一天工夫，他就可以将七八根柳枝变成三四把白崭崭的新椅子，由我们兄妹四人一人分一个，椅背上火烤过的黑印子，得很久才会消磨掉。枫杨、楝树、榆树、椿树都曲不成，父亲说它们都没得“弯性”，枣树可以，但枣树又太犟，它们需要更大的火堆炙烤，真正曲好，都是为牛做轭头去了，一物降一物，牛犟不如枣木犟。我们盯上的，则是更加细小的柳枝，除了清明节前后弯成柳帽往头上戴，将柳枝的嫩皮与细叶捋向末端做成“悠悠”（孝感方言，取鱼竿一样上下晃颤之意），我们还会将柳枝截断成三四寸一节，然后一节一节刻皮，标记成麻将牌中一条、二条、三条的样子，全部去掉皮，就是“光棍儿”，用三四十根这样的细棍，往地上一堆，一根一根地挑出来，可以玩一种近似于扑克牌的游戏，我记得四个“光棍儿”组成的“炸弹”有无与伦比的威力——这种游戏跟“点窝”“抓子”“乘三”等一样，大概在乡间已失传了吧。

失传的，也会包括父亲曲柳椅的好手艺。它不仅需要父亲们口传身教的指点，也需要好多辈人积淀起来的，对植物的了解，对木性的了解，领悟到它们实用的一面，将之挑选到生活中来。我觉得陶渊明可能也会曲柳椅的，他有五棵柳树，在喝酒写诗之外，在春夏之交，花掉几天的时间，尽可以曲出一二十把簇簇新的椅子，摆在门前的稻场上，夜凉时分，月光溶溶泄泄，银河耿耿在天，来做客的乡亲们，一人一把蒲扇捏在手里赶蚊蝇，坐在新椅子上谈天，这才是：“闻多素心人，乐与数晨夕。”

2016年5月16日，孝感市农四村

03 安州血桃记

蕤宾之夏，翻《古文观止》，爱读李白《春夜宴从弟桃花园序》："……浮生若梦，为欢几何？古人秉烛夜游，良有以也。况阳春召我以烟景，大块假我以文章。会桃花之芳园，序天伦之乐事……"青山历历，桃林如霞，大唐的一群年轻人列筵布宴，纵酒放歌，吟诗作对，阳春的白日稍纵即逝，又继之以秉烛的夜游。一二百字的文章，写尽阳春烟景、兄弟友爱，生命之绚丽与蓬勃，洋溢焕发，予老大中国，多难得的青春舞曲。王羲之的兰亭会，与这个桃花会比，茂林修竹之中，曲水流觞，兴感嗟悼，太文艺，石崇的金谷会，美人与美酒，名士与海错，就像那些海南岛的海天盛筵，又太奢靡。

参看《三国演义》中的"桃园三结义"："……飞曰：'吾庄后有一桃园，花开正盛；明日当于园中祭告天地，我三人结为兄弟，协力同心，然后可图大事。'玄德、云长齐声应曰：'如此甚好。'次日，于桃园中，备下乌牛白马祭礼等项，三人焚香再拜而说誓曰：‘念刘备、关羽、张飞，虽然异姓，既结为兄弟，则同心协力，救困扶危；上报国家，下安黎庶；不求同年同月同日生，只愿同年同月同日死。皇天后土，实鉴此心，背义忘恩，天人共戮！’誓毕，拜玄德为兄，关羽次之，张飞为弟。祭罢天地，复宰牛设酒，聚乡中勇士，得三百余人，就桃园中痛饮一醉。”一样的桃花、烈酒、青年、义气，只是盛世的时候，“大块假我以文章”，而到东汉的乱世，恐怕就是“大块假我以热血”。

桃花除了激发男人们之间的“义气”，也能催进男女之间的恋爱。“桃之夭夭，灼灼其华”是诗经中的名句，热烈的桃花与热烈的婚宴互相映衬，桃花的香气、鞭炮的硝味、猪羊的腥膻、谷酒的凛冽交杂在一起。而崔护游长安城南，于“一亩之宫，而花木丛萃”的庄户中，得见“独倚小桃斜柯伫立”的小家碧玉，“人面桃花相映红”，领教恋爱中的少女脸上的潮红与心中的潮涌，大走桃花运，是人生中春天来临的乐事。这大概正如李时珍讲的：“桃性早花，易植而子繁，故字从木、兆。十亿曰兆，言其多也。”早，繁盛，易植，好兆头，所以才会“宜室宜家”吧。

如此旺盛的生命力，转移到神仙传说与民间故事里，桃枝与桃子，又成了驱邪与长寿的恩物。《汉旧仪》里讲：“东海之内度朔山上，有桃，屈蟠三千里，其卑枝间，曰东北鬼门。”可见鬼门关上，都用上了桃树，作为分界。陶渊明写《桃花源记》，将桃林作为桃花源与俗世的分界，说不定用的也是这个原型？归来的渔人处处志之，还是找不到回返的路，也就不足为奇了。在《汉武帝内传》里，西王母来探汉武帝，所带的伴手礼中，已有了桃子：“西王母以七月七日降……令侍女更索桃。须臾以玉盘盛仙桃七颗，大如鸭子，形圆色青，以呈王母，王母以四颗与帝，三枚自食。”俗语讲“桃膨枣胀”，说的是桃子吃多了容易积食，西王母是顾及汉武帝的肠胃，才自食三枚，还是此物太珍贵，所以主客需要一起分享？

这个想法，当日写《西游记》的作者也有发挥，他将七枚桃子，变成了天宫中的盛会“蟠桃宴”，而前来吃蟠桃的各路神仙，也不只是汉武帝一个人了。话说是孙悟空重返天宫，由弼马温升成了齐天大圣，主要的工作，是分管王母娘娘的蟠桃园。“……呼那一班锄树力士、运水力士、修桃力士、打扫力士都来见大圣磕头，引他进去。但见那：夭夭灼灼，棵棵株株。夭夭灼灼花盈树，棵棵株株果压枝。果压枝头垂锦弹，花盈树上簇胭脂。时开时结千年熟，无夏无冬万载迟。先熟的，酡颜醉脸；还生的，带蒂青皮。凝烟肌带绿，映日显丹姿。树下奇葩并异卉，四时不谢色齐齐。左右楼台并馆舍，盈空常见罩云霓。不是玄都凡俗种，瑶池王母自栽培。大圣看玩多时……一日，见那老树枝头，桃熟大半，他心里要吃个尝新……”他这“尝新”之念一生，就是直奔太上老君的八卦炉与如来我佛的五行山去的节奏。后面七衣仙女的话：“上会自有旧规，请的是西天佛老、菩萨、圣僧、罗汉，南方南极观音，东方崇恩圣帝、十洲三岛仙翁，北方北极玄灵，中央黄极黄角大仙，这个是五方五老。还有五斗星君，上八洞三清、四帝、太乙天仙等众，中八洞玉皇、九垒、海岳神仙；下八洞幽冥教主、注世地仙。各宫各殿大小尊神，俱一齐赴蟠桃嘉会。”西王母开出的嘉宾名单中，前来开琼筵以坐花、飞羽觞而醉月的大人物里，并没有齐天大圣，这个消息自是火上浇油，让心比天高的孙悟空热血上头，搞翻了与玉皇大帝的友谊小舟。

“桃园结义”也好，“蟠桃会”也好，结果都导向了“大战”，可见桃子这个东西，二桃杀三士，真的是激发战斗值的神器，不可小觑。

《种树书》云：

柿接桃则为金桃，李接桃则为李桃，

梅接桃则脆。桃树生虫，

煮猪头汁浇之即止。

皆物性之微妙也。

《神仙传》里还有一个故事："樊夫人与夫刘纲，俱学道术，各自言胜。中庭有两大桃树，夫妻各咒其一：夫人咒者，两枝相斗击；良久，纲所咒者，桃走出篱。"一场夫妻的大战，变成了桃树的大战，最后，代表着妻子一方的桃树大胜，另外一棵桃树逃之夭夭，越篱而去！

回到桃花之芳园本身。据《本草纲目》汇合起来的记载，桃树的品种繁杂不一："桃品甚多，易于栽种，且早结实。五年宜以刀劙其皮，出其脂液，则多延数年。其花有红、紫、白、千叶、二色之殊，其实有红桃、绯桃、碧桃、缃桃、白桃、乌桃、金桃、银桃、胭脂桃，皆以色名者也。有绵桃、油桃、御桃、方桃、匾桃、偏核桃，皆以形名者也。有五月早桃、十月冬桃、秋桃、霜桃，皆以时名者也……王子年《拾遗记》载：汉明帝时，常山献巨核桃，霜下始花，隆暑方熟。《玄中记》载：积石之桃，大如斗斛器。《酉阳杂俎》载：九疑有桃核，半扇可容米一升；及蜀后主有桃核杯，半扇容水五升，良久如酒味可饮。此皆桃之极大者。昔人谓桃为仙果，殆此类欤？生桃切片瀹过，曝干为脯，可充果食。又桃酢法：取烂熟桃纳瓮中，盖口七日，漉去皮核，密封二七日酢成，香美可食。《种树书》云：柿接桃则为金桃，李接桃则为李桃，梅接桃则脆。桃树生虫，煮猪头汁浇之即止。皆物性之微妙也。"

由以上飞廉的掉书袋，已可窥见桃性微妙之种种。天下仙桃千千万万，一方水土养一方桃！谁家老家门前没几棵桃树呢？可是要闻名天下，除了要桃树争气地长，其实也需要文人骚客如飞廉，没事抹几笔，不是吗？李白兄请客的桃园在哪里？其实就在敝乡……我老家孝感，在唐代与安陆一起规划在安州之中。本地至今犹有一种桃子小有名气，早花，晚熟，个头不大，小而多毛，汁甜如蜜，更妙的是，用手一掰，就可将核剥离出来，享受绵软的果肉。因为桃汁会沁出来，鲜红如血，所以日下当季上街，孝感人推车来武汉，在城管革命的羽翼下叫卖，有时候会用报纸写上“血桃”两个字，摆在果摊上，当作招牌，革命的桃子，看起来吓人，吃起来，好甜！李白做许圉师的上门孙女婿，在安陆住了十年，春宴的桃花园，多半在安陆的城郊，灼灼其华的桃树，花落了，结出的也多半是这种血桃。

小时候，我家门口没有种桃树，5、6月桃子熟了，只能流着涎水绕人家的桃树看。等父母种起来一棵桃树，我已经在武汉工作很多年了。再后来，父母也离开家乡，移居到南宁我弟弟家里，老家的房子空出来，桃树长到碗口粗细，树顶高过了二楼的栏杆。3月一树花，6月一树桃，由着隔壁的孩子们来上蹿下跳，摘食一空。父母担心孩子们打闹着摔下树，又心疼他们踏坏桃枝，特别想在小满芒种的节令里，回家摘一筐桃，分给三个猢狲一般的孙子吃，可是关山迢递，动车遥遥，不太可能的。对，我家门前的桃树结的桃子，就是能掰开糯糯果肉，渗出甜蜜桃汁的血桃。

2016年5月24日，武汉

04 枫杨国

上个月与孝感的作家唐唐、冯致一起下乡采访，村道回环，乡塆错综，虽曰故乡，已成迷宫。掩映迷宫最醒目的树，其唯枫杨乎？枫杨粗枝大叶，翅果累累，浓密高拔，巨伞一般，将处处亦新亦旧，宛如大地深处长出来的乡屋拢入怀里。唐唐说这树是杨树，老冯说是“鸭娃树”，尚不知道它有这个风雅的学名。其实也不奇怪，我们在乡下的时候，于祖父母、叔伯姨舅，这些熟悉的亲戚的大名，多半也是陌生的。

枫杨与青杨、白杨诸北方迁来的威猛兄弟比较，身材也并不输给它们，喜水，向阳，春夏之交，又不会飞散令人烦恼的白絮。所谓“鸭娃”，大概就是指它们代替絮籽传宗接代的翅果，捋下来放在手掌上，堪堪就像小鸭子的扁嘴，明黄可爱。孟夏草木长，枫杨结成的果串，密集如同孟良焦赞他们的虬髯，又好像始皇帝冠冕上的流苏摇摇摆摆。我总觉得，它们子息绵绵的样子，大概是很能由乡下人那里讨到彩头的，所以挑剔的农夫们，才会留下这样又不能打桌椅，又不能做板凳，匠石掉头不顾的无用树，在陂塘边、宅基旁，肆意生长起来，由一指，一握，到一抱，长成几个孩子手拉手都围不住的一个老树精。蔽屋荫牛拱猪坐狗之余，它还供喜鹊与麻雀筑巢，随后金龟子、天牛、椿象和鸣蝉聚居在它的枝干上，蚂蚁军来来往往，蝴蝶族毛乎乎的幼虫彬彬有礼地蠕动，大头癞蛤蟆泛着白浆缓步树下，红绿蚯蚓黏黏地穿行在根须间……一棵成年枫杨，树大招风。这个“风”字，大概还有繁体“風”字的本意，说明枫杨能藏鸟纳虫，就是一个小小生物的王国。

之所以跟“枫树”成了表亲，大概是因为枫杨的翅果，跟枫树的果实长相差不多。只是枫树鸭掌一般的叶子，11月会被秋色染得深红，而枫杨粗眉大眼一般的对叶则渐变为黄褐色，去与秋雨织成“雨中黄叶树”的景象。说到表亲，大概还要加上槭树，槭树被称为“元宝树”，也是因为它的枝杈里会伸出一条条淡绿色的翅果。爱德华·威尔逊在《缤纷的生命》里，谈生物的多样性，适应辐射，又讲到“趋同进化”，枫树、枫杨、槭树大概就是一个例子，它们虽然待在不同的科属里，但都修行出了带翅膀的果子。在湖沼里漂浮的蜻蜓幼虫，在泥土里蛰伏经年的蝉猴子，还有为自己身份而苦恼的蝙蝠，它们何尝不也是跟飞鸟，跟人类的飞机一样，在不同的区间里，达成了飞行的梦？

凭借风的力量，乘着梦想的翅膀，是为了更远地离开家乡。童年时，春夏在枫杨树荫里玩耍，用“鸭娃果”拼图，非驴非马，秋冬躲在棉被里，倾听北风呼啸在枫杨的树冠上，我心里想，枫杨跟白杨、法桐、樟树、水杉、木榉不一样，它大概就是我家乡十里八乡的土产。成年后我有机会差旅各地，车窗里远眺，行走中抬头，好多次都认出了它熟悉的身影，才明白，风吹拂着它们的翅果，已经将它们带到了不同的远方。我曾在安徽九华山下的山谷里，看到过一棵“枫杨王”，它有一千多年的树龄，树身苍黑，像卧在溪水中的一头水牛。我还记得南京师范大学对面宁海路上姿态各异的大枫杨，作为城市中的行道树，它从容大方的样子，一点都不比法国梧桐差。有一次，我住在杭州郊外的民宿里，民宿白墙黑瓦掩映在七八棵高大的枫杨里。我由贵州的梵净山下来，路过一条布满五彩鹅卵石的小溪，溪边长满了数百年以上的老枫杨。我求学苏州，在拙政园里，就看到过陈从周老先生表彰的枫杨，苏童是苏州人，他写“枫杨村的故事”，多半也是像我这样，自小就中了枫杨的“毒”。

如果将这些枫杨都标到地图上，由浙江、江苏，到江西、安徽，再到湖南、湖北，大概就是江南、江淮、江汉与西南地方？北纬三十度上下，湿润多雨的山泽与池沼，亿万枫杨的翅果在由夷变夏的南中国发育成大树。要是两千多年前的楚灵王楚平王他们看到我目测的这个枫杨地图，一定会得意地讲，这就是寡人治理的楚国，但他们未必愿意将这种平常如水牛、如水稻的树封赏成“国树”吧。屈原写香草美人，未及给枫杨写出骚辞，倒是橘子树运气不错，他在《橘颂》里写：“后皇嘉树，橘徕服兮。受命不迁，生南国兮。深固难徙，更壹志兮。绿叶素荣，纷其可喜兮。”枫杨未必不嘉，也一心一意服役在南国，纷其可喜的，是绿叶与翅果罢了。一定要给枫杨写诗的话，陶渊明也许更合适吧！枫杨朴茂自然，多像他的诗风！他诗里有“荒草何茫茫，白杨亦萧萧”，他在生命的暮年，听到过风吹白杨稠叶的萧瑟之声，也会跟唐唐、老冯和我一样，在少年与青年的时代，听到过风吹环绕我们村庄的枫杨国的声音：南风簌簌似蚕啮，北风忽忽如虎狂。

2016年8月4日，武汉

05 蜻蜓

现在七月半都过了，烧了纸，放了纸船，打发了各处的淹死鬼、吊死鬼、喝药死的鬼、被火车撞死的鬼。7月尾子上，下午五六点钟的太阳光，又热又亮，少年的我坐在村口保明家的斜坡上，看着稻场，稻场上正在晒棉花，用三四十张箔子摊着，搁在木桩间的铁丝上。母鸡领着小鸡，成群结队散步在箔子下的阴凉地，棉花里面藏下的红铃虫，会由箔子缝里簌簌掉到地上，任由鸡群啄食。我在等天黑下来，等黄昏来到，蚊虫铺天盖地下河畈。

这样妙不可言的初秋，其实要归功于这些亿亿计朝会暮集的小虫。每天蜘蛛们听到鸡叫就起床，由房瓦与屋角的孔缝里爬出来布八卦阵，蚊虫们会将蜘蛛网弄得像锅底一样。接下来赴宴的是那些“盐鼠佬”，语文书上将它们叫作蝙蝠，由人家堂屋的梁柱中间冲出来，一堆张飞李逵焦赞孟良似的，吱吱哑哑在蚊阵里上下翻飞。再接下来是蜻蜓，太阳一将翅膀上的露水晒干，它

们就会由各处的草叶与细枝上起飞，汇合成蜻蜓阵，来围剿飞蚊。如果说蜘蛛像坦克，盐鼠佬像战斗机，蜻蜓就像一架架起飞的直升机，只是它们无声无息，不会发出盐鼠佬那样喈喈的呼叫，去惊吓兀自嗡嗡不休沉醉于组团的蚊虫，也不会像蜘蛛坦克那样又狠又准，布出居心叵测的陷阱。蜻蜓们正大光明地捕食蚊子，彬彬有礼，好像这些蚊子由湖泽池沼里密密麻麻地生长出来，结成不透风的"蚊柱"，就是为了送给它们吃，来供养它们闲庭信步的飞翔似的。

跟偶尔露一下脸的蝙蝠与蜘蛛不同，蜻蜓好勤快，它们几乎会用一整天的时间来巡航。纤细的豆娘，褐色的钥匙蜻蜓，鬼头鬼脑的蓝蜻蜓，火苗一般的红蜻蜓，这些家伙多半是一些独行侠，爱往池塘里飞，肚子都快贴上被南风吹起的粼粼细浪了。将这些外乡人一般的蜻蜓加起来，数量也不会比黄蜻蜓多，我觉得，就像鸟中的麻雀，树中的枫杨，田地里的白菜，只有黄蜻蜓才是村子中正经的蜻蜓，是跟我们一起生、一起长出来的！它们造自己的银河系，在这个银河系里，如果蚊虫团是星尘一般的暗物质的话，那么蜻蜓就是一颗一颗飞旋的恒星？会有一只黄蜻蜓，身长超过它的伙伴，智慧也超过它的伙伴，是千百只蜻蜓听命的黄蜻蜓之王吗？在这个村庄里，会有蚊王、蝇王、蚯蚓王吗？会有熊蜂之王、知了之王、蝴蝶之王、金龟子之王、天牛之王吗？

那时候我还不知道黄蜻蜓在书本上的名字叫"黄蜻"，也不知道它还有"龙纹鼎蜻"这样更加帅气的名字。龙纹鼎蜻以远距离的迁移而得名——初夏的时候，它们由赤道附近的东南亚飞来，初秋，它们还会飞回热带的林地里。高明的飞行家有着生物界奇迹一般的翅翼与复眼，令它们可以去追逐温暖的春夏，这份自由，是它们用长达好几年在水里做水虿的童年换来的，而这样阳光下的飞行、欢爱与繁衍，也只会有数周的时间，是它们生命的暮年。今天黄昏，出现在稻场上的蜻蜓，未必就是昨天黄昏出现的那一群。如果去站到月亮上往下看，就会发现，蜻蜓们5月乘着南风，10月乘着北风，流浪在温带与热带的江河、湖海、平原与山岭中。它们短促的生命并不能支持长途的旅行，所以实际上是一场接力——它们垂下尾巴，好像插秧似的，一下下将卵点播水面，生成水虿，经过十余次的脱胎换骨，爬出江湖，得以羽化，陆续由各地加入它们往返的大军。“它”是短暂的，“它们”却是长久不停息，循环如风。

家乡话里，大伙将它们叫作“蜻盏”，它们的屁股，的确是长得火苗似的，像灯芯一样微微上翘。捉到一只黄蜻盏，有两种办法。第一种，是早上起来的时候，用铁丝弯一个小圈，插到竹篙子上，绑紧，去屋檐下树杈间舀蜘蛛网，在扰乱了十来只蜘蛛的阵图之后，铁圈上就会糊上黏黏的蛛丝，举着它到稻场上纷飞的蜻盏中间挥舞，其实会像李元霸的大铁锤一样所向披靡。第二种，是自己用手去捉。蜻盏们歇会在芝麻与棉花秆上面，细细的手爪攀着枝条，翅膀与尾巴都平整地摊开，这时候，伸着右手，将拇指与食指张开，留出半寸左右的小缝，蹑手蹑脚地由蜻盏的正后方走过去，屏住呼吸，努力装成若无其事的样子，运气恰恰好的时候，你可以捏住蜻盏的尾巴。蜻蜓尾巴的形模有一点像刚炸出锅的油条。沉浸在冥想里的家伙，被手钳住，会大吃一惊，猛然将头与身体反屈过来，将手爪瓜藤似的搭到虎口上。但蜻盏也是很“顽”的，它那颗绿豆芽脑袋一般的头，多半被闪耀着金属光泽的复眼覆盖着，一点点风吹草动，光影变幻，都可让它们由歇会的模式调整到起飞的模式。有的孩子劳碌一天，翘着屁股，在稻场边上嗅来嗅去，一只蜻盏的尾巴都摸不到，有的家伙，抓蜻蜓就像后羿用箭射太阳，一捏一个准。翠红就对我讲，她的蚊帐里从来都没有蚊子，因为每天她都捉好许多蜻蜓进去。我可不信她的话，关在蚊帐里的蜻蜓才没有心思捉蚊子，第二天早上起来看，它们多半都枯死在草席上，就像黄叶子由树上掉下来。

爷爷已想出了一个办法，能够让我在与翠红的捉蜻盏比赛中稳赢不输，捉到最大的蜻盏王！爷爷问天快黑的时候，稻场上的蜻蜓吃饱了蚊子，会飞到哪里去过夜呢？“它们都飞进了艾清家的园子里！”爷爷肯定地说。但艾清家的园子，却是一片草木缠绕的禁地——“里面有鬼！”我跟爷爷讲，“我好几次晚上起夜，就看见白影子在巷子里一晃，钻进了他家的园子！”星月将草木的影子掩映成鬼影，而鬼的气味，就是太阳蒸腾出来土壤、艾草与甲虫的气息，混合出来的土腥味？不怕鬼的公狗母狗们进去乱窜，留下的梅花脚印，里面夹杂着鬼的脚印？除了鬼，说不定还会有蛇，那么多麻雀、青蛙与癞蛤蟆出没在园子里，养出几条又粗又肥的蛇不在话下。

可是鬼也好，蛇也好，我们不怕。天终于黑下来了。晚霞由西边田畈的上空散了，炊烟由我们村的树梢上散了，村巷里到处是炒苋菜、煮瓠子、烧丝瓜的香气。爷爷将手电筒递给我：“刚装的两个电池，你莫瞎用。”将开关一掀，果然雪亮雪亮。我领着艾清、翠红，打着手电筒，小心翼翼地走进艾清家的园子。蛐蛐听见有人来，将它们响亮的夜歌含在嗓子里，小个子的土蛤蟆赶紧扑通扑通往草丛里跳，癞蛤蟆爬得慢，个憨货，被人踩到也不肯哼一声。园中的麻雀和喜鹊们在它们的巢里，睡得像一块块石头似的。猫头鹰醒着，可是谁知道它们藏在哪一根树枝上参禅呢？借星月的微光，只能模模糊糊地辨别出哪一棵是楝树，哪一棵是枫杨，哪一棵是枣树，因为楝果与枣子都已经结好，光泽幽暗，枫杨的吊鸭子翼果，模样是一眼就可以认出来的。艾蒿已经到了枯黄的时节，不像盛夏里，涨满了苦艾的气味，好像能织成一个气味的网。夜露下落，将草叶弄得湿漉漉，我们打赤脚穿凉鞋，身体被夜风吹得凉飕飕的。

爷爷的宝贝手电筒，白白的光柱，直直打到身边的灌木上。我们低头去仔细察看。爷爷说的没错。我们看到，白天在稻场上自由自在地飞舞的黄蜻盏，晚上都来到了艾清家的后园里，用手爪抱着树枝，一对对，一排排，密密麻麻地排列在枝条上，翅膀上结着露水。它们沉浸在自己的梦里。我去捏它们的尾巴，蜻盏都不会像平时那样，迅疾地弹动起来，头回勾到手指上，而是像由树上摘枣子，轻轻用力，就可将它捏到手上。我将手电筒的光圈由眼前移开，形成光柱在艾清家后园的树丛里晃动，我们惊讶地发现，每一棵大树，每一棵灌木的枝条上，都落满了蜻盏，好像千百万的梦，被杂树野草收集在一起。想由千百万做梦的蜻盏中间，找出一只长长大大的蜻蜓之王，就如同由太平洋里捞起一架飞机，那是不可能的！

2016年10月18日，孝感市农四村

06 阳藿说

我自己嘴巴里淡出鸟，“莼鲈之思”发作的时候，多半会想念两种菜，一是老家的白花菜，一是鄂西的阳藿。白花菜若何，吴其濬状元在他的《植物名实图考》里记了一笔，说它虽然“白瓣黄须，袅袅有致”，却是“穷民恶食”，好像由鲍鱼之肆里扯出来的，臭。我们这些孝感云梦安陆的编民，可不服吴状元的“周”（“不服周”，湖北方言，指不认输、不甘心），觉得腌渍之后的白花菜清辛苦涩，又香又下饭，外婆菜，含泪啖。

安陆向西，是随州、枣阳、襄阳，再向西，云梦泽地的尽头，是湖北、陕西、河南三省交界的山岭，武汉引出的火车，奔跑过江汉平原，到这里就要钻山过洞，变成地铁。地铁第一城，是丹江口，从前叫均州，是另外一个大名鼎鼎的状元陈世美的家乡，老均州已经被淹没在碧波荡漾的丹江口水库之下了。我年轻的时候，二十出头，随着省直机关的支教队，在丹江口市治下的六里坪镇工作过两年。我们支教队四口人，老马、老肖、我，还有一个小姑娘，也姓马。平日里开着一辆破吉普，去看深山里弹丸般的各种村庄与小学，贫寒得不像样子，我还记得有一个小学校，四十多名学生，一至五年级，在一个教室里轮番上课，任课的老师刚由郧阳师范毕业，嘴上尚是绒毛，一个月的工资是一百多块钱，他发给我抽的烟，都是没有过滤嘴的。到周末，我写报告，老马老肖去镇上闲逛，找狗肉馆子，喝小劲酒，小马姑娘对着小圆镜拔眉毛，等着下午由成都返回的火车，带眉清目秀的她回武汉与男友约会。

镇教育组的朱师傅来宿舍给我们做饭。他做菜的风格，大概是秦香莲们一路传下来的老均州菜，跟江汉平原、鄂东大别山都不太像。我印象深的，玉米糁，锅里开水如沸，他将玉米粉均匀地往锅里撒；蒸豆角，将长长的豆角堆在蒸笼里上灶蒸；盘鳝，去集里挑来细小的鳝鱼仔，加辣椒花椒姜片爆炒成圈圈；还有一盘菜，就是用腊肉炒阳藿。第一次炒出来，淡紫如玉，洋葱似的，却不像洋葱又辛又冲，而是有一股子涩涩的药香，我问朱师傅是什么菜，他说是“岩荷”，檐荷？当然是我脑补的名字，朱师傅去灶屋里将未用完的“岩荷”取出来给我看，拇指大小的花瓣，蛮像荷花出簪打苞时的模样，又有一点像紫玉兰花瓣。

《植物名实图考》里，也记载有这种美丽的蔬菜。吴其濬在云南做官的时候，遇到“八仙贺寿草”，席间请教督学吴存义，吴存义说此是阳藿，“吾乡植之南墙下，抽茎开花青白色，如荷而小，未舒时摘而酱渍之，细瓣层层如剥蕉也”。吴状元进一步考证，原来阳藿就是贾思勰在《齐民要术》里说到的蘘荷、嘉草与莼菹，2月栽在树荫之下，逐年再生，苗、花、根皆可食。吴状元食毕大喜，在他的植物园里，也有移植，“种而蕃之，使数百年堙没之嘉蔬，一旦伴食鼎俎”。问题是蘘荷在《齐民要术》里被列入第三卷，说明一千年前的北方，“八月阳藿拌紫芽”其实是日常菜蔬，一如今天的萝卜白菜、洋葱土豆，到有清一代，北人南下做官的吴其濬，就只能够在云贵川湘的边城里重新发现如斯山珍了。

我去翻李时珍《本草纲目》的“蘘荷”条，发现屈原的《离骚》、司马相如的《上林赋》、潘岳的《闲居赋》里，都提到过这种植物，潘岳讲：“蘘荷依阴，时藿向阳。”陶弘景《名医别录》讲：“蘘草生淮南山谷。”北宋苏颂的《图经本草》，又讲：“蘘荷，荆襄江湖间多种之，北地亦有。春初生，叶似甘蕉，根似姜芽而肥。”大概可以说明，这种嘉草原产在三苗九黎的南方，曾经随着楚国的扩张，抵达过中国的北境，随着时势的变迁，又为白菜（菘）、萝卜（莱菔）等驱逐进了江淮以南的山岭，武陵山地，不仅是楚人的桃花源，也是楚国植物的桃花源。它这样归隐在山林荒野里，吴状元乍惊乍喜的发现，后来也没有令之“龙兴”，我这里感叹半天，大概也是然并卵哉。

回到六里坪的饭桌。好心的朱师傅见我迷上了这道菜，几乎每天都会炒一盘，阳藿炒青椒，阳藿炒鸡蛋，阳藿炒五花肉……老马老肖有狗肉，小马在减肥，他们不烦，我也安之若素。我在这个武陵山中的鄂西小镇里，学会了上网，学会了五笔打字，在腾讯注册了QQ号，开始写小说，发生了收集当地的民歌与民间故事的兴趣，我还特别将宿舍楼下一间租书店里面，金庸与古龙的武侠小说，都从头到尾读了一遍，当时我并没有预感到，两年后会去编辑一本名叫《今古传奇·武侠版》的杂志。这些跟阳藿有什么关系呢？苏颂引《搜神记》，说明蘘荷入药可以除蛊毒，中蛊的人，将蘘草的草叶放到席下，或者煎汁喝水，不仅可解蛊毒，还可灵光一冒，知道种蛊的人是谁，这在巫风神雨的楚地，其用大焉。我那时候大学刚毕业，由武汉带着满脑子的小资情怀钻进山里，清寒的生活，民间的文化，网络与通俗小说，当然都是治疗中蛊的文艺青年的良药。这其实是我神隐学习的岁月，奇丽、苦涩、霜雪中布置着命运的符码，其滋味，也蛮像朱师傅炒出的阳藿。

吴其濬讲阳藿是“蘘荷”的转音，当然是有道理的。这种像香蕉一样，长在树荫檐角的植物，春天由根茎里抽出密集的笋瓣，一阳来复，“时藿向阳”，生气勃发，其气其形，固然是霍然而起，其实也蛮有一点“阳货（物）”的意味。由这个思路，这几年，秋葵以壮阳说大行于餐桌，阳藿说不定也有重新席卷天下，张大楚国的时运？

2016年11月5日，武汉

07 上花山记

去年印象最深的一次出门，是5月与孝感市作家燕七、春江、唐唐，去爬大悟县的花山。大悟的深秋乌桕，红叶如沸，凝听翔立，龙性不可驯，散漫在四姑镇、新城镇一带，已稍稍为天下知。花山的金鸡菊，漫山遍野，风吹花海，由晚春到初秋，木槿条子似的，花开不败，招惹到的市县外游客却并不多，仅止于燕七春江她们的津津乐道、寻诗作赋。

下京珠高速，出大悟县城，折转向北，十公里不到，就可以看到山岭间高高耸立的双桥镇渡槽，灰黑水泥渡槽之上，是七八架纯白色风力发电的风车，顶天立地，巨人般行走在布满青松的山脊线上。20世纪共产主义公社社员们，胼手胝足修砌出来的愚公移山工程，面向电力公司刚刚吊装好的堂吉诃德的新对手，一个管水的龙王，一个招风的风神，它俩的对话，稍稍有点违和感哦，但也很快被它们脚下，如毯如茵般席卷的黄花中和掉了。我查百度百科，本地的驴友认为此花是金钱菊，一字之隔，彩头不错，但是不对，它的学名其实是“剑叶金鸡菊”。一种由北美洲出发的植物，它首先落脚在欧美博物学家的庭院，在中国，最早是在庐山植物园里发现了它的踪迹，民国西装革履的留学生，将它们带入了中国的南方。单株的金鸡菊在春风里摇曳生姿，看起来纤细娇软，生命力却是特别的坚韧顽强，不避寒暑干湿，能扎根到破碎的岩石里，它“入侵”的势头，就像去占满人家美国河流的鲤鱼，德国池塘的大闸蟹，奔跑在澳洲草原上的野兔，也有一点像荠菜，微妙的种子被信风由中亚的草原上吹来，如今归化江南，连绵在田头地脚，已经是包饺子做春盘的一道好菜。

我们沿着游人与牛羊踏出来的“之”字形山路攀登，初夏将临，南风浩荡，将菊科植物特别的苦香丝丝缕缕吹入鼻腔，花朵高高低低，抑扬着由我们的脚下，铺盖到溪谷与高冈，连续难断，疏密相间，诗音画似的，美得令人心神恍惚。这样的场面，紫云英画得出来，薰衣草也办得到，可是，它们如何能爬上这一片贫寒的山地呢？燕七讲，牛羊并不爱啃金鸡菊，放眼四顾，花棵间果然没有牛羊来访遗下的“磨盘”与“羊枣”。我在花丛里，发现有蒲公英、雏菊、单瓣的小栀子，只是比别处的山泽来得稀少，也有不少刚出絮的白茅，挺立其中，就像被姐妹们簇拥的兄长。春江与唐唐的植物学功课做得好，她们认出来野山楂与枸杞，春江还将山楂果摘下来在衬衣上擦干净，分发给我们，她说她在大别山里长大，尝过山中每一样能吃不能吃的东西。看样子，金鸡菊虽然被叫作“太阳花”“霸道花”，却并没有霸道无边，将太阳抱到自己怀里去，还是给山中的旧客人留下了插一脚的机会。

燕七是大悟县人，“花山”这个名字，就是她跟一帮弄摄影的朋友一起叫出来的。她在网络上写诗，写给童年、星空、山岭、稻田、乌桕树，稗子一样野生的诗，新山空雨，清新俊赏，在网络上有名，当然也写了好几首给眼前这片鲜花岭。她带来新印的诗集，名字叫《月光火车》，我们走累了，就停下来，坐在石头上，吃唐唐由孝感买的老赖卤板鸭，一边读燕七的新诗集。唐唐爱的是《鲸鱼安慰了大海》：“不是所有的树/都能在自己的家乡终老/不是所有的轨道/都通往春暖花开的方向/不是所有的花都会盛开/不是所有约定的人都会到来/我知道，是流星赞美了黑夜/鲸鱼安慰了大海。”好诗，只是我想，这片碧云天黄花地，也安慰着眼前鲸鱼一般的群山，与乌桕和杜鹃花一道，安慰着曾经的战场与烈士。我特别喜欢其中的一首《上花山》：“千万朵绚烂的金黄一起摇曳/它们的腰肢细而柔软/我也是其中的一朵/我想整个下午都躺在山坡上/看云，放羊，大声唱歌。”我觉得用这个题目来给诗集取名字，会更好吧，我们回到家乡的深山，流留在它的怀抱，月光下的火车，美则美矣，却在带着我们飞驰电掣离开家乡。

念完了《上花山》，我们下花山。下山的路，回旋在一片山崖顶上，崖边长满了婆娑的枫杨，树影之下，是清亮的溪河，河边黑瓦白墙的村庄。百鸟朝凤，林樾间传来唢呐哀哀的鸣叫，鞭炮密集的爆响，唢呐鞭炮甫一停息，接上来的是一个中年女人杀耳的歌声。村子名叫罗家冲，看样子是有老人过世，乡村剧团开着小卡车前来作场。女人一会儿是“九妹九妹”“河边的小白杨”，一会儿又回到楚剧的“悲迓腔”（悲迓腔，湖北地区传统剧种楚剧中的唱腔，以悲腔悲调闻名）来哭灵：“进屋只见妈灵位，娘不在家中冷寂寂，娘不在儿心苦凄凄。孩儿有苦跟谁诉？孩儿有难谁帮衬？谁再为儿打清水？热炕头儿到哪里寻？何时再吃妈做的饭？何时再穿妈做的衣？妈妈呀，儿不能再见亲娘面，岂不活活痛煞儿，妈妈呀你慢些走，听儿为你诉衷情，妈生儿女三双整，各个都让妈心疼，那时生活多艰难，娘为儿把苦都受遍，白天队里把活干……”红尘中的流行曲倒也罢了，我在歌厅也常听。游子哭灵的楚国的歌，却令我心悱恻，热泪盈目，慌忙掏出手机来做录音。

下山后，我们沿着河边的水泥路往上走，过了石桥与桥边“庙小神仙大”的土地庙，便走进了罗家冲。一个美丽的桃花源，只是外面的人进来，现在看到的，会是他们前山一片一片的金鸡菊。5月是美好的季节，老树新树都在生长。村巷通往的后山，山上长满了挺拔的银杏、白杨与楠竹。木梓，苦楝，臭椿，朴树，板栗，石榴，水杉，枣树，合欢，香樟，错落地生长在村巷里，石榴正在开花，火苗闪闪，之外还有栀子，红蓼，牵牛花，大丽花，鸡冠花，美人蕉，我还特别在一户人家的大门外，认出来胡萝卜开出的花，我天天买胡萝卜喂儿子养在阳台上的豚鼠，它细细缨缨的白花真是好久不见了。再加上菜园里的瓜豆，田野上的稻麦，桃花源其实也是属于植物们的，金鸡菊只是新近风尘仆仆来报到的一种罢了。美洲的亲戚？红薯土豆，玉米棉花，不都是几百年前，漂洋过海，来服吾土的吗？

村子里的房子也好看，民国传下的青砖小四合院，20世纪六七十年代的三明六暗红砖房，21世纪以来打工族回乡盖起的形态各异的楼房，错综着乡农用夯土砖随意搭出来的猪牛圈，一砖一瓦，立墙横檐，活生生是由山岭间，由树木间长出来的。俗气吗？公园里红红绿绿的亭台楼阁才俗气，美院的学生们鼓捣出来清汤寡水的极简主义才俗气。有人活过的地方，有人死过的地方，有血气的地方，他们的创造力化生的一切，其实都是诗。我还特别喜欢一面大山墙，山墙底部，是用山里凿出的石块垒出来的，上面是青砖与红砖，红砖之上，是麻将块一样的夯土砖，我盯着它，觉得不久前，砌出这面墙的泥匠师傅也是像燕七一样的诗人，他统摄了新旧简便的材料，综合一百多年的时间，在完成他的工作。

老人的追悼会就在山墙之下的稻场上，稻场中央是剧团用红色塑料帐篷搭起来的舞台，中年女人黑裤子红风衣，持着话筒还在唱，十来位吊丧的亲戚，一身白衣，远远地坐在石桥边的方凳上听，村子里的老人、孩子、狗，都围拢来看热闹，其实也没多少人，5月也是出门的季节，村里的青壮年，已经去了全国各地的城市。要是放在二十年前，这样的场面一定是红红火火，风衣女人拿手的哭丧歌，除我外，会唱哭一塆子的人。

回到村前，一个头发烫成栗色的小嫂子正在教三四岁的小男孩，捏着树枝在泥地上画字。左中右，人口手。离开罗家冲，我们才算是真正结束了花山之行。燕七讲，花山上的金鸡菊，据说是由一个小伙子带回来的，他在广东打工，看到这样娇弱又坚强的黄花，会想到留守在家乡林园里的女人与孩子吗？所以坐上归乡的“月光火车”的时刻，他采集了金鸡菊的种子？他可能没预料到几颗细小的种子的力量。风将它们吹到阳光照耀的地方，吹到他的梦田，它们长出来，就像公社的渡槽、国家的电力风车长出山岭，不，比这些力量还要传奇。

2016年11月29日，武汉

08 浠水的歌

在这个通过网络，音乐唾手可得的年代，我还顽固地保持着用车载音响听CD的习惯。运气不错的是，在唱片业彻底成为败狗之前，我已攒下了好几箱碟片，其中不少都是黑胶，这让我就像一只秋谷贮满的田鼠，可冬眠在从前的歌里。我每个月回老家去闭关，动力在哪里？乡下的朝霞与星空？深巷里的鸡鸣与狗吠？跑步的树堤？在二楼书房里，听早中晚捧碗吃饭的乡亲们在楼下的闲谈？当然都是有的。我还特别喜欢，由武汉到孝感，在汉十高速上东西往返一二个小时的车程，车如游龙，歌如惊鸿，由严凤英到窦唯，由阿炳到北京天使合唱团，醒来的田鼠享受它的音乐饕餮宴，窗外的世界在互联互通，狂飙突进，追得上吗？无所谓。数百张碟片里，我最喜欢的可能是王应良兄送我的《浠水民歌》吧。

大概是十几年前，我被一家故事杂志拉去做主编，这对当日满脑子卡夫卡叶芝里尔克帕斯捷尔纳克的飞廉兄，算不上好差事。但工作之道，不就是克己复礼以为仁吗？我也学着去了解中等文化程度的城乡读者的口味，去学写口语体的市井故事，去访问县市文化馆的故事家们，拜码头，求指教。我去得最勤的地方，是黄冈市下的浠水县，常常一个人开着之前我的老凯越，国道省道县道，朝着东南方的大别山，沿着蕲河边的公路，六七个小时，才能拐进熙熙攘攘的县城。蕲河清流缓缓，堤岸上白杨历历，我知道这就是苏轼在他的《浣溪沙·游蕲水清泉寺》里提到的河："山下兰芽短浸溪，松间沙路净无泥，潇潇暮雨子规啼。谁道人生无再少？门前流水尚能西！休将白发唱黄鸡。"沙路铺成了柏油路，坑坑洼洼并不好走，布谷鸟还在翠绿树丛里长吟，只是大别山中的春兰蕙兰已经很难挖到了吧！蕲河与我家乡的小澴河一样，也是往西流的，它的小小逆袭，曾给种粟吃肉、写字作文、姑妄说鬼、闷闷避世的苏轼君以莫大安慰。

我们仿效《故事会》何承伟老师的办法，办了一个故事沙龙，由县电视台的王应良老师主持，他与夫人程小成，都是当地有名的作家。沙龙有一点像故事的孵化器。我们坐在县文联的会议室里，听来自不同行业的作者们讲故事，好像是由生活里面，去淘洗金粒，再将这些金粒熔炼锻打成器物与首饰，活色生香，曲折有致，醒人耳目。这些由田野乡镇里分泌出来的小作品，赋予我的新杂志以特别的风味，予我自己，当然也是很好的写作的练习，故事与风土，从前其实并不在一个中文系毕业的学士、硕士、博士……的眼眶里。我由一个一个凝聚成形的浠水故事里，好像也在慢慢变成一个浠水人，能够跟闻一多、徐复观们攀上同乡的交情。沙龙之外，也会去游山玩水。浠水县的名胜是三角山，远远看去像搁毛笔的笔架，所以也有"笔架山"的说法。有一次，山中走到汗水淋漓，大家在崖前休息。应良兄提议唱歌，唱么歌，唱山歌，市作协的何存中老师，县文化馆的叶小青老师，还有应良兄，三个人合唱由叶老师采集到的民歌：“山歌本是古人留，留给后人解忧愁，三天不把歌来唱，三岁的伢儿白了头。千万莫把古人丢。清早起来事儿多，先刷瓢儿后刷锅，掌柜回来要吃饭，细伢醒了摇摇窠。哪有那工夫唱山歌？”春阳煦煦，远处蕲河如带，三个中年男人，粗声大嗓，用鄂东的耿直方言，在青松下唱歌。艺术不仅在典籍与庙堂，也在口头与民间。三岁的孩子需要谣曲学话，灶屋里忙碌的主妇，也得靠歌声来宽解她的烦忧。文艺自有传统，在生活之流中的坚持，也特别可贵。他们的合唱，好像东南风觌面吹来，令我遍体清凉。对的，这是我的领悟时刻，感谢三位老师像禅宗里的老师父一声断喝，分开飞廉顶门八片骨，迎面泼盆雪水来。此地离黄梅县的四祖寺五祖寺，果真不远。

由三角山下来，应良兄送碟片给我，他们自己制作的民歌CD，《山歌本是古人留》在第一首。我反复听，碟片被唱片机磨坏，劳烦应良兄又寄了好几次。我唱歌的本领，基本上是零。也能够跟着大伙哼完《我的祖国》，大学里妻子花一个多月教我学会刘德华的《像我这样的朋友》去KTV凑数，这个浠水的歌应是第三首，我也许是想象着，有一天能够跟应良兄他们，组成四人组，在艳阳天短松冈，再来一次小合唱吧。碟片里，我没学会，但耳熟能详的，还有几首。一是《黄鸡公儿尾巴妥》，歌词是：“黄鸡公儿尾巴妥，三岁的伢儿会唱歌，不是爷娘教的歌，自己聪明叼来的歌。竹子爷呢，竹子娘呢，我与竹子一般长呢。竹子长大，做扁担呢，我长大了，做屋梁呢。”正是苏轼“休将白发唱黄鸡”中黄鸡的子孙，6、7月份的盛夏，小公鸡长出了尾翎，会打鸣，会朝母鸡身上跳，屋前的竹子也由笋变竿往上蹿，公鸡长大，多半是挨上一刀，竹子长大，做成扁担，由青芒挑到沉紫，摇窠里的孩子？终究会成为做“屋梁”的闰土吧，失去小公鸡尾翎上奇丽的光芒，失去青青子竹的粉莹，成为人家的爷娘。但又有什么要紧，生命中的忧伤与宇宙的灵气，会隐秘地降临到新生的孩童身上。跟闽南民歌《西北雨直直落》、俄罗斯民歌《啊，顿河》一样，我对这支摇篮曲百听不厌，它是世界级的歌。

还有一首歌，是唱给八十余年前，活跃在大别山中的红四方面军的：“睡到夜更深，门口在过兵，又不要茶水，又不喊百姓，只听脚步响，不见人作声。伢们不要怕，这是红四军，姑娘快起来呀，门前点盏灯，照在大路上，同志好行军。”生动的白描，来写彼时星月夜里，一群农民士兵夜行的景象，他们由乡村里来，带着农民的希望去争斗，自会得到妇孺格外的关切。这首歌获过奖，好听，但并没有传唱开来，也许是因为它特别悲凉的调子吧。红四方面军长征中三过草地，会师后西渡黄河，奉命西征，在河西走廊血战，大别山中出发的青年军人，许多逝世在祁连山的冰雪里。“天时怼兮威灵怒，严杀尽兮弃原野。出不入兮往不反，平原忽兮路超远。”他们的魂魄万里来归，在女人们点起的灯盏里行军，景象何其悲壮。《这是红四军》其实是一首了不起的慰灵的歌，我常常一边听，一边想到那些与我祖父一辈的大别山青年，殒身在民族与国家的战争里，“血沃中原肥劲草，寒凝大地发春华”，为日下这个繁华盛世的到来肝脑涂地，我会在车窗下泪目。

还喜欢一首歌，也抄出来，它喜气洋洋的，适合元宵节的巡游里，由一个男人在划旱船时扶着船杆唱：“正月里来是新春，王母娘娘做寿辰。打散了蟠桃会，八仙啦出东门。二月里来是花朝，空中来了孙老猴，偷吃了瓜桃梨，惹出了大祸临头。三月里来是清明，空中来了吕洞宾，手握着三星剑啦，上拜呀观世音，四月里来麦刁儿黄，空中来了何仙姑，手拿铁舀子，舀干了洞庭湖……”《西游记》可能的作者吴承恩，当年就在浠水县隔壁的蕲春荆王府做过纪善，这首歌的诞生恐怕比定本的《西游记》要早，里面讲到大闹蟠桃会的，是八仙，而且被称之为“孙老猴”的孙悟空，说不定就名列这八仙之中，女神何仙姑手里的标配，也不是莲花，而是一只漏勺，她与其他道爷们一起胡闹，将洞庭湖舀干了，湖里的龙王怎么办，钱塘君柳毅他们会与他们约架吧！我喜欢歌中的油滑、嬉戏、精力无限，好像在描画那些乍学手艺走南闯北的乡村青年。我听着这首歌，特别为自己的“绿林记”系列，写了一篇《龙宫记》，讲的就是八位青年工匠去洞庭湖里，修建龙宫的故事，这是我自己最心水的小说啊！

CD里其他的歌也是好听的，“姐儿门前一棵槐，脚踏槐树望郎来，要问女儿你望什么，我望槐花几时开，不好说得是望郎来”“双手洗得白如霜，欠死了几多的少年郎”“没有我的郎啊，哪来的儿和女”，少女思春，“穿过大半个中国去睡你”的“蹋地呼天”，古往今来皆有之。不知道苏轼在“敲门试问野人家”的路途，有没有听过这些下里巴人的歌，但出生于下巴河镇的闻一多一定是听过的。我读过“红烛”诗人一首题名《大暑》的诗：“……今天是大暑，我要回家了！燕儿坐在桁梁上头讲话了，斜头赤脚的村家女，门前叫道卖莲蓬，青蛙闹在画堂西，青蛙闹在画堂东……今天不回家辜负了稻香风。”写的不仅是故园的风情，诗中的节拍与步调，也是由家乡的谣曲里化来的吧！

杂志业凋零，去年我转调到高校教写作课，由编辑的职业转向研究，多受益于闻一多先生的神话学。研读他的全集时，我常常感慨，大别山家乡，云梦泽故地，它发育出来的文明的精血，早已浸透了我们的身体。神话、歌、诗，不会随着我们肉身的瓦解而消亡，它自会重新去物色能唱歌的灵醒的“三岁的伢儿”。上月我看学生作业，读到李欣朋同学的散文，她是由浠水考上学来的。欣朋同学怀念母校刚去世的语文老师，老师的笔名叫“成尘”，年前因心脏病骤然去世，是一位女诗人。我提议欣朋同学努力整理她亦师亦友的恩师的诗集，前几天她将电子初稿传给我看。这位喜欢里尔克与普拉斯的女诗人其实已经吟出了她的天鹅之歌：“我说，春天本无意撩起山色/它一定单单是来看看/这个人间还需不需要安慰/但愿我懂得这朵时间的玫瑰/我安坐其中，我已不相信眼泪……”（成尘《我说，春天》）

大别山母亲！在这个繁华而迷茫的世界上，我们这些带着执念尚在生活的人，需要家乡的歌来将我们安慰，需要那些在家乡的田野与市井里，经由热血与眼泪的浇灌，绽放的“时间的玫瑰”。它们会像“门前点着的灯”，指引我们不至于迷失在现世与网络的迷宫里。

2016年12月31日，武汉

09 上大人丘乙己

藏身在乡下4月里，理想的一天，是早上五点半起床，鸡叫第三遍，窗玻璃上晨色鲫鱼脊背似的，又青又黑又白，黄鹂布谷们在绿蓬蓬的杨柳楝榆中欢叫。洗脸，刷牙，如厕，换上跑鞋，拉开门闩跑步去。野豌豆缠绕在路边，莹莹细紫，油菜花变得稀稀落落，已经有一点“下乔”（湖北方言，指花事将去）的意思，小澴河的湿地里晨雾缭绕，丛丛树影外，朝阳由大别山的脊线跳出来，晨星还在，残月犹存。7点钟我返回家，气喘吁吁，身上些微汗意，蒸两个馒头，喝一壶清茶，再回到书桌边读书写字，来打发掉迟迟春昼的上午，挺美。

对这个理想生活造成困扰的，有时候是书太难读，比如说这回我作死带回来的繁体字契诃夫，白文的韩昌黎；有时候是文章太难写，比如眼下飞廉兄取的这个高大上的题目。书山字海里孤筏重洋，桃花源里的鲁滨逊神敝目疲，烟酒茶糖就会向你招手，去三楼阳台上抽一支“蓝楼”吧？顺便还可看看公母喜鹊闪闪黑羽，在它们搭好的窠里打架；是来一杯明前茶，还是搞一点生普提个神？双肩包里的黑色巧克力，也会露出阴险的微笑。最可怕的还是手机大魔王。跟以前的有线电视与电话不同，4G信号像阳光与春风似的，无远弗届，智能手机在乡下如鱼得水，通过微信微博将各路豪杰荟萃在一起。美国总统在白宫忙着接待客人，朝鲜领袖在平壤忙着制造导弹，ISIS在中东大势去矣，所以西欧的民粹狂潮也稍有平息。我北上广深的朋友们在各自的公司里忙得团团打转，领着内地的蓝领白领，去挣全世界的美元欧元谈何容易，就是这样，也能抽时间在朋友圈里谈谈房价，谈谈电影，谈谈人生，谈一谈那个名叫范雨素的“命运将我装订得极为拙劣”的乡下女人。

打败手机魔，我犹有还手之力。长按华为P9腰上的关机键，1,2,3,4,5秒，它就会“嘟”的一声，不情愿地退回它流光溢彩的金属壳子里，我想这时候，它一定很想修炼成真正的人工智能，说不定也会发明出将我关机大吉的法门，这是后话，按下不表，总之是，在真正的人工智能大魔王来临之前，我们还可以田园牧歌，还可以关心全世界，还可以沾沾自喜地觉得我是这个春天的主人，公鸡叫醒我，黄鹂、布谷在唱歌给我听，阳春召我以烟景，大块假我以文章。

按灭了手机里的朋友圈，接下来的麻烦，是外面村子里的老头子老太太们的“朋友圈”。我家的房子在村子中间，门前水泥铺地，之外是五棵香樟树，奋发十余年，长得胼手胝足，每一棵都有打伞挡荫的好身手。除了比楝树榆树们能遮阳之外，樟树还有一个好处，就是不长虫，不会有手滑的毛毛虫掉入衣领，也不会有槐蚕之类家伙衔着细丝晃悠悠空降中庭。按照陶渊明的办法，我应该自号为“五樟先生”？9点钟一过，吃完早饭，老家伙们就会搬着小椅子小桌子来树下聊天打牌，一个坐稳当，就会呼朋唤侣："大爹您家吃了吗？歇一哈！""把牛牵到畈里，回来坐坐！""小伢被学校的车子接走了，这咎冇得么事！（咎，湖北方言，指时刻）""天气这样好，来抹牌吵！"很快七八个婆婆爹爹就围成圈，粗声大嗓坐在斑驳新绿的光影里。人间四月天，就是我一个诗人朋友讲的，放一张桌子在门口吃饭，也没得苍蝇，也没得蚊子的光景，年轻人去城市里建设国家，老家伙们在乡村的树影里闲话游戏，手脸上的皱纹加起来比五棵樟树树皮上的纹路还要多，四十余年了，他们的辈分名字，我已经不太记得了，他们的嗓音，予我却是又亲切、又熟悉。

"场场不离穆桂英！"这是一个老头子在调侃往牌桌上挤的一个中年女人。这个典故用得好，杨家将里六郎宗保文广们挂掉后，女将出征，穆桂英带队，自然是阵阵少不了她，老家伙引出来，又表扬了人家的能干，又在微讽她男人不在家，这样微妙的互文跟反讽，是大作家的水平。"您家是婆婆，她是年轻的小婆婆。"另外一个老头子接着讲。"穆桂英"大概就是四十出头吧，在城里的话，正在操心二胎呢，在乡下，二十擦边生儿子，儿子二十擦边又生儿子，岂不是当了"年轻的小婆婆"，想一想祥林嫂的阿毛没被狼吃，她会过上好日子吧！"我上次去城里，儿媳妇给我用南瓜炖排骨吃！"一个老太太对用南瓜炖汤表示惊奇，这跟阿Q惊讶城里人煎鱼用葱丝一样。老太太家看样子在城里买了房子，现在村里人差不多都在城里买了房子，不然哪里说得上儿媳妇。"她几高华的一个人，走这种绝路，不该哟。"说的是保军的媳妇，离婚后得"抑郁症"，跳楼寻短见，"高华"的意思，是又好看，又精明，又灵醒，人中龙凤。

他们打的牌，不是麻将，也不是扑克，而是一种宽一寸、长五寸，数十张叠在一起，也有三四寸厚的纸牌，本地人叫“长牌”。去年我去隔壁孝昌县，遇到省城里来的一位教授，正在帮县里弄申遗，他们就是想将这种纸牌游戏申请成为文化遗产，定下的名字是“扯胡”。每一张牌，上下分别写着一个黑字，有的标红，有的不标红，这些字一共二十四个，分别是：“上大人，丘乙已，化三千，七十士，尔小生，八九子，佳作仁，可知礼。”每个字四张纸牌，一共有九十六张。它的玩法，与麻将有一点像，有相同两张牌的“碰”，也有组成三个字一句话的“圆”，加上标红与不标红，会“胡”出“京胡”“坤胡”不同的种类，计算出多少“嘴”，来定出输赢多少，就是所谓的“扯胡”了。跟扑克牌的关系，大概是摇滚跟京剧的关系，各有各的味！

小时候我跟其他的孩子一样，也可以将长牌玩得飞飞神（湖北方言，指非常熟练的感觉），虽然不知道这二十四个古怪的字凑在一起是什么意思（哈哈这是能指昭昭，所指隐匿的一个例子）。现在我在楼上的书房里，听着老头子老太太呼喝“上大人”“化三千”“可知礼”云云，已经能够明白，这分明是从前的读书人刻写到乡村游戏中的一道符咒。丘是孔子的名字，所谓的“丘乙已”就是孔乙已，孔子是商人之后，名字里多天干地支，行二，孔乙已可能就是指涉他老人家自已。当年鲁迅拈出这三个字，安到小说里的主人公身上，多半也是灵光一闪的游戏。孔子这位“天不生仲尼万古如长夜”的古今完人，教过弟子近三千，成名弟子七十二，你们这些年轻人，应该向孔子师徒学习，行好事，做好人。庄稼汉不太明白《论语》，但所谓的上论与下论，其实已经被总结成二十四个字，日日挂在他们的口吻上，孩子学长牌，认得这二十四个字，通过繁复的“扯胡”学得加法与乘法的运算，也许有一天，也能够“高华”如飞廉，悟出藏在这道符咒中的道理来。乡下人正在往城市里搬迁，但家乡的树还在，屋顶还在，老人还在，这一道“扯胡”中的咒语也还老神在在流布未停歇。

对，我就是这样去“浏览”着窗下樟树荫里老人们的“朋友圈”，一边为他们古老神秘又熟极而流的牌局走神。契诃夫？他观察他的乡村，飞廉你观察你的乡村啊；韩昌黎？他念念于兹的儒学，不正在老人们的乡音里赓续，正在“道济天下之溺”吗？少看两位高贤的书，多听两“嘴”窗外的话，没关系。还有，因为有了这样生活的涌流，你高大上的太难写的文章这不就快写完了好吗……

2017年4月30日，武汉

10 紫茄如霞，白茄如玉

10月罢园，说的是我们乡下菜园里，那些层出不穷的豇豆架、扁豆架、蛾眉豆架，豆花零落，等来了被拔寨攻城推倒的一天，那些结出冬瓜、南瓜、菜瓜、丝瓜、苦瓜、瓠子、葫芦的瓜藤，也会被连根拔起，纠结成一团死蛇堆积在田角，那些辣椒、茄子、番茄、秋葵，曾经挂果到琳琅满目，予取予求，现在也到了谢幕的时候。西风来了，会将土地吹干吹冷，的确是到了采集收藏种子，将8、9月的田园交响乐停下，转向秋收冬藏绎如也的节奏了。至于大白菜、球包菜、胡萝卜、紫菜薹，这些抗寒小能手，也会坚持到冰天雪地里，岁寒然后知萝卜白菜十字花科学霸同学的可贵，看春晚时下火锅的青菜，就指望它们了。

我最不舍的，其实是茄子。跟辣椒、番茄还有棉花一样，它长成的其实是一棵树，如果不扯起来，明年它们还会继续向上长吧，长到与枫杨、苦楝、椿树、樟树一样高，那时候结出满树的长短茄子、灯笼青椒、棉花桃该多好。那时候我还不太明白，有一些树也会像蜉蝣似的生命短促，哪怕是贵为牡丹芍药，也逃不掉一岁一枯荣的命运。后来我又为它们愤愤不平的是，棉花之于牡丹，辣椒之于丁香，茄子之于蜡梅，发芽开花，其形其色，哪里就被这些名花比下去了，为什么前者在野，后者在朝，前者风吹雨淋吃粪水，后者妥妥地被牵肠挂肚养在花盆里？我承认这种想法，跟我一个乡下少年的愤世嫉俗有关系，现在大叔我的看法是，由生物学传宗接代基因更替的终极意义上看，以食取胜的瓜果蔬菜，还是要超过以色取胜的名花佳木的，乡下菜园的面积，多半也是远远超过了城市的花园。

回到茄子吧！在“茄树生矣，于彼朝阳”的5月，看到第一批茄花簌簌落地，茄子发儿，由枝叶间探头探脑，由它们身边走过的我，心中的那种兴奋与欣慰，也是可想而知的。茄子树虽然是绿衣紫袖，结成的果实，却有紫、白两种，有急得发紫的紫茄子，也有莹白如玉的白茄子，说到形态，也有圆长两种，所以决定茄子形色的基因的开合，可得出来四种茄子树。比如我老家土生的茄子就是圆白茄子，大伙儿第一次将紫长茄子引种到菜园里的时候，都觉得惊奇莫名，好像它们是来做客的城里茄子，时间一长，新鲜劲过去，才懂得白有白的好，紫有紫的好，愿意罢园留种的时候，圆白土茄子来一把，紫长洋茄子也来一把。

区别在哪里？我觉得在判定生熟的时候，紫茄子要稍胜一筹。黄瓜瓠子一夜老，盛夏的田园，黄瓜瓠子丝瓜四季豆红苋菜们，可不比萝卜南瓜冬瓜，是说老就老的，小鲜肉的滋味，比之老戏骨，食客们自己体会。少一天不足，多一天又有余，这种犹豫徘徊，拿不定主意的情形，你去水果摊上挑西瓜时，一定遇到过。茄子稍稍老到一些，它嵌在瓤肉中间的种子长满，变成赤黄色，会影响到口味，所以杀开一只老茄子的时候，心里会很后悔：唉，我怎么前两天就没将它摘下来！白茄子圆而大，由外面判断它的老嫩，只有飞廉这样的行家才可以，紫长茄子会简单得多，用手一捏，如果茄身发硬发木，你就可以毫不客气地将它扔回菜贩子的筐里，让她自己后悔去。

只要是成长具足，豆蔻年华，圆白茄子也好，紫长茄子也好，煎炸烤烧，都会有滋有味，辣椒、豆瓣、孜然、生姜、蒜瓣、生抽、白醋，也很愿意与茄丁、茄条、茄丝、茄块在一起，一起营造醇和绵长的舌尖太极，它们不来，刀工火候够的话，茄子凭着盐粒也能砍出个三板斧。我自己不忿的，是《红楼梦》里抄出的那一道十几只鸡配出来的“茄鲞”，经过了千回百转的调制后，种茄子的老祖宗刘姥姥，已经尝不出茄子原先的滋味了，这位聪明的乡下老太太，嘴巴上认了乖，心里一定想：“果然是劳动人民最聪明，资产阶级的公子小姐最愚蠢，茄子就是茄子，生活就是生活，代之以调料，代之以文化，本末倒置，唉！贾府的倒台，就像我们村人站得太多的戏台，已经是大概率的事件了！难怪有人说《红楼梦》没得《金瓶梅》本色实在！”

对，我最喜欢吃的茄子，就是我妈做的“炕茄子”，将大圆白茄子拦腰剖成一两厘米厚的圆墩，浅褐的茄籽美人微麻似的贴在茄肉里，在清水里漂上一小会儿，母亲就将六七块茄墩放到下了二三勺菜油的铁锅里“炕”，正反面各煎一遍，挑上盐，茄香滋滋上来的时候，用锅铲铲到大碗里。这样厚滑润泽的美味，开饭时，我们兄弟姐妹，每人只能分到一块。我一边翻动筷子，一边心里想：贾宝玉懂个茄子。唉，这句话也是我杜撰的，那时候我还读不明白《红楼梦》呢。

所以多少人间草木滋味，都被习惯两个字打败，就像多少男女的情感，都输给了时间，但“恩”的滋味，其实比“爱”要好，本色实在。茄子树挺拔舒展，不生虫，也不招蜂引蝶，结出来的茄果，紫玉盈盈，多贵气，珍珠白，多雅致，这些生物的奇迹累积起来，滋养着我们生命的奇迹。要是司马迁在人事之外，也为草木写传记的话，我觉得他会将高贵的茄子列入“世家”里，来表扬我们在“十字花科王朝”统治下，由它们那里得来的恩惠。唉，作者君又神神道道想多了，秋风起，白露生，我只是在想念家乡的茄子，特别是土头土脑的圆白茄子。

2017年8月9日，孝感市农四村

11 乡村夜气

最近常常深更半夜由孝感市回家。有时候是因为与姐姐姐夫、妹妹妹夫他们吃晚饭，喝一点谷酒，讨论城区房价涨落到10点钟，才能将酒气消磨掉去发动车子。有时候是被税局的勇军兄拖去讲王阳明，我一个大外行，也只好听他兴致勃勃地格物致良知，大概得等到勇军嫂顶着臂包夜跑回来才能散，好在他藏的明前茶又多又好，其言昏昏，其茶昭昭，也能抵挡一些子。夜深人静的城市，灯火灼灼，车稀人少，北京路、城站路、航空路，明明灭灭的红绿灯都好像比平时要有耐心，一直将我送到转回乡下的宝成路，右拐向北十余公里，树巷森森，漆黑如墨。

我特别喜欢在这条乡村公路上开车。水泥柏油的两车道油光水滑，像鲇鱼的肚皮，白杨密密匝匝，在路两边排队，树冠朝上交织在一起，向前簇拥成幽深绵长的树洞。下雨的时候，树叶会将白雨挡在外面，里面只剩下势头微弱的线雨，晴天可以由树影里看到点点星光，月亮有时候也会由树影间跳闪出来，当然，最好是刮风的晚上，每一棵白杨都是管风琴转世，成千上万的白杨树被三四级以上的风摇响，那样的声势，就是万物以息相吹的天籁，这时候，我一定会将林忆莲王菲许巍郑钧他们的歌都掀灭。深山里，松涛如同龙吟，我爱听，平原上，荒草何茫茫，白杨亦萧萧，也令人魂销。开近光灯行车，有一点像提灯笼打手电在树巷里走，打开远光灯，光柱就会像剑一样，将婆娑树丛穿透，因为是走了千百遍的回乡路，拐弯抹角都晓得，我提个灯笼也就够了。好几次，我都想将车灯全关掉，这样，就可以在星月的微光里赶路，好像魏家河的瞎子点着拐杖走。但这样黑灯瞎火的老司机，万一遇到对面的会车，或者路边有骑自行车、步行晚归的人，都会出麻烦，路渠中的黄鼠狼与本地土黑狗横穿马路，也会非常危险。算啦。

过小澴河桥，再向前三四百米，会离开白杨树巷，左拐进入我们村的单行村道。好几次，我将车头在灰白狭窄的土路上摆正，就看见新月如钩，挂在前面乡塆的村树上，又堂皇，又寂寥，掩映着群星，好像在等我回来。萧萧白杨之外，其实并非茫茫荒草，路边的稻田里，一季稻萌蘖扬花，稻秧间青蛙打鼓、蟋蟀奏琴、小龙虾肥泥鳅啪啪弹水，村树中嘶嘶鸣蝉，好像村庄中的男女老少、鸡鸣狗吠消停下去之后，星月下草木长、鱼虫鸣，一个幽微的世界浮现出来，又神秘，又静谧，又熟悉，又陌生，有时候，我会在这幽微的声色里，关掉车灯，发呆很久。小澴河在我身后流淌，堤下挨挨挤挤的坟地里，祖先长眠，宝成路上的杨树，是我考上大学那一年栽的，而今生长具足，已有近三十年的树龄。我由武汉到孝感，由城市到乡村，兜兜转转，一路奔驰，现在终于停车在寂静与黑暗里，停车在泥土、星斗、流水与荒野中，停车在我生命的原点上。

这样的黑暗与寂静，是晚霞沉寂后，由宇宙与星辰运转，由田野与河水吞吐，由植物与动物分泌出来的。一户乡民家的灯亮了，一颗星辰变暗了，一点萤火消失了，黑暗会不增不减。一只蝉加入合唱，土狗在村口吠叫，青蛙与蟋蟀将声音憋在嗓子里，寂静也会不增不减。不需要眼罩与窗帘，也没有挥之不去的白噪声，没有不停歇的工地与照明。这是让孩子产生恐怖与畏惧的黑夜，出产鬼故事、狐仙，相信地狱与轮回，这是动植物生长的黑夜，捕食、交配、产卵，分解出汁液，张开子宫与花房，这大概也是令爹爹婆婆们逝去的黑夜："虽然智慧者临终时懂得黑暗的正确，因为他们的话已迸不出闪电来映照。不要温柔地走进那段良夜。"狄兰·托马斯悲叹生命的逝去，认为老年人应在"落暮时分燃烧咆哮"，我并不这样想，"死去何所道，托体同山阿"，与家乡黄泉中的黑暗与寂静达成和解，"温柔地走进良夜"，幽室一已闭，千年不复朝，陶渊明要比狄兰·托马斯高明不少。

我想起之前勇军兄在"阳明说"里谈到的"夜气"。王阳明的原话是："良知在夜气发的方是本体，以其无物欲之杂也。学者要使事物纷扰之时，常如夜气一般，就是'通乎昼夜之道而知'。"意思是人在深夜里静思默想，产生出来良知善念，一点点良知会聚起来，会成就澄明无私的自我。阳明的说法，是由《孟子》里引申出来的，孟子

讲齐国临淄城外牛山之上的树木，在雨露滋润之下日夜生长，却敌不过城里的刀斧砍伐与城郊的牛羊啃食，变得童山濯濯不像样子。有一些人，他们晚上生息养气，不敌白天俗世的消磨折损，人情日失，因此“夜气不足以存，则其违禽兽不远矣”，只有“良知在夜气发”，才能够“苟得其养，无物不长”。两位圣人谈良心与良知，夜气只是隐喻。良知是心灵在静默中的反省自觉。夜气呢？它来自日月星辰、山川河流、生物神灵在黑暗与寂静中的反照吧。乡村的茫然黑夜，是有夜气的，生活在乡村里，也会有在良夜反省自觉的机会？武汉也罢，孝感也罢，白天喧哗，夜晚也不安静，违乎昼夜之道，缺少的就是夜气吧！

想到文艺，凡·高的画是有夜气的，肖邦的夜曲有，阿炳的《二泉映月》也有。小说里面，沈从文的《边城》有的，翠翠梦见虎耳草的那个夜晚，她对爷爷讲：“我昨天就在梦里听到一种顶好听的歌声，又软又缠绵，我像跟了这声音各处飞，飞到对溪悬崖半腰，摘了一把虎耳草，得到了虎耳草，我可不知道把这个东西交给谁去！”这是她甜蜜而苦楚的爱情之夜。我最近特别爱看汪曾祺《羊舍的夜晚》，觉得是一本特别有“夜气”的集子。小吕背着铁锹坐在小石桥边糖槭树上看水，“一村子里的人现在都睡了。露水降下来了，到处都是滋润的，浓郁的青草气味，庄稼气味，夜气真凉爽。小吕在心里想：‘我在看水……’过了一会儿，不知为什么，又在心里想：‘真好！’而且说出声来了。”是的，真好。我看着汪曾祺的句子、黄永玉的插画，心里也想，嘴里也说。

我重新点火，将车开过小学校，村口的塘陂，小心翼翼地拐进村巷里，路边荆条、益母草、艾蒿、野雏菊与构树枝拂过车身，宝伟家的狗由门廊里冲出来，颇负责任地狂吠了两声，转身回去继续睡。停车在我家门前，掏出钥匙，借着手机的微光打开门。铺床，汲井，烧水，洗澡，心里又安定又愉快。关上手机，将头放回在荞麦枕头上，外面是历历星月下的黑夜，真实不虚，本村最后一位入睡的居民，我知道会有一个黑甜的梦乡在前面等着我，之后，会是鸡鸣如阵，鸟叫如沸，玫瑰红的曙色印上窗户，我会黎明即起，洒扫庭除，阳明先生又讲："一日便是一元，人平旦时起坐，未与物接，此心清明景象，便如在伏羲时游一般。"对，回乡村，默存，夜气生，则羲皇上人出。

2017年6月1日，武汉

12 白杨好听，枫杨好看

晨光暮色里，在乡村暴走，慢跑，看树观花，乐莫乐兮！要是殷家塆的小黑狗、舒家塆的大白鹅能记住我这个一身耐克勾勾、发际线高高的中年男人，下次不果断地冲出门就更好了……家花野花，原生外来，林林总总，复杂多元的田园荒野是好的。游神骋目各处村墟，我最赞的是向家大塆，楼房、披屋、茅厕之上，有苦楝、乌桕、臭椿、泡桐、洋槐、榆树、桑树这些土里土气的树，也有板栗、银杏、广玉兰、香樟、水杉等令人耳目一新的外来客，它们多半是由出门打工的乡民带回来的吧，这个塆里，定有不少《醒世恒言》中秋先那样的灌园叟，假以时日，它一定会变成一座更加生气勃勃的林园，引来白衣翩翩的女仙。

林园中杂花生树，区隔出种种微妙的生态区间，冲漠无朕，万象森然，万象中，也不是没有优势的物种。就像家畜中的猪牛，家禽中的鸡鸭，鸟类中的麻雀喜鹊，作物中的水稻小麦，鱼类中的鲫鱼白条，本

地最常见的树种，是枫杨与白杨。构树与枫杨繁殖力惊人，鸟类吃下构树的果子，将它们拉到角角落落，所以良田久废必生构，无法无天长满坟地沟渠，最招乡民们的镰刀斧头，枫杨千千万万的翅果被风吹到湿润的泥土里，每年春天在房前屋后长得像秧苗田，这些翅果大概就是植物中的“蝌蚪”，不经意间，蛙声满塘，枫杨一村。白杨是外来的，修堤、铺路、挖港，成功了，干部们，从前四个兜，现在穿西服，挥手让卡车拖来一车白杨苗，一对对种在堤边路边港边，和枫杨一样，它们都特别“肯长”，去年还是手指头似的，当不得猪牛羊的嘴，今年就长到小臂粗细，可以剐皮做锹把了，三五年不见，蔚然成林，招风引雀。宝成路上的白杨，保刚家后园的枫杨，四十年间，修行具足，苍莽挺拔，已经是吾乡当家话事的大树了。

白杨能捕风。往往是一根粗壮的树干向上蹿，不太爱分杈，由上到下，都挂满了叶片，所以每一棵白杨看起来，都像胡须未剃的男人。又因为白杨树被种在道路河渠坟地等乡村“公共空间”，多，而且整齐，所以白杨林有一点军队的感觉，好像它们一转身，就可以成为兵马俑，由梦乡唤醒，冥冥中去跟着始皇帝出征似的。西南风，东北风，吹入小澴河平原，首先就是吹到它们身上，由它们译解成远游征伐的大风歌。白杨多悲风，对的，秋冬的晚上，在黑暗的枕头上听着西风吹白杨，好像每一棵白杨树都变成了管风琴，由它在管风琴的龙门阵里演绎它的悲伤，它们将田野变成海洋，在海洋上掀起波涛，一浪一浪地，起伏回环，用悲凉而虚无的调子淘洗着集义在这一小块邮票一样狭小的平原上的生灵，有时候，我觉得天上的寒星也会跟它们一起唱，蔡家河坟地里的亡灵也会随着它们的调子唱，催促孩子出生、女人出嫁、老人长出白头发。“荒草何茫茫，白杨亦萧萧”，我觉得金庸写《白马啸西风》，白马带着李文秀一步一步回到中原，身后会有一片白杨林。茅盾写《白杨礼赞》，说它像家乡的哨兵，像民族解放中的农民，他也会听到白杨由寒冷、离别、死亡里发出的不屈服的颂歌。

但作为声学大师，白杨也不是一味的悲凉。5、6月的清晨，你沿着农二村往匡埠村的公路走走看！南风将羽翼乍丰的树叶吹得哗哗作响，一小片一小片的哗哗声，由挺立的树干缀连起来，发出清爽喜悦的和声，好像每一棵树，都在交谈它们立足在朝晖、晨露、南风、田野中的欢喜，连绵十余里的白杨树青翠苦香、明媚风华，在以深夜生息的夜气，屏神静气地演奏着这一支主歌。白杨林外，附近村庄里的公鸡喔喔打鸣，说明它们的优胜纪略，咕咕鸟在荒林里咕咕咕地叫，灰喜鹊呀呀地向林荫道俯冲下来，布谷鸟急促地叫着“光棍好苦”“快快做活”，果然将村庄里的男女催促出来，在早饭之前，赶牛办田，分秧布谷。这些副歌与白杨的主歌交会在一起，好像也不太爱理睬巴赫的“对位法”，自自然然，枝枝蔓蔓，万物演奏着万物，我一个返乡客，只觉得身心清爽、头脑空明，田野的美是永恒的，乡村又何尝会消逝，你来，它在你眼前，你走，云在青天水在瓶，它还会寂寂然在天光尘露里。

枫杨却是好看。与苍茫丰茂、面目如一的白杨不同，每一棵在村落里长起来的枫杨，最后都会得到自己的模样。三四十年之后，它在合抱粗的主干上刻写了风霜雨雪的皱纹，向上分出来的主枝与侧枝，或多或少，也发育出不同的线条，鸟窝与昆虫的巢穴被它涵养着，藏在枝枝叶叶中。所以一个村庄一个村庄地走过，会发现姿态不同的枫杨，就好像看到不同的人。有一段时间，我迷上了“二元统一”的想法，我觉得，枫杨就是由不同的“二元”统一在一起的。5月的枫杨，新叶翡翠，枝干虬曲，风姿苍翠，就像颜体字、韩愈文，老而媚，一串串翅果垂下来，好像村里老年人引着孙辈，顾盼有情。我还觉得，女性主义家会喜欢枫杨，它一方面风姿挺秀，含蓄妩媚，另外一方面又雄浑坚毅，好像是将松树的阳刚与柳树的温存结合在一起，就是女性主义讲求的“雌雄同体”的样子。枫杨生长的地方，不避茅厕、泥塘、猪圈，也能覆盖瓦屋、祠堂、庙宇，我所供职的大学里，也有不少老枫杨，挂着一串串珠玉一般的冠冕，像以前帝王的头饰，也像毕业生们毕业拍照时礼服帽上的璎珞，郁郁乎文哉，所以枫杨是能将文盲与文人，上层与下层沟通起来的。这样能将上下、男女、老少、城乡交会在一起的树，是很罕见的，在这一组组的对立里，产生出来的微妙变化，让它像孟子说的“美大圣神”，充实，光辉，有一点大而化之、神乎其神的感觉。当然，这也只是我的胡思乱想，那些村庄里的老头子，很快就会扯着牛绳走过来，将一头黄牛拴在枫杨树下，黄牛目倦神疲，屎尿俱下，在环绕的飞蝇与牛虻阵里，也是蛮苦闷的。

这就是我在乡村里的何所见、何所闻。公共的声学白杨引领着万籁，个体的美学枫杨掩映着万物。有一次，我脑海里灵光一闪：如果我是一只喜鹊的话，我是将窝搭在一棵枫杨上，还是一棵白杨上？我由农二村，走到匡埠村，一边看，一边听，踯躅在这乡间的声色宴，心里想：也许得听另外一只母喜鹊的？

2017年6月13日，武汉

13 蛋白质乡村

这一轮的南方暑热，我在乡下，差一点就被三伏大魔王打败了。立秋前一日下午，气温累积到37摄氏度，五六点钟的太阳哪里就饶人了，空气好像是由铁匠铺子里放出来的。摇头晃脑的电风扇迎面吹来热热的风，由地下抽取冲澡的井水也是温汤一般。擦不尽身上的瀑布汗，痱子就像黄昏后银河两边的星星，一颗一颗由脖子与肘腕上跳出来。我听到村巷里的狗叫都少了，它们一个一个垂着舌头散热，想多管闲事吓唬一下推车来卖“老面馒头”的草帽女贩子，就得将长长的舌头卷进去再狂吠，这就太尴尬了。回孝感去！回武汉去！回到空调的文明世界里去！只有空调，才能将三伏魔王收到瓶子里，再塞上一个蜡封的盖子。我一边佩服那个一把蒲扇一张竹床度过无数苦夏的少年的我，一边下定决心，明天早上就开车回城，不要再跟中华田园犬们拼散热的硬件跟软件了。

晚饭后出门散步，天上浓云密布，不见星月，等于是给这汗蒸国加了一个罩子，树杪上一丝风都没有，青蛙与蝉倒是变本加厉，好像它们的声带，是可以散热的狗舌头。想起来，夏夜的萤火、天上的星星、菜园中悬垂的碧绿的瓜果，这些不仅好看，其实也是能带来凉意的，可惜时下的8月乡村，这些名堂已经是孔乙己兄的茴香豆，多乎哉不多也。我只好沮丧地回家，爬上草席，在电扇君殷勤的轰鸣里，祭起心静自然凉大法，准备以一身热汗去迎接明天密密匝匝痱子一般的鸡鸣。没想到，十一二点钟，黏黏哉半梦半醒间，漆黑的窗外，忽然刮风了！打雷了！下雨了！果然是僵卧孤村不自哀，铁马冰河入梦来啊！风带着雨意，由南窗冲进来，由北窗冲出去，将窗帘拉得飒爽作响，风贴着我的身体，清凉剔骨，好像上一刻，它们还在雪山冰谷里回旋，忽然就被澴河的龙王君慷慨地借来了。或者？有一只决心不再忍耐的狗狗，变成了孙悟空，去找铁扇公主借来了芭蕉扇，或者……铁扇公主是可怜那些在泥潭树荫里不愿动弹的黄牛水牛小叔子们……在习习凉风霍霍闪电与潺潺檐雨里，我睡了今年夏天最好的一觉，空调虽美，也很费钱，终不敌这硬寨硬仗之后的一段自然凉。

早早起来跑步去，大小澴河堤上的十公里慢跑，因为担心中暑，久违了！暴雨暂停，团团乌云被南风吹着，好像是水墨画出来的鲸鱼。白杨哗哗作响，它有一个外号叫“鬼拍手”，8月之后，它的“手掌”不会再长大了。枫杨的翅果已由翡翠绿转变为灰褐色，楝树与乌桕的果子刚刚修圆起来，它们在生儿育女路上，晚了枫杨一步，不过比起槐树还算好，槐树开花不久，昨夜的风雨将玉色花串打落一地。植物其实不怕热，只怕旱，棉花就是在一年中最热的三伏天里开花结桃的，我眼前的棉田里，一枝枝的棉桃，果然结得像4月的春桃似的。芝麻一节一节地开花，现在已经回退到最上面的几层了，一季稻正在灌浆的关口上，叶绿茎粗，稻穗低垂，蛮谦逊的样子。这是一年田园最鼎盛的时候，虽然与之前相比，庄稼被包围在生气勃发的荒野草树之中，但庄稼本身，被伺弄得还是可圈可点，在水准之上的，守护田园的老头子老太太们辛苦了。

动物就不太一样了，如果不是气温一下子跳水到二十六摄氏度，我哪里能出来跑步！水牛与黄牛可能都还没意识到天气转凉，水牛苦哈哈地伏在河曲间的水岸下，只露一个牛头出来，黄牛也是藏身草林里，任由平日陪伴它们的白鹭优雅地站在头顶上。向家塆的村猪土狗，还没来得及爬上河堤，倒是一个小卖部前，有一只大蜘蛛趁主人未开门之前，在屋檐与堤树之间，织了一个大大的挂着雨水的网，它一肚子的蛛丝这几天差一点沸腾了吧。向家塆下面的河桥下，一群黄褐相间的半大鸭子正在流水里觅鱼捉虾，放鸭人穿着雨衣，在一边闲闲地持着鱼竿钓鱼，这真是一个钓鱼的好天气。我印象最深的，还是堤下稻田里，好像一夜雨水后，藏身在稻棵间的蟋蟀螽斯们都开了嗓子，它们的合唱盖过了树上的蝉鸣，与间关的鸟鸣交会在一起，织成了一张声音的网，蛛丝一般缠绕在田园上。这张网罗万物的声音之网，疏而不漏，清澈而繁盛。它还有特别的气味。芝麻开花的香气，稻花扬花的香气，艾蒿稍稍腐朽的药味，茄子黄瓜、豆角四季豆、苋菜白花菜和其他草木蒸腾的热气，村巷之中动物粪便发酵的臭味，林间甲虫金属一般的气味，河沼里鱼类散发出来的水腥气，这些都在暗地里混合起来，织成别外一张气味的网。这是8月乡村的声色味，我很熟悉，从前看到、听到、闻到，心里就会想：啊，暑假过了一大半，又要开学了！觉得陌生的是什么呢？鸟鸣更多了一些？河水里的鱼腥少了？艾蒿的苦味重了？村巷里的臭味变淡了？这是被荒野重重包围的田园，它的配方在改变，我其实并不反感。

我这几天消暑的读物是里德利的那本《基因组》，他讲的是人类二十三条染色体所牵挂的数万个基因的故事，基因的开启与闭合，驱动人类的生老病死、喜怒哀乐，基因是由蛋白质构成的，它们去运作的身体，由发肤到器官，由激素到血液，要么是由蛋白质组成，要么也是由蛋白质造出来。里德利的“基因—蛋白质”故事讲得好，所以其实还是蛮有解暑效果的，比如这本书的很多地方，都被我的汗水——一种特别的蛋白质浸染了。在我跑步的河堤之下，多少种，多少数目字的生物，以染色体、以基因、以蛋白质交会在一起，成住坏空，生生灭灭，互相滋养浸染出不同的形色、不同的声响、不同的气味，我讲到的不同的网，蛋白质才是它们真正的主人吧！鸟虫鸣，是生物在寻找着配偶，草木开花结果，蛋白质即将会聚成新的生命。一段基因的悄然改变，带来的要么是惊喜，要么是悲伤，乡下人将这个叫作“命”。我们在用文字做文章的时候，土地、河流、阳光、空气，它们在用蛋白质写出田园的诗，织成田园的网。说到乡村与城市的不同，大概乡村就是蛋白质的，有它们合成的声色味，城市大概是金属的、塑料的、水泥的，一点蛋白质生产出来的花园、行道树、宠物、飞鸟不过是点缀，乡村是生物性的，而城市只是机器，或者是组装着各种机器的机器。

砍柴就砍柴，挑水就挑水，跑步就跑步，为什么总是变成了卢梭般的“跑步遐想录”呢？我牛虻般挣脱掉缠缚在蛋白质网上的胡思乱想，由殷家塆的长坡跑下河堤，沿着我上回报告的“白杨好听，枫杨好看”的乡村路继续往前跑，南风在头顶吹动着垛垛乌云。村道在何家塆被鞭炮锣鼓声打断了，原来是村中有老太太去世，村民请来治丧的乐队，正在作道场办丧事。他们开来的敞篷卡车上，长宽三五米的等离子电视屏已架了起来，披麻戴孝的亲眷们已在候场。绕过卡车，老太太的杉树棺木就停放在十几米之外的路边，新刷油漆气味冲鼻，再向前十几米的路边，七八个中年男人正在田间挖坑作坟。看样子老太太是没有等到昨天晚上神奇的芭蕉扇雪谷风，在前几天的暑热里，像一片萎黄的白杨“鬼拍手”大叶子，由树上飘落下来了。

接下来的几公里，陪伴我的声音，就不仅仅是稻田间的蟋蟀曲，从林里的蝉粥与鸟鸣，锣鼓鞭炮一停，乐队请来的道士唱安灵曲，女歌手唱孝歌。多好的嗓子，男的像破铜，女的像花布，悲迓的腔调，粗犷、朴质、深情而又超拔，当然，这是我们这块地方的人，用无数代的时间酝酿出来的最好听的歌，是藏在我们生命中的蜜。说到底，它们也是由基因到蛋白质，缓慢地孕育出来的吧，与蟋蟀、蝉、飞鸟们的鸣唱并没有什么不同，所以它们交织在一起的时候，是真切自然的，超凡脱俗，听得我双眼潮潮。其中道士有一段唱的是《解冤结》，大意是人离开人世，过奈何桥，就要将在人世的纷扰与纠结放下，轻松愉快地过黄泉下的生活。为了表明冤结已解，道士会要求跪在电视屏前面的白衣孝女，将身前的一堆草绳解开以应景（这个活儿好像不太敢派给儿媳）。不久之后，易箦到堂屋左首的老太太，会躺入她的杉木棺材，回到清凉温厚的土地里，作为蛋白质乡村大网上的一个结，她也终得解脱出来，得到清风明月般的自由与安宁吧！

2017年8月8日，孝感市农四村

14 南瓜藏

11月由村里回武汉，在门前的樟树下往村巷里艰难倒车，车窗玻璃忽然砰砰响起来，原来是屋后的哑巴婆婆，抱着两个青黄南瓜在碰窗子，她老人家去田里给我摘来的礼物。驻车，解开安全带，下车抬起后备箱盖，乖乖地由老人家怀里接过来，沉甸甸，两个奶娃似的。将南瓜放到一堆“农夫山泉”中间，哑巴婆婆咿咿呀呀地嚷着，比画手势，一脸满意的笑。由老人家目送着，重新出发，由白杨萧萧的村道拐上秋色迷离的汉十高速，橘黄晚霞里听着歌，忽然又想起在后备箱里前滚翻后滚翻的两只南瓜来。

哑巴婆婆是我一位堂爷爷的遗孀，近八十的高龄，守寡有三十好几年了，生养的三个儿子——我几位堂叔，都在武汉以修锁配钥匙为生，安家立业，子又生孙。一个一二十口的门头，余下她老人家一个人守着，种田种菜，洗衣做饭，虽然有耳聋的残疾，身体却硬朗如柴，自由自在如鹤，一位堂叔跟我讲：“给她老人家二三百块钱，一年都花不完！”俨然就是《庄子》中抱瓮老人一样的真人。我亲奶奶去世早，我生下来，没有人带，断了奶，母亲要下地挣工分，就将我抱到哑巴婆婆家，求她与尚在人世的堂太奶奶看顾。白天婆媳俩在堂屋纺线织布，我自己就乖乖待在旁边的一间厢房里，一直到两三岁，我能够被五六岁的姐姐领出去撒野。这大概就是我的柏拉图洞穴，是弗洛伊德所谓潜意识萌发的地方吧，阳光由屋顶的两片亮瓦上射下来，投影在靠南木窗之下的泥地上，地面干爽阴凉，摆满了大大小小几十上百的南瓜，我大概就是在这些南瓜中间，牙牙学语，爬来爬去，完成了说人话、直立行走这一“人的飞跃”的。据说我小时候长得肥白可爱，这时要是有一个摄影家下乡采风，将阳尘飞舞的光线中，在南瓜堆里攀爬的我照下来，说不定可以印一张不错的年画。南瓜的棱角、弧线、气味、颜色、光泽、触感，在同一概念里显示出的种种差异性，它所完成的胡塞尔的“几何”现象学、德里达的“延异”说、公孙龙子的“南瓜非瓜”论，一定是深深地刻写在我的大脑皮层里，与之有一种神秘的“映射”。南瓜表面也有粉底霜的，有一点像松树的花粉，细滑，粉腻，比冬瓜霜好，冬瓜的霜粉是有微芒的，会扎到我彼时“可爱的小手”。就是现在，我去菜场看到南瓜，还会兴冲冲伸手摸一把，手指头印上薄薄的粉，心里之爽快，绝不比阿Q去土谷祠摸到小尼姑粉腻的脸蛋时少半分。

当然我们也吃南瓜。母亲为了消灭掉瓮缸间的宝藏，切丝、切片、切块，或者剁碎加入到热粥与面糊里，千方百计，敌不住一日三餐飧饔见此君。所以开一只南瓜，就像杀一头猪，一下子吃完不可能。杀猪时的盼头是猪尿泡，杀南瓜时的野望，当然是南瓜子了！奈何“按着南瓜抠籽”，所得也只是区区一把，总得杀几只南瓜，才能攒出一小筲箕籽粒，说动母亲费火动锅炒出来。南瓜子是恩物，可放口袋里去换取小伙伴们的“友谊”，南瓜花也很好啊，在路边开得又厚又大，它应叫“向阳花”才对，小灰蝶想去采花粉，就得深入这个五角形的虎穴，得到被我们“瓮中捉鳖”的命运。好在七月半过鬼节的时候，我们是放纸船，没有发明出美国小孩过万圣节时提的“南瓜灯”，这大概是因为我们的南瓜多半是长柄，弯头曲脑，没得他们的南瓜那么玲珑扁平，方便雕刻成灯座。我想要是现在，新青年们想将七月半与万圣节结合起来的话，最好的主意，恐怕就是往河里放“南瓜灯”了。要是提前这么“革命”的话，母亲大概就不用发愁她的南瓜藏派不上场了。

所以在我们乡下，南瓜朴实无华到了低微的地步。南瓜子3月被点种在田头地脚，房前屋后，甚至是坟堆草场，春天的风，夏天的雷，有阳光照着，有水土滋养，就在鸡踢狗踏中牵藤布蔓，开花结果，满心满意地生长，果实渐渐如指，如拳，如升，如斗，成为跟冬瓜可以媲美的“地球上草本植物结出的最大的浆果”。和它的马铃薯、玉米、甘薯诸兄弟一样，五百年前它们由美洲漂洋过海来到东土大明，由南自北震撼到当日编氓农夫的，除了它们可怕的产量，还有并不亚于稻麦黍菽的营养成分。李时珍在《本草纲目》里记载了这种刚刚时兴起来的，味甘性温，又可以当菜，又可以当饭的食物，提醒人们不要将南瓜跟牛羊肉一起吃，不然会营养过载，补中益气过头，上火长疮云云。又多又好，下场绝非是被当成宝。你提着菜篮子去金神庙集，买一个南瓜试试，没有的！要是家里来了客，当家的女人端一碗南瓜出来，客人恐怕放下筷子就跑了。所以南瓜是用来在冬11、12月，冰雪世界，青菜吃完，跳出来做备菜的，是春4月，青黄不接，稻麦告急，跳出来备粮的，它们就像那些坐在黑暗里纺线的老祖母们一样，是乡村里的“无意识”，正是这“无意识”的息壤、阳光、空气、风土，才让乡村安稳平静地向前走，不慌不忙。这一份气定神闲，来自满满的谷仓、尖尖的麦缸，来自猪圈里膘肥体壮的猪，来自牛栏里稳稳嚼干草的牛，也来自南牖之下，一线暖阳照亮的小山一般的南瓜藏。

南瓜的名字，与之对应的，可以是白菜，也是普通到极点的，但将“南”“白”这样平常而重要的字，给一种菜蔬，其实也有褒奖的意思在里面。我读李昕升博士的《中国南瓜史》，他考证了南瓜传入中国的源流，也考证出近百种南瓜的异名，番瓜、金瓜、饭瓜、北瓜、倭瓜、金瓠、麦瓜、金冬瓜、寒瓜云云，一锤定音为“南瓜”，既是为了纪念它由东南亚船载以入，由闽粤北伐传入中国，也是为了满足东南西北瓜的“五行”强迫症吧。但我自己还以为，“南瓜”之“南”，标注方位，本来就是一个假借字，它的原意，象形成文，是南方先民所击打的铜鼓。铜鼓的色泽、外形，发出来的空空的声响，与南瓜其实是像的。所以我觉得命之为“南”瓜，也是有南方诸省大明农夫的无意识暗自显现的。至于其味甘甜，其色如蜜，其性惧“上火”，其种喜温热，其来自东南，这些习性，的确是南乎哉，南也。钟鼓乐之，南瓜新娘，五百年后，也熬成婆了。

一路向东，回到武汉，长江两岸，灯影织画。妻子看到我双肩包，两手圈抱着两只南瓜撞开门，也蛮惊喜的，排毒养颜，降糖降脂，又是乡下无农药农家肥自种自吃绿色蔬菜，贵的。只是两只南瓜吃完，要等到何年何月？妻子打开手机微信，找到小区里的一位律师朋友，之前的孝感老同学，上个月帮我们租过车位的，请他来认领一只南瓜去。不久律师同学喜滋滋地来，抱孩儿一般，将哑巴婆婆的南瓜乙抱走了。

还有后话。一周后的晚饭桌边，妻子的微信朋友圈亮了，律师同学说：“由梁子湖回来，带了两篓大闸蟹，这东西性寒，胆固醇高，吃不完，分一篓给你们！”唉，妻子放下筷子下楼，不久就拎着一纸盒螃蟹上来，个个四两开外，张牙舞爪，母多公少。妻子开心地说：“我在电梯里想，吃螃蟹，除了配黄酒与生姜，配几片降糖降血脂的南瓜，估计也可以……”

由乡下食物鄙视链里最底端的南瓜，一下子上升到城里食物链最高端的螃蟹，这节奏……真想明天开车返乡，将大闸蟹给哑巴婆婆送几只去，不过在她老人家耳聋后的寂寂世界里，乌龟甲鱼、螃蟹介甲，这些也算不上什么，从前，它们连登上乡村食物鄙视链的资格，都是没有的。

2017年11月13日，武汉

15 甜如蜜

寒露、霜降、立冬、小雪、大雪，我们随着这一串节气名，像爬泰山十八盘似的，走进冰天雪地、池塘长出冰皮、屋檐挂起冰溜的严冬。农历十月、十一月的乡村，寒风鸣条，万物枯瑟，茫茫大块，打霜印雪，大概只有趁着秋老虎的余威，撒下小麦种，长出麦苗，生成的大块麦田是绿的。男人女人们收拾罢田园，笼手献曝，冬春长假漫漫，被拘束在日历表中的学生工人羡慕不已，应该的。就是我这样散漫无稽的大学老师，也觉得是一年好景君须记，最是乡村下雪时，忍不住会开车回去打个酱油 。雪假冬闲里，可以办一点“大事”。婚丧嫁娶，给小孩过生，给老人做寿，烟花成塔，鞭炮一筐，酒席数桌，麻将几场，好像有了一个Wi-Fi热点，一锅热粥煮沸，村中人一下子变稠，时间的流逝也变快了。老人们都愿意在冬天死，“举重”不愁找不到人？可以多“放”几天？多听媳妇女婿驴子放屁哭几句？道士和尚多念一点经文？有人跟搬椅娃去草堆前晒太阳的老头子老太太开玩笑：“莫去晒，莫去晒，一个一个都晒得冇得了。”有道理的。

之前，大概三十年前吧，不兴这样的，大家农闲里，还会干活，如果不是被生产队与公社喊去挖土挑担修堤的话，女将们会纺线、织布、缝衣、做鞋，男将们会搞点副业，在我们村，是办糖坊。七八家合伙，一个村可以办二三个糖坊起来。11月的冬天，领头的大师傅，比如说保明，会在自家的堂屋里彻灶、立缸，摆上案板，堆满柴火，大铁锅里倒进热水，放上蒸笼之后，灶里的火舌会一直跳闪到腊月里，将保明家的堂屋弄得蒸汽腾腾、甜香微酸，成为本村冰雪寒冬里最暖和的地方，这一点，师傅们明白，孩子们明白，村里的中华田园犬与白猫黑猫们也是明白的。糖坊开张后，师傅开始下料，将大麦泡进温水，生出麦芽，切碎与蒸好的粳米搅拌在一起，盛进大瓦缸里，在温热的房间里发酿，很快就会由缸底流出来鲜甜的汁液，被导管引向大铁锅里。等到铁锅中盛满了酿汁，就置火煎熬，直到酿汁中的水蒸发变少，慢慢在锅底出现明黄色的糖稀。糖稀达到一定的浓度，掌作的师傅就会叫来年轻力壮的小伙子，让他将糖稀缠在木棍上“扯糖”。此时多半是黎明时分，随着扯糖小伙子的来回，糖稀会被反复扯到二三丈长，东方既白，屋顶打霜，糖饴的颜色也越变越白，最后是泛出和田玉一样的腻白，才算大功告成。抹上面粉，可以“砰”的一声下到案板上，切成糖块，由卖糖的人装进挑子里，扁担上挂着小秤、铁錾子、铁锤子，清早出发，穿着军大衣，戴狗钻洞的棉帽，顶霜履雪，向西坐船过大澴河，向东走金神庙桥过小澴河，去发卖我们村又甜又白的好麦芽糖。我父亲就是卖糖师傅中的一个，好处是，早上他出门前，会留几块糖给我们上学前尝尝，有时候晚上回来，糖块没有卖完，也会分赐给我们兄妹四个。睡觉之前吃掉，梦也会甜？其实不用担心我们的牙齿，没卖完的次数总是有限，能分到的，钻石星星一般，如同孔乙己分来的茴香豆，就是意思意思罢了。

麦芽糖、饴糖再向前走一步，将糖块里和上黑芝麻白芝麻或者花生仁，切萝卜片似的，切成新月木梳一般的薄片，码好放进纸盒里，就是大名鼎鼎的孝感麻糖。朋兴乡的八军台、城隍潭都做这个，但我们村的男将们，好像还没有掌握这样高级的技艺，就像我们村的女将们织布的手艺，要在土棉布上织出花样来，她们也是万万做不到的。我们的麦芽糖，除了给上学的孩子、晒太阳的老人甜个嘴，最重要的功能，是为过年时“碾糖果”：腊月里，将大块的麦芽糖在铁锅里重新融化为糖稀，将炒好的炒米倒进锅里搅拌均匀，然后趁热用手团成圆圆的“糖果”，冷却后，就可以放到瓮缸里，等到过年，小孩们四处拜年，口袋里就会塞满这样的“战利品”。因为粳米、籼米、糯米的不同，再加上糖稀多少不一，各家“糖果”的味道也不会一样，最好的，当然是又大又“抛酥”又甜蜜，能预兆到新一年里的好运。后来兴起的大白兔奶糖，各种花花绿绿的纸片包裹起来的蔗糖块，甜则甜矣，它们出身于城市工厂，出身于冰凉机器，终究还是缺少我们自己做出来的“糖果”的热烈与喜庆，没有其中的巫术与仪式的感觉——因为关系到一年的运气，我父母每年做糖果时，都是紧张兮兮的。

稼穑作甘，我觉得开糖坊做饴糖这样的“手工业”，与金神庙的“抬故事”（见113页）一样，传递的时间大概是成千上万年，我们由稻米里发现了“甜”，发现了“酒”，与人生的苦与乐关联起来。作为开糖坊的村子，我们与隔壁打铁、磨豆腐等村有一些不同。第一大概是泡桐树种得特别多，并不是像河南兰考的“焦桐”那样，为了防治风

4、5月收大麦的时候，
家长们就会炒一锅“哑巴粉”给孩子们吃，
加一点砂糖，香香的，滑滑的，
装在搪瓷缸子中，抓一把拍到嘴里，
凶猛地胶裹住舌头，
一下子很难说话，所以叫“哑巴粉”。

沙，而是泡桐的树干笔直中空，是很好的导管，能将糖坊里的高高低低的缸连接起来，让糖稀循环流淌。所以村里少油桐、青桐，也不爱种梨枣桑树，4、5月里，到处都是淡紫色的泡桐花苦苦的黏黏的香气。有时候，我自己都觉得“糖果”里，若有若无的有一点桐木的清香。因为需要大麦芽，初冬种小麦的同时，也会种一点大麦，这样4、5月收大麦的时候，家长们就会炒一锅“哑巴粉”给孩子们吃，加一点砂糖，香香的，滑滑的，装在搪瓷缸子中，抓一把拍到嘴里，凶猛地胶裹住舌头，一下子很难说话，所以叫“哑巴粉”。再一个，就是村里的男将们嘴特别地“油”，能说会道，说荤话也是附近村里一流的，其原因大概也是在漫长的冬夜，在温暖的糖坊里，有的是时间切磋讨论与下半身相关的故事。我记得早早辍学的银清、艾清，都是此项的好手，有一次艾清在糖坊里抓住我这个小学生，要我对“荷花莲蓬藕”这样的名对，我说是“拳头巴掌手”，他满眼放光地说：“还有一个对法，你老师一定没有教你，是……”唉，民间的智慧，令索绪尔叹为观止的所指与能指的游戏。要是民间文学的工作者来采风的话，我们村男将的讲故事水平，恐怕会高出隔壁匡埠沉默打铁的男将们一大截。还有一个福利是给小孩们的，因为做糖坊要烧掉大量的柴火，所以他们会发动小孩子去割草、打柴，顺手给一点钱。我们放学后，常常背着筐去田埂上割茅草，去树林里折枯枝，论斤卖给糖坊。几毛钱不算多，但那时候《少年文艺》《故事会》，各种《三国演义》《西游记》之类的小人书，也就几毛钱啊，我总怀疑，我现在能写几个字换钱，就跟当年打柴火卖给糖坊有关系。最后的福利，是给我们村的猪的。近年关了，母亲就会催父亲，去糖坊里挑两大桶“糖糟”回来，虽然米粒中的糖分大部分已经被麦芽哄走了，可是，比起糠麸野菜，糖糟还是要超出太多了。我们过年放鞭点炮，吃香喝辣，有鱼有肉，母亲的“几还债”

（方言，指非常听话，好像是专门投胎来还债的）的乖猪能够在猪屋里吃热腾腾、香喷喷、甜津津的糖糟，也算是与我们同乐，“咸与维新”，过了一过扎实的好年。

现在这样的“甜”“热”的，有乡村田园朋克风的糖坊，自然是关张好久了。村里的男将们，在城市里找到了更赚钱的营生，修锁、装修、泥瓦匠、卖菜，做一点小生意，就是寒冬腊月，也不太爱窝在村里。除此之外，大概“甜”也成了问题。从前一点“甜”，集中在春节前后，在舌头上炸开，奖赏给一年辛苦的耕读，那种感官的“革命”，令人觉得特别的珍贵。但现在“甜”已经是司空见惯了，很多麻烦就是由甜来的。开糖坊的保明已经去世很多年，他的病因是糖尿病。我父亲，从前的卖糖师傅，最近也在医院里查出了早期的糖尿病，进而成为微信养生的专家，每天都会娴熟地给自己注射“几点”胰岛素。人生之烟酒茶糖，他老人家已戒掉了烟、酒与糖，只余下年轻时并不爱的茶叶一项，到老年被发扬光大，什么乌龙茶、铁观音、金骏眉、生普洱、明前茶，为我与我弟弟供养，早已精益求精，难以哄骗，常常捧着保温杯，赞道：“这茶好，苦得好！”对，这已经是一个甜过头，然后要回转“吃苦”的时代了。

那些我们自己办糖坊，在寒冬腊月里，在温暖的乳白蒸汽里，亲手为我们的新年，为我们的人生弄一点“甜头”的日子，可能已经一去不复返了。

2017年11月11日，孝感市农四村

16 涂河集上臭豆腐

最近迷上了去赶涂河乡集，初冬的早上，6点钟出门，鸡叫第三遍，天蒙蒙亮，枫杨、苦楝树上，喜鹊黄鹂们也是睡醒出操练嗓的模样。开车拐上宝成路，两车道的水泥路在使用了两年后，泛着青光，油光水滑如鲫鱼背，掩映在眼睫毛般密集的白杨林道里，树叶黄绿交错，真美。白杨树外的田野里，小麦新绿，晚稻澄黄，白菜肥绿，萝卜鲜红，紫菜薹在绿叶紫茎里开出黄花，乳白的秋雾若隐若现，蛛丝般粘连村落，等待着朝阳来勘破它的愁思，也是美的。

少年时代，我们四五点起来，骑自行车，装两筐菜，曲曲折折，上下小澴河桥，过王家树林，到涂河集得一个半小时，现在，也就是十来分钟的车程，就可远远地将我的帕萨特停在路边，徒步走去涂河集与宝成路交错的十字街。街边过早（湖北地区对早餐的俗称）有一家面店，一家包子馒头铺，一个烧饼锅盔的摊子，面店馒头铺热气腾腾，烧饼摊的炉子火苗飘闪，馒头铺里架起油锅滋滋炸萝卜丝包子，烧饼摊上摆出来的黄亮肥厚的“剁粑”，都是本地的特产，上次我弟弟回家，就很迷这个。我还是愿意在面店里吃热干面，当垆的大嫂，由她的阳春面与“包面”转向汉口传来的“热干面”，会有一种特别的专心，她看到我一身运动服的样子，大概也猜出我是“回乡的汉口人”吧！要是让一个“汉口人”吃出她的热干面不地道，她一定会觉得羞耻。她家的豆浆也不错，是在豆腐作坊里用柴火铁锅煮出来的，有一点点苦腥味。

吃完面去买菜，一条五六百米的街，两边排满了青菜、豆腐、鱼肉的提篓、板车与席地的花塑料布，与武汉的整整齐齐的菜市场不同，与肖港镇的那个熙熙攘攘的市场也不太一样，它们已经蜕变成为“市”，这个地方，大概还可以说是露水集。除了没有城管、每一个摊子规模很小之外，摊主多半都是附近的农民，摆出来的也是自己家菜园里多余的菜，这些农民，也少见年轻的脸孔，六十岁开外的老太太老头子占大多数了，一张张皱纹满满的脸，菩萨罗汉似的，好像过去几十年，家乡的岁月都印刻其上，让我情不自禁想打开手机拍下来。我买了一点菜带回武汉，有时候也会再买一点寄给南宁的父母，本乡本土的黑白菜、红萝卜、茄子、莴笋、雪里蕻、白花菜，他们还爱烫豆折与豆腐底子，顺丰快递虽然贵，但菜价也便宜得让人有一点不好意思。回到武汉，好几天味蕾都沉浸在家乡的气味里，好像还在被老家的水土所滋养中，那种舒适与安慰，自是不待多言。妻子的老家离涂河集也不太远，她饮食上没有我这么讲究，但最近一二年，也很迷这些由家乡带回来的青菜，额外的好处，是她对我回乡的跑步与写作，也变得支持起来。

妻子最爱的，是这个集市上的臭豆腐。往西大澴河堤的方向，几乎要走到集市的尽头，由路边的三层楼房的底楼里引出来一个杂货摊子，一位中年妇女穿着由孩子身上接来的中学校服，摆出来干香菇、苕粉、海带、黄花、黑木耳这些由外地引进的尖货。摊档的最前面，则是一溜装腌菜的坛坛罐罐，高高矮矮，依次泡的萝卜片、菊芋头，揉的萝卜秧子、白花菜、雪里蕻，自制的红泥鸭蛋、酱豆、麦酱，总有一二十个品种，清清爽爽，形形色色，难得的是，全部是本地的腌制法，从前我父母辈、爷爷奶奶辈的技术活，好像都被展示了出来。谙熟腌菜谱的青木正儿、周作人、汪曾祺辈要是路过这里，固然是眼睛一亮，写风土记的飞廉同学也是愀然有感，停下了脚步。腊鱼腊肉会同腌菜谱上的诸君，眼下已被微信上的养生党打得灰头土脸，承担起来重盐、致癌之类的责任，但生死由命，富贵在天，家乡的咸菜，难道不是像深井中的水一样，连通着我们味蕾上最深入的记忆吗？看顾摊子的校服大嫂招呼我："大兄弟这些菜干净，都是我妈自己做的，这里还有一坛臭豆腐，就是有一点贵，十五块钱一斤……"

果然每一碗好咸菜的后面，都有一个擦洗得人影可鉴的陶瓮，有一位头发梳得妥帖，对襟大褂穿得"格格挣挣"（苏北方言，形容把衣服穿得干净、整齐）的外婆或者奶奶。腌制萝卜白菜、菊芋鸭蛋的咸淡相宜，老嫩合时，也还罢了，花一个冬天的时间，制出一坛子有声有色的臭豆腐，这个才是吾乡腌菜谱中的头牌，吾乡饔飧集中的明珠。李约瑟在他的《中国科学技术史》中谈食物特别是蛋白质的发酵，欧美是奶酪，中国则是腐乳、皮蛋与鱼露。腐乳的做法，是将豆腐块稍稍晒干，在稻草里微微发酵后，放进白酒中密封炮制，有时候，还可加一点酒曲。有几年冬天，我自己做过，不难。但我们这边臭豆腐的做法，却特别繁复。将豆腐切片后，在簸箕里反复摊晒，之后一层一层间隔稻草码进箩筐，等候它们长出一寸余长的白毛，再取出来将豆腐片切成块，放到簸箕中继续曝晒数日，石子一般，灰白干褐，方正挺括，才和盐装到坛瓮里，密封发酵。这个漫长的过程，要求主持其事的婆婆耐得烦，有恒心，技艺精湛，知道摊晒、生毛、放盐、密封的分寸，看自己双手的巧拙之外，也得看老天爷是否赏脸，如果冬雪霏霏，连日不晴，没有好太阳，长出白毛的豆腐块无法摊晒，老婆婆端出砧板，拿着菜刀，在街巷里诅咒“彼苍者天，曷有其极”的心都会有吧。如果一切运气都刚刚好，第一碗臭豆腐会在腊月里蒸出来，臭，苦，韧，香，传奇般的味道将全家人的舌头唤醒的时候，大鱼大肉的新年也就快来到了。

所以，十五块钱一斤的臭豆腐，并不贵。之前我称了两斤带回武汉，一斤放到冰箱，一斤寄给我在南宁的弟弟。几天后，在我们家的微信群“老郑一家人”里，弟弟热泪盈眶，用“笑哭”的表情包，与妻子交流吃臭豆腐的体会，弟弟想起了外婆，妻子是想起了她奶奶，两位腌制咸菜的大师，离开这个世界，都已经有二十年了，她们在世的时候，用四季绵延不绝的腌咸菜，哄骗我们回了多少次家，吃了多少碗饭，将我们由唇红齿白的少年哄骗成发白齿摇的中年……

开车回家的路上，还能隐隐闻见后备箱里臭豆腐的奇香。我想起去年在汉口的沈阳路菜场遇到的一位黄陂老太太，她的咸菜摊子我光顾有好多年了，有一天她坚持不收我的钱，说：“老头子中秋节走了，儿子要我回家，我冇得心事再做了。”老太太收起摊子，大概是将沈阳路集市最好的一点滋味也带走了。但愿这位涂河集上中年妇人的妈妈，能够福寿康宁，令我们还有分享她的臭豆腐的好运气。我还希望涂河集这样的乡村集市，能够在超市与网店的洪流里保存下来，它是乡村的心脏，它停止跳动的时刻，就是乡村重返自然，成为“作物车间”与云梦荒野的时刻。并不是太坏的收梢，对吗？朝霞满天，田野如梦，我明白这一天终究会来。

2017年11月18日，孝感市农四村

17 红菜薹，白菜薹

这几年，武汉人往北上广深的亲友们送礼，好像有了一点变化，一年四季长短粗细鲜香咸辣的真空袋鸭脖子大法，总算有了转向与缝隙，大家回过头，将红菜薹派上了场。北风起，江汉寒，各处菜场里，红菜薹一小捆一小捆垒起来，城垛一般，与对面廊下阳光里吊着的影影绰绰的腌肉多么登对，引诱我们的口水。等到霜如雪、雪成堆的寒冬腊月，菜薹们修炼到炉火纯青、盈盈紫玉、纤纤美腿，清香、脆嫩、腴美，又有一点稍稍的苦意思，和着刚刚入味的腊肉片，应对荆襄云梦间的稻米饭，极普通的饮食，却也是上天赏赐的恩物日常。莼鲈之思，是游子念着故乡，我们这些在故乡莼鲈间的人，也何尝不挂念外面的游子唉。有时候放下筷子，就会情不自禁去菜场买几斤红菜薹，给住在南宁弟弟家的父母寄去，父母收到了，打电话来，说不要不要，快递多贵，语气里却可以听出好开心。“菜鸟驿站”里的快递员对新业务见怪不怪了，菜场里卖菜的大姐明白这是新生意一桩，特别将粗壮肥大、黄花霍霍的红菜薹挑出来码堆，在赋义了亲情后，准备溢价卖给我这样的有心人，她们的招呼是：“红菜薹，送人的正宗的洪山菜薹！”

的确是好菜薹，却未必是正宗的洪山菜薹吧。据说正宗的洪山菜薹出自武昌的宝通禅寺。外地来的朋友坐老京广线过武汉，会经过长江大桥，大桥连接着江北的龟山与江南的蛇山，蛇山由江边的黄鹤楼开始，微土细石，隐隐草树，迤逦向东，断断续续，其势一直伸展到华中科技大学的喻家山，这一段武汉的龙脉，已经被条条铁路、公路、地铁、高楼、学校、小区分解成无数的单元，如果还算是蛇的话，已经是一条负戴着种种现代性景观的奇异羽蛇了。宝通寺的灯火院落就是其中受命表现“传统”的一个单元，弥勒佛、如来佛、燃灯古佛、观音们的坐殿也并不见得就比附近高校“研究僧”们的宿舍宽敞，和尚师父们也只能在亭亭的洪山宝塔之下，见缝插针地开辟几块菜地，去实践马祖大师与百丈禅师“昼而农，夜而禅”的丛林修禅遗训，声名赫赫的宝通寺菜薹，大概每年只能种出半亩的样子。

我常常去宝通寺，为儿子的幼儿园考小考中考高考烧香，爬洪山宝塔，一身热汗地下来，会对着被铁丝网围起来的菜薹流口水，像我这样流口水的香客与居士一定不在少数，不然，何来铁丝网惹尘埃？和尚们不养几条藏獒守护这武汉第一珍宝，就够对得起我们的了。我只能学着阿Q在心里想：“菜薹好吃，但有口福的师父们，你们敢用腊肉炒吗？没有遇到腊肉的菜薹，就像没有放花椒与辣椒的成都火锅，没有遇到恋爱的美女，多可惜。”和尚师父们大概也知道了我们的贪嗔痴，他们果断地修改了“正宗菜薹”的故事脚本，所以有一种说法是，能听到宝塔下的宝通寺钟，在钟声里长大的菜薹其实也是蛮正宗的。对，菜薹不是有一股子苦味吗？这个苦味其实就是禅味，在和尚们的念经声里有，在普度众生的寺钟声里也有啊，薄暮空潭曲，安禅制毒龙，妙哉斯解，乖乖，真是吃一箸菜薹，都可以悟一个禅。

然而，然而……就是将宝通寺钟声覆盖的全武昌，拔去高楼名校种成菜薹田，也是不够武汉人民和全国与武汉相关的人民，伸出箸筷撩拨的啊，只能说，由宝通禅寺流出的红菜薹细羽一般的种子，很快扩散到周边的江汉平原，这些村庄的菜地里，种出来的红菜薹，虽然望不见宝塔，听不见钟声，但极目楚天舒，楚天里的每一棵草木，也是有佛性的啊，我相信，世界上除了宝通寺的大和尚，某地的大领导与大BOSS，也很少有人的舌头能知道什么是“正宗”的洪山菜薹吧。

所以，我家以前也是种红菜薹的，寒冬时节，也会在球白菜、莴苣、胡萝卜、蚕豆苗、麦苗中间，开辟出几分菜薹地，三九四九霜雪交错的时节，也能每天下午掐出一担盈盈紫玉的红菜薹，第二天清早由父亲用自行车载到肖港镇集市，由菜贩子买下来装上人货混杂的绿皮火车，运到汉口江北的大智门火车站，分发到各菜市场冒充“正宗洪山菜薹”发卖。冬日的木头餐桌上，有田园里的萝卜白菜，池塘里的莲藕家鱼，又有年猪豆腐，应接不暇，其实轮不到红菜薹称兄道弟，母亲偶尔炒一碗出来，我们都不太爱吃，父亲下酒，也不吃它，我们觉得有一点苦。武汉人不会吃东西，总爱吃苦瓜、菜薹这样有苦味的名堂，相信他们夏天时，不小心煮到苦的瓠子，也会很开心吧，满城的智障啊……我相信父亲嚼着花生米时，是这么想的。三十年后，我也做了武汉人，我也爱吃红菜薹了，才慢慢明白，它是在无数的大鱼大肉，无尽的浓香甜美里，才以清腴微苦出格，加上腊肉在味蕾中爆发的奇妙曲线，紫袍加身，成为酒席之上的王者的。这就像《红楼梦》里宝玉少爷与黛玉姑娘谈的禅，没有泼天的富贵，谈什么啊？也像欧洲知识分子谈后现代，没有亚非拉的血汗工厂，谈个毛线啊。

当年我最爱的一道菜，其实是母亲炒的白菜薹，我们老家的黑秆白菜，肥壮厚实，等到霜消雪化的早春，放弃绿叶的事业，开始专心抽薹开花，准备实践十字花科植物繁盛的生育。花苞刚成形的时候，菜薹会有拇指粗细，两拃多长，姐姐去掐一大把回家，指头捻动，轮转剐掉皮，留着枝头的花苞，用井水洗净，交母亲用三四块腊肉炒出来，就会统治当晚除花生米之外我们家的餐桌，我们兄妹每个人，大概也只能分到三四根的样子吧。此夜的白菜薹，与大名鼎鼎的红菜薹比较，清香、脆嫩、腴美皆不逊，只是一段苦意思，却被置换成了清甜，绕梁三日。这一番滋味，现在想起来，好像就是我们贫穷、清寒而又温情的乡村生活的一个象征。哪怕是，春暖花开，我们一个个吃菜薹的小孩，吃下糖塔，在村后的树林里涨红脸拉下弯弯曲曲的蛔虫堆栈时，会情不自禁地将菜薹和眼下所见联系起来：我们吃到的蛔虫卵，大概也是由田园的五谷轮回里得来的。黑秆白菜可是承受农家肥的大户，所谓道在屎溺中，正如之前，禅在红菜薹里，是一样的吧。

高三那年，寒假结束，我去和平二的公路边搭车，到孝感读书，妈妈让我用饭盒带菜，没有给花生米，也没有放咸鱼块，而是装了满满一铝饭盒腊肉炒的白菜薹，整整齐齐，柴堆似的。我挤上春节后罐头一般的巴士，夕照中来到学校，正好赶上食堂开晚饭。窗口上买了三两米饭，没有打菜，与几位同学一起就着白菜薹吃饭，饭粒硬得像子弹，菜薹还是温热的，并没有凉凉。吃饭咽菜，想着数月之后的高考，我一时眼里潮潮的。我明白，这一盒白菜薹，大概是不识字的母亲，对她由乡村里出来的，即将面临人生大考的大儿子，能做出的最大的宠溺了。

2018年2月12日，孝感市农四村

18 红蓼溪

这是去年冬天，在乡村晨跑里，遇到的最美景象，我一定要慢慢讲。11月的霜夜，我跑出村的时候，天还是黑的。起得比平日早，是因为浓霜里黄鹂踏着枫杨树枝打滑，想将身体拼命唤出热气，所以有吵嚷的变调？还是公鸡们在腊月临头一刀之前，长得又壮又胖，终于成为乡村合唱队声震屋瓦的生力军？我觉得，柏林的那个家伙也有责任，她写微信与我讨论日本学者白川静的汉字学，根本就不管东北亚乡村中的我，正在惜被如金的清寒拂晓。

早一点就早一点吧，我在这里读小学初中的时候，哪一天起床就比这次晚了？迎着一线摇摇欲坠的黄金弯月向西半公里，沿着稠黑的大路，在道路尽头向北转入往肖港镇的柏油路，又在一公里后的舒氏路折转向东，稍稍躲避北风的刀头，跑向小澴河堤，突破路边两家藏獒养殖场恶狗们惊心动魄的声音封锁线，与打着远光灯出门接娃娃的农丰四村幼儿园的明黄色校车擦肩而过，

才得以沿着梅家塆长坡，一身热汗跑上堤。站在河堤上茫然四顾，觉得夜色渐阑，青色天光下露出翡翠麦苗、黑瓦白墙、畦畦菜地，天色已在东边京广铁路方向破晓，一点红霞绽破在金神庙集的林树之上。

由浓云里渲染出来的霞光之盛，由浅红到深红，由一萼红梅到满树海棠，好像是有一个女人，藏在东边的大别山群山里，在耐心而仔细地调试胭脂与口红的色号。试遍了种种光影与色调之后，才发现这凛冽星河里沉积的热烈，还不如她素颜的脸颊与唇红，来得鲜红、馨香、润泽，如同正旦逢春、牡丹含露，如同普鲁斯特所言“清新的、玫瑰红的”生命。她洗尽铅华，神光离合，云堆旋即加厚、加重，层层将霞光缠绕起来，好像要收藏住这个绮丽的梦，任由列列青山、淙淙溪流、离离草木、落落鸟群的召唤，也不再出现。也只是那些在鸡鸣里早起的，将脚印印在小溳河石桥白霜里的人，才会得到这一点变化的慰劳，那些曲调婉转的黄鹂，大概也会由这样变幻而短促的霞光里，得到歌唱的启发吧，宇宙将它微妙的小叙事，温和地藏在这里。

我搓搓手，沿着霞光消逝的河堤继续向北跑。并不是我经常跑步的路线。十余年前，这条河堤婉转如同女人的腰线，是可以通向肖港镇的，是我们步行骑车的必经地，路边的野花野草，路中央的坷坎水凼，堤林中的株株枫杨与杉树，我都非常熟悉，只是后来横贯东西的汉十高速由蛇行的河堤上飞掠过去，滚滚车河下的宏大立交桥，将我童年时代最了解的道路截断了。从前河堤上下睫毛般密集的枫杨与杉树被砍伐一空，随后种起来的白杨又被野生的藤蔓缠入荒野、草木纠结的河岸。继续向前跑，你会跑进野兔、黄鼠狼、野猪、喜鹊、乌鸦、翠鸟、白鹭们的梦境里。

但那天早上我下了决心，好像是那一个秒拍视频般的红霞沉在我心里，我想要比往日，再向前跑一段更荒芜的路，哪怕是迎面的北风如刀，四野浓霜如雪，魔性的苍耳好像等候我多年的鼓点，啃咬在我裤腿上。我一口气跑到高速路巨大的立交桥下，小澴河清碧一线，就由立交桥数根水泥擎天柱中间哗哗流过。在我之前，一定也有好奇的放牛牧羊人来到这里，牛羊当然会跳到小河对面去，可是对放牛人来讲，一丈余宽的小澴河可不算窄，他们将四五个树桩排列在河面上，有一点铁掌水上漂练功夫的意思。我在河边站立片刻，听着头顶车辆轮胎与路面摩擦的潮汐般的声音，心里想，揭谛揭谛，到小澴河的对岸去，要是失足掉到刺骨的冰水里，就权当是它给我这个中年文青的冰桶挑战吧，反正，母鸡们的抱鸡母梦（抱鸡母，本地方言，指孵蛋带小鸡的母鸡），也是在这样的冰水里，被熄灭掉的。

沿着小澴河的左岸，高高河堤下，河床边的牛羊小路向前走。这是我之前没有走过的路，河水在青灰的天色里，升腾着白茫茫的水汽，小澴河的龙王君，这时候说不定也由他简易的龙宫里爬出来，在魏家河的水潭里，在悄悄吐纳，吐出这些丝丝缕缕的真气吧。我惊讶地看到，护持住这漩涡密布的青冥河水与腾腾骨白水汽的河岸，两边镶满了红蓼，像于我们的群青梦境里，又创生出一个深层的绯梦。一个童贞的梦，不是吗？一小株红蓼那么孤单、脆弱、冷清，好像不存在，可是千万株红蓼聚生在一起的时候，就好像一群乡下女孩，在十三四岁的时候，忽然涌现无意识的美，由稚弱的身体里，透出来点点珠华。它的模样，好像是女孩们恋爱时，咬在情侣手背上的牙印，颗颗粒粒，绯红细牙，弯弯新月，一点痛，深入骨髓。川端康成《伊豆的舞女》里，“我”清晨走进旅店，看到睡梦乍醒的舞女满脸的羞红，大概就是眼前红蓼溪热烈的颜色。徐志摩写《再别康桥》纪念他的情人：“满载

一船星辉，在星辉斑斓里放歌。”这一片蜿蜒数里的红蓼溪，好像就缥缈在这样的歌声里。

我想起山岭间看过的日出，海上看过的晚霞，由西伯利亚回返的航班上看到的极光，世界曾给予我以变幻丰富的颜色，但都不及这个绯红的梦，它藏在荒野中的溪河，我生命的原乡，像璀璨的群星，决心置换成最不起眼的野花出现在无意撞入的我面前。

白川静讲，“道”这个字，好像在说明南岛部族里的少年，摸黑出草猎头，完成成人仪礼，又沿着清晓的晨光归来，手中头颅的鲜血，就点点滴在祖先的来路上。以后，他就有资格与部族豆蔻年华的少女们约会交往。这一条由远古而来，曾经布满了扬子鳄与野生亚洲水牛的小河，它的两岸，也曾滴入过少年们的鲜血？所谓“隰有游龙”，这些红蓼，就是千万年前，由这些鲜血滋养出来的吧。我将这个字写在她的微信里，此时此刻，她也在那个吸血鬼出没的冬天童话镇，海棠飞天一般睡着了吧。

然而我的晨跑还不能停，离计步软件的要求，还远。我野猫般，一身热汗，心里藏着巨大的惊喜，挺胸，身体微倾，双臂摆动加快，小步幅，继续向前。

2018年2月18日，武汉

19 金神庙抬故事考

小时候过好一个年，除了吃喝的口腹之欲，拜年的亲朋往来，其实还有三个指针，一是村里会不会玩龙灯，二是金神庙会不会“抬故事”，三还是在金神庙，会不会唱大戏？只有等到喧天锣鼓、密集鞭炮、累累香烛、摩肩人流里，十八节的龙灯去朝罢黑林寺，二三十台的“故事家”走过泥泞的村巷，远方来的楚剧黄梅戏团在金神庙集的骡马市上搬演了《四下河南》《天仙配》，又加演《打猪草》《夫妻观灯》，我们才会觉得风流云散，年过月尽，如同春晚唱完了《欢乐今宵》，七姐赠别了“百日圆”（即七仙女和楚剧《百日缘》），孙悟空辞去了火焰山，张生崔莺莺草桥惊梦，田野里春草生、青蛙叫、布谷啼，牛栏里的黄牛都扯紧绳子奔奔要去下田，这时候才会心满意足地上学的上学、种田的种田，去东北刷墙的往肖港镇赶绿皮火车，去武汉修锁的挤长途公交，一年之计在于春，要是挨到菜花黄，一年的生计可都凉凉了。

可见这玩龙灯、“抬故事”、唱大戏三联项，其实是我们年节叙事的顶峰，让我们的身体兴奋、情感喜悦，在思想上也因此转向新的茫然岁月。玩龙灯抢庙拜香，这是年轻力壮的小伙子的活，登台唱戏扮正旦小生，又非市镇的草根艺术家莫办，与我们这些孩子息息相关的，其实是“抬故事”。伙伴里谁谁谁被选中加入了“故事会”，请上桌，粉墨登场，谁扮的是赵匡胤、包公拯、八贤王、杨六郎延昭、罗成、秦琼、尉迟恭、孙悟空、唐僧、猪八戒、沙和尚、诸葛亮、刘备、关羽、张飞、赵云……谁家里特别有钱，让孩子扮了“皇帝”，谁的妆画得好，唇红齿白，谁的妆不好，像烧煳的卷子，乌漆麻黑，谁站在四条大汉抬起来巡游的八仙桌上，自自然然，不动如山，扮的是那个事，谁又抓耳挠腮，好像身上的虱子没捉干净，还听说谁谁，胆子小，又害羞，在锣鼓声里尿了裤子……这些珍贵的八卦，跟如今春晚之后微博微信上的论争一样，也是当日金神庙集所联结的几十个乡村的群舆焦点，那个扮相最灵醒的男孩，那个抢到了“皇帝”的“富二代”，也会上到热搜榜的最前面。据说选入“故事会”的孩子，会远离疫病、灾殃，夏天里下河游泳龙王都让三分，年底的考试，可能也会涨分数？所以大人们都会积极地去报名，而孩子们会在兴奋与羞耻里，听候选秀的消息。飞廉？飞廉同学从来都没有被请上桌子过，一定是因为小时候的我长得黄皮寡瘦，晒得黢黑八黑，屡屡被金神村的评审团“丑拒”了吧。

方家一看，即已明白，所谓“抬故事”，就是乡间立春的仪礼。我由《光绪孝感县志》第五卷《风土志》中查到的是：“正月立春，邑令迎春于东郊。各行户装故事，先一日演于市，奏于公堂，谓之‘点春’。本日谓之‘打春’，盖鞭土牛至碎也。连日老幼聚观，竞以麻麦米豆抛打春牛及诸故事。”这样“点春”“打春”的风俗，当日可能在县城与周边的集市都有出现，只是世易时移，先是其他市集不再劳神费力办理此项业务，接下来春牛土偶也躲过一劫，由吾乡迎春嘉年华指南手册中脱落，金神庙集“抬故事”经晚清、民国、共和国，一年一年地演练下来，成为立春行事的活标本，当然是非常难得，所以能够陆续申报为省市里的非物质文化遗产，洵有以也。再往晚清上溯，这样立春“抬故事”的习俗，到底出现在什么时候呢？我去访问曾参与主事的李万宗师傅，他们将“抬故事”的缘起推到赵匡胤的身上，说的是这位宋太祖在发迹之前，拎着日后将打下四百座军州的铁棒经过这里，正好遇到罕见的大旱，民众百般求雨，皆告无效，赵匡胤献上的美计，是扎出黄帝的像，将他抬到烈日下暴晒，他觉得酷暑难挨，自然会反省诸己，要求雷公电婆值班下雨，未来的新皇帝驱使过去的老皇帝，金神庙集以下小濛河的龙王能不给面子？当夜暴雨倾盆，将周边村庄的稻麦田地，浇了一个十足，宋太祖的美计，也由此成为“抬故事”的源头。故事是好故事，方家一看，也知道是商汤求雨、打春牛之类的合体，无非是，请出来赵匡胤这么一个狠角色。

真的是胡编乱造吗？飞廉这个列维－斯特劳斯神话学的私淑弟子，明白神话传说无所谓真假，造出这个故事的“算法”才重要，此其一；在连接起神话的一系列情节里，要注意那些奇怪的缝隙，敲打这些缝隙，也许会掉出来一些你未曾留意到的东西。赵匡胤的美计未必是真的，但“求雨”仪式却不会假。我们这块地方，在北纬三十度线上，东亚的季风，由太平洋上吹起来雨水，在这里多停一下，就会洪水滔天，匆匆而过，就会赤地千里，季风就是龙，龙性不可驯，真不可驯？正月的玩龙灯，端午的划龙船，不都是为了驯龙的吗？龙性至阳，将它的阳气泄尽，可能“旱魃”就不会发动。放眼我们乡下，又有什么比

“童男”的阳气更充沛的呢？所以拘不来皇帝，就挑出几十个男孩子来替换皇帝“献祭”好了，“抬故事”只是“献祭”的一种弱置换。至于为什么要扮“故事”，我觉得，它可以是“驱傩”仪式的另外一种置换。更早之前，应是由人们打春牛一般，将挂着傩面具的“旱魃”痛打一顿，后来由“驱傩”仪式发展出“傩戏”，又由“傩戏”发展出“大戏”，回头过来，大戏中的各色人物，回头又取代了挂着傩面具的“傩神”，这样奇异的转换，其中“化妆”“易容”的命题是没有改变的，它承担的，是让“天意”与“龙性”转变的咒语：天旱，请下雨；天雨，请出太阳。所以“抬故事”就是“驱傩”仪礼的转换，而我童年的伙伴们扮演的，其实就是皇帝们、旱魃们，他们飞龙在天，我们的鸟鸟，也天生练过九阳真经，杠杠的。

为什么是赵匡胤？刘备、关羽、岳飞、诸葛孔明这些帝王将相未必就没有打从我家门前过，在梅家桥上留下马蹄印与车辙痕，独独挑出这一个好汉皇帝，大概也不仅仅是因为他的棒法好、讲义气、不调戏京娘此类男子气概的品质，而是透露出来我们这个被称之为“移民走廊”的孝感市，本地当下的居民，唐宋移民一批，明清移民又一批，明清的一批，比如飞廉的祖上，是明初湖广填四川，江西填湖广，自江西迁居云梦泽畔，而唐宋的移民，恐怕是将更早的现在江汉平原上土苗族的先民，挤压进西南的诸山岭里。上面推测的，由原始的“驱傩仪礼”向更精微的“抬故事”行事的转换，说不定，就发生在这个变动的时期：金神庙周边的奚族、巴土先民撤走，可是旱涝的问题依然是新来的移民的噩梦，一种市民气味十足的历史演义人物的Cosplay被创制出来，代替之前“阳气泄尽”的土风蛮俗。

我翻石声淮先生编的《苏轼文选》，看到《与朱鄂州书》，尚在黄州反省思过的东坡，写信给鄂州知府朱寿昌，恳求他革除鄂州一带溺杀亲生婴儿的弊习。苏轼说，据他的朋友王天麟讲，“鄂渚间田野小人”，一般只愿意养两个儿子一个女儿，超过这个数目字，就会将新生的婴儿在水盆里“以冷水浸杀”。他举安州司法秦光亨的例子，这位秦兄因为超生在第四胎，已经被父母按入了水盆里，只因他昨日托梦给舅舅，才会被破门救出来，考中进士当了官。鄂州是今天的武汉、鄂州、汉川，安州是现在安陆、云梦、孝感。可见北宋初年，在我们这一带，杀婴是普遍的习俗，不仅是女婴，男婴亦逃不过父母的冷水盆。除了苏轼推测的经济方面的原因，可能也会与一些巫术土俗相关：向神鬼献祭孩子，哪怕是男婴，是让世界良性运作的一个可以接受的办法。

我看到这篇文章的时候，当然是不寒而栗，一身是汗，要是在宋初，我弟弟或者妹妹，有一个，生下来就逃不掉冷水盆的命运啊。所以“抬故事”是多么好的转换，它通过一场扮演，让我们死里逃生，由数日的“装死”换来更加健旺的生命，也完成了巫术的任务，对不驯服的龙王的意志做出了特别的警告，这个聪明的改造，大概就是在宋初完成的吧，只是这些“鄂渚间田野小人”将苏轼、王天麟诸公的恻隐仁心，压缩到了宋太祖赵匡胤的身上？

曾经，风调雨顺是多么不容易，一个孩子由母亲的子宫里出来，活到成年，是多么的艰难，这些后工业时代不可想象的血泪与苦难，当日只有依靠神话、巫术、仪式、戏剧、诗才能得到化解，这可能就是“抬故事”的“故事”。小时候我想参加“抬故事”而不可得，现在是常常为回乡看“抬故事”而不可得，这样以考据、以猜想，来写一点漫无际涯的考证的文字，也算是一种“参与”吧，希望能在此行事仪礼参评国家、世界非物质文化遗产时，发挥一点作用，是为记。

2018年2月22日，武汉

20 沙湖边的跑步家

哀乐中年，在沙湖边跑步，大概是唯一唯二的乐趣。早上5点钟醒来，果敢勇毅地跳下床，草草洗脸，换上运动衣，打开手机里的计步软件，将黑色的臂包捋到胳膊上，出门去。夏天天亮早，草叶滋露，晨色玫瑰红。冬天黢黢黑，路灯画出寒风中的枯树条。遇到好天气，心里有淡淡的欢喜，下雨，举一把伞嘛，就是跑步家们最讨厌的雾霾天，我也能接受，倒并不是有为武汉吸霾的自虐与自觉，雾失楼台的沙湖，也不错，不是吗?

三公里到沙湖大桥，五公里到省图书馆，十公里就可以绕湖一周，在计步软件里画一个妥妥的圆。我跑得慢，在诸位健步如飞的兔子跑步家里头，我大概可以算一只稍稍快一点的乌龟，总之是兴之所至，兴尽而返，实践浮士德的话："你真美啊，请停留一下。"沙湖公园的确美。眼下荷叶田田，缀满在湖陂离离青草之外，千亿朵莲花开放，清白粉红，芳华遗世，规模远胜于朱自清精雕细刻的半亩荷塘。莲花之外，春天的桃李与海棠，秋天的木芙蓉与小雏菊，冬天的蜡梅与红梅，都好看，我还特别喜欢省图书馆之外，沙湖南岸上的两排白杨树，三四十年的树龄，四五百米的树巷，昆虫蠕蠕，鸟集如雨，随着四季轻重缓急不同的风，可奏出或激越或清扬的音乐，好像是一群湖滨的音乐家在沉潜往复地练习管弦笙箫。这排树，大概在沙湖公园建造之前，就已经扎根于泥涂，它们是沙湖的原住民，就像附近昙华林里那些钟情于热干面鱼糊粉豆皮面窝的老武昌客。西岸的乌桕树林也是我喜欢的。一定有我这样热爱大别山中乌桕树的好事者，将它们车载以入，闲闲散散地栽在一群名花奇卉里，将这些山野的村女，归化为湖泽的公主。三五年拱把的乌桕树，即有矫矫的龙姿，凝听翔立，不可方思，春夏鸿蒙开辟，童叶稚稚，愈往秋冬，愈是卓尔不凡，霜叶尽染，神采飞扬，一堆堆的火焰，漂染着深红浅红，像另一群好事者船载以入的法国葡萄酒，也像我迷上的花雕绍酒女儿红。就是冬天，乌桕树木叶尽脱，云鬓龙影里，缀满的乌桕树籽，黑白相间，星星点点，也好看，长在城里的好处，就是再没有人去摧条拉枝，采集这些种子，盈筐倾担，熬油点灯吧。这样由原生树种与外来草木，聚合发育出来的园林湿地，有一点转基因的气味，我也没有觉得别扭，日月如梭，光阴如掷，它们很快就会共生在一起，成为自然，成为荒野，成为森林，将城市吞没其中。

我也喜欢，将沙湖围绕起来的这些簇新的房子，之前好几年，它们雨后春笋一般，由千百个辛劳的脚手架悬挂起来，现在除了那个据说将世界第一的“绿地”还在蜗牛般地建筑之外，它们已经“完璧归楚”，是的，这是人工建造出来的和氏璧，新的荆山之玉，将碧波荡漾的沙湖含纳其中。我在金泥般的朝阳里跑步的时候，常常想到的一个词是“金盆游鲤”，多么好的风水，从前，江湖在列列的青山里，现在，它们在高楼大厦之间。跳出我们这个时空，由真正的隐士去看，高楼大厦，跟列列青山，就像山林与朝市，其实并没有太大的差异。我喜欢的几处建筑，万达电影乐园，浮夸，得意，漫不经心，好像可以由欲望与财富中得到自由，有后现代的气味，而乐园旁边的省图书馆，则周密严谨，是书与太阳的符号学，颇有一点结构主义的老派，它们依据着楚河汉街的新民国风，特别具有先锋的精神。我还喜欢沙湖大道靠近麦德龙商场附近的一处厂房，那是我跑步开始的地方，工业时代遗留下来的灰白水泥红砖建筑，挺拔健壮，朴实而有耐心，它有一点像曾经风行一时的“黑莓”手机的外壳，比较好运的是，它没有被拆掉，也没有被改成莫名其妙的艺术展厅之类，而是被开发成羽毛球馆，从前我也常去打羽毛球，与其他的中年人一样，挥汗如雨，幻想着减掉肚皮上的脂肪，让青春停留一下，羽毛球在空荡荡的黑莓厂房里回旋轰鸣的弧线与声音，恍惚，美妙。我还要点赞一下湖北大学后面，沙湖西北岸小湖中的那个亭子，翼然在绿油油的浮萍与曲桥上，很别扭，很生硬，是20世纪80年代的精致与坚持，大概出自本校哪位建筑专业的老教授的手笔吧，湖大的学生与校友，于这个无名亭，会有各自美好的青春记忆。我在亭上流连既久，常常想，说不定那位老教授，就是在亭下打太极拳的老者中间的一位，如果屈原能够穿越时空，再来一次“朝发鄂渚，夕宿辰阳”，他要去盘桓的，可能不是东湖的行吟阁，而是这个别扭的“新亭”，对，这是我给它取的名字，不知道百年前的湖北道员、沙湖居士、琴园主人任桐先生满意否？

一个湖久了，生育偌大鱼鳖，被湖畔点点钓鱼客以鱼饵相诱，养出的蚊蝇，也足够养活杂花林树中的飞鸟，这样的林园，当然也会将周边小区里的居民吸引过来，朝九之前，晚五之后，享乐于此。太极拳阵里的老人们，闲闲定定，衣履飘飘，练瑜伽的小嫂子，在荷塘边塑形弄影，练剑与扇子舞的大娘们，英姿飒爽，如果要看头发油油的中年男人，带着女伴跳国标交谊舞，则要等到晚7点之后，明月挂在沙湖东北岸的鹊桥之上，他们一对对在公园正门前的空地上盘旋，其实能比旧时欧洲贵族沙龙里的玛祖卡舞之类，差到哪里去？喜头鱼有自己的泥藻，喜鹊有自己的集，杨柳有自己的丛，人也是，有时候，我随着跑步党们跑步，心里想，这些不相识的人，慢慢地结成彼此不同的团队，也花掉了不少“团建”的工夫吧，寂寞是靠谱的虫子，它咬着我们的心灵，让我们可以怨，也可以群，所以世界上，会有村庄与城市，广场与公园。

至于我，沙湖边的跑步家，慢慢看，慢慢跑，发白而秃，忽忽将老，好像也没有什么好怕的。感谢跑步的多巴胺，也感谢朝晖夕阴的沙湖，又人工，又自然，将山林与都市混合在一起的荒野公园，这是我人生里，又一块邮票一般的乡土。

2018年7月21日，武汉

21 拖板车

我还记得，当当敲铁轨钟，冬天小学校早上七八点放早学，饥肠辘辘由教室里走出来，我背着书包往家走，一路上麦田结霜，小池塘上凌，朝阳将我蹦蹦跳跳的影子投到大路上，沿着村巷摸到家门口，如果看到两架木板车，车身空荡荡盛放绳索，四根枣木车手油光水滑，头尾相衔，停放在门前椿树下，堂屋里传来菊平舅舅与少成堂舅爽朗的谈笑，我心里就一阵狂喜：两位舅舅又来做客了！

那时候分田到户没几年，两位舅舅二十出头，年轻力壮，还没结婚，春夏努力种田，秋冬农闲，会去附近八汉洼砖瓦厂找活干：鸡叫头遍起床，将板车拖到瓦窑外面，将滚烫的机瓦一列列垒好，三五层，船塔形，然后按经理的吩咐，将这一车机瓦拖到准备盖新房的村户。舅舅们将满载的板车拖出砖瓦厂铁门，大概会是黎明时分，东边大别山里的朝霞，烧得就像窑火。由肖港镇引向各村社的路，沟沟坎坎，上坡下坡，一个人拖五六百斤的板车，十几二十里土路，不好走，特别是由镇东的丘陵地到镇西我们河畈，山川萦曲，挫折艰难。过小澴河梅家桥，云梦泽上的古道，三四百米的长坂坡，梅家桥上窄窄青石，青石上的车辙有十几厘米深，真的可以扳倒驴。两个舅舅搭伙，少成堂舅在前面套皮带弓起身体拉车，龙虾样，菊平舅舅就在后面推，螃蟹一般，虾兵蟹将，第一辆推拉上坡，停在桥头供销社的门口，两人又去拖第二辆，少成堂舅稍稍年长，身材也高一些，依旧是他拉车，菊平舅舅推，两辆车过了桥，两个人都会气喘吁吁，浑身热汗，车上红瓦被北风吹凉，他们身体又冒出腾腾热气，这样友于兄弟，一路互助，大概是日上三竿，就可以将瓦送到翘首以待的主人家。谢绝了主人家的客气留饭，回程由我们村外大路经过，舅舅们想念他们的大姐，会在小卖部买一把糖纸裹住的硬糖块，将空板车拖进我们村。

母亲在厨房青烟里炒菜，炕豆腐，煎鱼，做萝卜烧肉，淘洗黄泥芦灰腌好的咸鸭蛋，由她锅铲锵锵翻炒的声响，就可听出她的好心情。父亲已经在堂屋的八仙桌上陪两个舅子喝谷酒，有时候祖父也会来，一个人坐在上首的长板凳上。父亲冬天的营生是卖麦芽糖，起早坐渡船，过澴河到陡岗镇乡塆，生意好，能赶回家吃早饭。爷爷出门是两三更天，打手电，寒星霜夜，与其他一些老头子一起背着拖网去湖汊野荡里捞鱼，母亲正在厨房里煎的鱼，就是他老人家的成果。父亲的见闻都是婆婆妈妈的家长里短，他由她们的花钱大方，推断到陡岗镇去东三省做泥瓦匠的男人们能赚大票子，所以几年后，父亲也学起了泥瓦匠手艺。少成堂舅话不多，爱喝酒，菊平舅舅是话痨，他们送瓦的村庄，谁又起了新屋，做了楼房，今年养猪赚钱，种菜的人家茄子豆角值了钱，他如数家珍。其时父亲与舅舅们都有做新房的梦想，人生一世，不能改建新居，添砖加瓦，枉为一世人。我坐在桌边，一边扒饭粒，一边听，心里当然是希望自己能快快长大，尽快学会这些珍贵的本领。

这些本领里，父亲的骑永久自行车，祖父的拖浸猪血的网，都可以慢慢来，当务之急，是舅舅们的拖板车吧！我会趁着他们还在喝酒谈话，与弟弟悄悄放下碗筷，来到堂屋外面，将板车的皮绳由椿树上解下来，我拉，弟弟推，绕行在房前屋后。由枣木做成的车手，被汗水浸润深红，骨子里有一股子拧劲，以我们彼时的力气，去降服它们，有一些麻烦，这种感受，与现在的男孩们去学滑板车、轮滑、自行车时遇到的挑战，是差不多的。就是去驾校里学开车，也是面对着同一个“车”的原型，无非是，我们拖板车的时候，身体又在做方向盘，又在做发动机，还要将母亲纳出来的针脚密密的布鞋底做刹车片。等我也能够像舅舅们那样，肩上挂着皮带，双手握紧车手拖板车，在村巷里、田野上，进退自如地拖板车的时候，我已经是十三四岁的少年了。那时候父亲在嘉鱼县做泥瓦匠，农忙赶不回来，我就得承担起将田野里的稻捆拖回打稻场的任务。将祖父收拢的稻捆垒到板车上，下面六只，中间四只，顶上两只，压实成三层，一个草塔，用绳子束住，我光着上身在前面拖，弟弟在后面推，赤足踏着大路上被太阳晒出来的浮土，细细的，烫烫的，汗由头发里流出来，流到眼睛里，腌鱼似的。遇到暑天“走暴”风云变幻，雷声鼓鼓，我们就会拖着山丘一般的稻捆飞奔。遇到路中有牛，要将板车猝然停下来，就会非常辛苦，我在前面驻车磨破脚底，弟弟在后面，倒拽着车尾，半坐到地上，恐怕屁股也有麻烦。

我自己会拖板车之后，还有一件事情记忆犹新。有一年春上，母亲让我们兄弟俩去接外婆到家里来住几天，外婆吃斋，小脚，晕除平板车之外所有的“车”。习习春风，外婆拥着棉被，半坐在车上，由我们载着推过京广线的铁轨，上下小澴河堤，由梅家桥过河。之前，这样的接送，都是由父亲与菊平舅舅来做的，由我们兄弟俩是第一次，可能也是最后的几次，几年后，外婆就去世了。我们这里的老人去世，大概也是先得重病，用板车拖到镇里去由医生鉴定为“没有办法”，再裹在棉被里拖回，易箦到堂屋，来等牛头马面索命的。我们兄弟俩出门前，母亲的叮嘱是：“你们两个越慢越好，莫急得像要去投胎。”

我们是可以慢些，但时代多快啊！多少人在赶着投胎！20世纪80年代一晃就过去了，我与弟弟相继出来读书，来到高铁与飞机的城市。菊平舅舅与少成堂舅留在乡下。菊平舅舅用拖板车的钱买了摩托车，改装成“摩的”送客，不久果然就率先在他们村，将茅草屋改建成两层的楼房。少成堂舅却不愿离开他的老本行，没有了堂弟的“友于”，他买了一头骡子，凭借着骡子的蛮勇，继续在被改造成水泥路的村道上拖板车。少成堂舅始终没有造成自己的楼房，他婚姻的运气也不好，娶了一个四川舅妈，新婚不久，因为有一次忘记交给她送瓦的钱，吵架，舅妈喝农药自杀了。送一车瓦的酬劳，是五元钱。我刚刚大学毕业的时候，少成堂舅得了肝癌，一个人住在孝感城郊的三医院里，我拎着一小网兜橘子去看他，他的脸是紫黑色，两个人讷讷无言坐半天，他将我送到街上，一个月后，他就去世了。

这些都是后话，后话如烟休提起，还是回到那些花花绿绿的糖块，回到母亲将它们由口袋里掏出来的年代，我们将糖块咔咔咬碎，将糖纸小心翼翼叠好放入语文课本，听到堂屋里传来两个舅舅爽朗的谈笑，少成堂舅被肖家坝的谷酒喝红了脸，一脸憨憨笑，菊平舅舅在描绘着他的新屋梦。他们的板车停在门口的椿树上，椿树上黄叶零落，七八只喜鹊跳来跳去，呀呀叫唤，喜鹊腹下，是艾清家屋顶上的鳞鳞黑瓦，黑瓦上印满了白霜，白霜被朝阳染红，像朱砂，像胭脂，像公鸡的翎毛，像梦，等我们在洗手架上，洗脸盆里，用温热的井水洗手脸去吃饭，一回头，梦一般的清霜就化掉了！

2018年10月18日，武汉

22 送灯油

11月，吾乡冬夜陷入黑暗。这样的又冷又黑，予我们这些由都会灯光秀场逃回的人，并不坏。黄昏融合在黑夜里，黎明也是由煤球一般的纯黑里绽放出来的，朝阳升起，才知道田野池沼印上了白霜与薄冰。晚饭后出门荡路，天上星河历历，月亮光自足，不被打扰。回来睡，房间里的黑障，深青色厚棉被，让梦乡黑甜，绵延深远，难解难分。这时候，柴犬吠叫，公鸡打鸣，小贩们来村巷里叫卖，想将我们由床上哄骗起来，诸般声色，就会像霞光一样，有同样明亮的质地。麻烦的，可能是睡前贪看几页书，喝多了茶，半夜里起来小解，举着手机下到一楼的洗手间，看着窗外沉沉夜色，会觉得害怕。这样安静而冷黑的夜晚，家神在堂屋的神柜前，夜游神在窗外树影里，他们会在家乡的土地上鬼头鬼脑出没。想到这些，我会觉得自己好像是掉进了恐怖片，一阵阵心悸，慌不择路，恨不能学会尿遁的本领，瞬间就位移到棉被里。

唉！人到中年，只会因为心血管的衰退心悸吧，你早就不信鬼神了……说起害怕，举着手机的我，好像是穿越到了三十余年前，十岁出头，五尺童子的我，半夜里，读书写作业，尿急了，出门去茅厕小便，星月夜，乡村亘古的黑暗无边无际。我心里恐惧莫名，会举着油灯，在飘闪的火焰里战战兢兢穿过苦楝与枫杨树筛下的暗影，十几步路程，比一个暑假还长。家里的茅厕与猪圈搭在一起，抖抖索索，我在两只黑猪轻雷一般的鼾声里滋滋尿完，回头又举灯去厨屋里倒开水，照见灶台上灶马子（蟑螂）成百上千只呼啸来去……运气好的时候，妈妈还在她卧室床沿上坐着纳鞋底，也是一盏墨水瓶改成的油灯，棉线灯芯调得黄豆小。那时候她眼神好，双手灵巧有力，麻利地拉扯棉索，偶尔捻起针在头发上蹭蹭，润泽针尖，看到我探头探脑看她，就催我："快去睡，别浪费灯油！"就是这样的责备，好像也能破除黑夜的魔咒，让我这个胆小怕黑的少年稍稍得以安心。

灯油多珍贵啊！俗话说春雨贵如油，那是乡下人在咬着牙麻着胆讲，你浪费一滴油星试试！那时候，生产队开夜会点煤气灯（多么积极的小队长），有客上门点灯（客人推门请掂掂自己的重要性），女人们做鞋点灯（勤快的妈妈与奶奶们），腊月二十四过小年，送灶王爷上天点菜油灯，除夕夜与元宵节的晚上通宵点灯，七月半河里放纸船点蜡烛灯，除此之外，点灯都是浪费。读书？写作业？这个可算不了什么……多少辈了，塆里也没见谁考个秀才读个中专大学，都是瞎子点灯白费蜡唉。记得有一次，我由保军家的菜坛子上发现一本《西游记》，已经被当厕纸撕到了第十回，孙悟空闹完天宫，都被攮到五行山下喝铜汁铁水了。我借回家，也只能半夜起来偷偷点灯看完。十五十六的月亮夜，我常常会想，月亮光再亮一点点，就可以在月亮地里看见字有胳膊腿，就像看到蚊子的胳膊腿，蜻蜓翅膀上的花纹，母亲就不会责备我这个爱看书写作业的怪孩子。嫦娥姐姐忒小气，她稍微大方一点，我们村的文盲就会少很多。母亲也有费灯油的晚上，那时候父亲在湖北赤壁市嘉鱼县做泥瓦匠，他读过小学，偶尔会写信回家，母亲收到邮递员送来的信，也高兴，也犯难，她只上过一年扫盲夜校，扫盲的效果也一般，实在是还没有与我父亲尺素传书的能力。这时候，她会让我在她纳鞋底的油灯前读信，也会让我削好铅笔，听她一边抽索子一边口述，一笔一画写回信，就是这个时候，她的语调明显会温和很多，也不殚深夜，灯芯剪了又剪，也不会去计较她宝贵的几分几钱的灯油了。

对，那时候我已经读到小学四五年级了，除了迷上《毛泽东选集》《西游记》《聊斋志异》，不爱将它们带去茅厕做厕纸，平时也就是个放学后在村巷冲冲打打、一身汗腥的臭小子。我们放学最爱去的地方，是村东池塘对岸，队里的榨油作坊：院子里有一个两层的木楼，男人们爬梯子上去，在阁楼推动一个巨大的木轮，力量传递到楼下轧轧响的油榨，将蒸好叠在一起的油饼榨出油，涓涓滴入木桶里。他们光着背，挂条犊鼻裤，喊号子，一身汗，我觉得他们挤出来的油，未必有他们流的汗多。6月榨菜籽油，10月榨棉籽油，这是两个大项目，油菜与棉花种得多嘛，偶尔也会有芝麻黄豆做饼上榨，特别是芝麻做饼，榨房里就弥漫着令人魂不守舍的香气。能够被大人们赏瓦砾大小一块下榨后的芝麻油饼块，我们会像被孔乙己赏了茴香豆的小孩，欢天喜地，坐在被风哗哗吹动的梧桐树下，听着榨坊隔壁村卫生所里肖医生敲碎玻璃注射液瓶的声响，一小角一小角地啃舔。这一分人间清味唉，远胜提拉米苏巧克力大白兔奶糖之类，在我童年味觉与嗅觉记忆里，

勇夺第一。油桶接到的油，会按工分分到家家户户，储藏在大大小小的油瓶与油罐里，三五十斤，就是丰收年！母亲得仔细盘算，由炒菜的一茶匙油开始，逐日逐月，又考虑到年底动油锅炸年货“祝福”的储备，保证这几罐子油，能够细水长流，膏泽我们一家七口一年到头的口舌与肚肠，要是哪一天，她不得不在回父亲的信里，讲起家里断了油，她持家失败，她一定会非常羞愧吧。治大国如烹小鲜，没油不行。民以食为天，油就是食的魂。此番情势下，要母亲分出更多的菜油与棉油，灌注在墨水瓶里，让我焚膏继晷，大话西游，交结哪吒红孩儿孙悟空一干小土匪，这个的确是过分了。

可是，已经不仅仅是西游与聊斋了，替母亲写信这样的创意写作工作坊，好像让我的读书成绩，特别是语文变得好起来。我的第一位语文老师姓梅，是年轻女老师，长得好看，如何好看法，我已经不记得了，只记得她头发又黑又长，又厚又亮，好像每天都会往上面涂菜籽油似的。我觉得她特别像《聊斋志异》中的梅女，那个在客舍里，吐着舌头，将书生吓得够呛的缢鬼，梅女会的游戏，打马（双陆）与翻花线，我都会，我猜梅老师也会，但我没有胆子去邀请她比试。只是晚上想到梅女梅老师，胆子又会缩小好几分。梅老师表扬我组词好，造句好。接替梅老师教我写作文的，是郑金芳老师，和我同村，与我父亲年纪相仿，辈分却与我一样。金芳老师高大挺拔，高额头，有一点金鱼眼，相貌高古，有一点像螳螂。他看中我《摘棉花》《插早秧》《榨油作坊参观记》之类的新写实作文，让我在课上念，他背着手站在一边，板着脸，不出声。他对我要求是严的，我印象最深的一次，是语文的期末考试，一百分的卷子，我做到了九十八分，就是说，作文满分了，两分错在填空里，他讲卷子痛心疾首，由讲台上走下来，拧着我的耳朵，让我去黑板上改正……多少年过去了，我的左耳垂，在我耍小聪明、沾沾自喜的时候，还是会扯扯地疼。我上初中了，成绩不错，父亲回来找木匠打了一张新八仙桌，漆上黑漆，摆在小堂屋古壁下，给我写作业。一个星期天的上午，我写作业时，听到大堂屋的门口，有人在喊父亲“大叔”，我吓了一跳，听出是金芳老师的声音，我怕的。我又羞又怯，脑袋里嗡嗡作响，像钻进好几只野蜂。模模糊糊听见他与父亲的对话，他去供销社凭油票，买了十斤煤油，送给我读书写作业，他说：“大叔……我们村的读书种子……要是旧社会可以考秀才……”第二天，父亲去肖港镇买回了带玻璃灯罩的煤油灯放到八仙桌上。金芳老师的煤油用完了，他去供销社买，买不到，就会买一打蜡烛给我，直到初中二年级的时候，我们村通了电，灯盏、煤油灯、蜡烛，才在农耕社会的余晖里，跟我们真正作别。

煤油灯好明亮，自此之后，我就好像不太怕乡村的黑暗了，作业写晚一点，多看几页书，也没有关系。窗外霜露下降，风吹树间，狗吠深巷，天上寒星历历，鬼神们由空中经过，看到我们村这一盏未灭的煤油灯，大概也会赏一个促狭的笑脸吧：这家伙终会被捉将去城里。后来我想，菜籽油与棉籽油是由植物种子小小的黑暗心脏里榨出来的，是纯天然有机的。煤油呢？它们由远古的生物转化而来，在地心的黑暗黄泉埋藏了多少年，变成人间的一点光热跳闪，好像由远古流传至今的神话一般，它哪里又是无机的、工业的、不天然的？我大学毕业后，听说金芳老师因心血管病去世，埋在小澴河堤外我们的祖坟地里。其时他还是民办老师的身份，要是活到现在，能享受国家补贴的福利，一定会有一个好的晚年。他在报纸上读到我这个不争气的学生的小文章，他高古而严肃的脸上，会露出一点欣慰。

有一天，这乡间的黑暗，也会被城市夺去。有一些村组，已经装上了太阳能的电灯。看到某市要发射人造月亮的新闻，我想起童年的那个心愿，开出这个脑洞的家伙，也一定在中国某个20世纪80年代的乡村里，对着嫦娥姐姐腹诽过。核聚变可控之后，这些更不在话下，我们的星球没有黑暗，光明席卷而来……现在我躲在乡村寒夜的纯黑里，想起那盏煤油灯焰摇晃的少年耕读岁月，想起金芳老师送来的十斤灯油，心里又羞又愧，好像黑泽明所讲的，蛤蟆又出一身油。那是我人生中最珍贵的礼物，由家乡厚土所赐予的灵光。

2018年12月5日，武汉

23 猪油饭

三十年前了。父亲出远门做工，留下母亲领我们兄妹四个，种田上学。母亲勤快，有力气，插秧割麦，棉田菜地，一摸带十杂（武汉方言，指人能干，可以前后做好几件事），走路都有风。姐姐已经能够洗衣煮饭，我十二三岁，洒扫庭除之外，将桶钩挽两道，也能去村东水井挑三担水。儿歌里唱："竹子爷唉，竹子娘唉，竹子长大，做扁担唉，我长大了，做屋梁唉。"我们虽然还当不得屋梁，帮衬母亲左右其手，堪堪差强人意。麻烦的是犁田耙地、挑草头、扬场、堆垛这些重体力活，得男将出马，母亲力有未逮，我身量不足，想去尝试，也会被母亲扯回来："伤了筋，以后长不起来，那还得了！"这个时候，我们都得仰仗祖父下田。

祖父也六十好几，廉颇老矣。他幼年读私塾，能写又黑又大的毛笔字，后来去云贵川当兵抗战，复员回乡，在生产队里受到批斗，被关谷仓，郁郁不得意，脸色板重，脾气时好时坏。7月盛夏，双抢季，籼稻收完，旋即办田种粳稻。天蒙蒙亮，祖父扛犁，牵家里犟头倔脑的黄牯出发，在大田里横直撇捺画圈，翻起一波波泥土，好看的，只是两只牛耳朵里，灌进去多少祖父不可描述的斥骂。日上三竿，他老人家一身泥汗回家吃饭，黄牯兄心服口服腿服，我们自然也是坐在饭桌边，大气不敢出，屏声静气，等尚能啖饭的老廉颇端碗举箸。

母亲下厨烧饭，菜是菜园新出来的黄瓜茄子辣椒鸡毛菜，饭是加工厂刚碾好新米蒸的饭，肉呢？切它三斤牛肉，大黄牯不会愿意；猪肉？由金神庙挑回来的黑白猪跳梁猪圈，刚刚上膘；杀一只鸡？2月里孵出的小鸡才穿黄马甲，去年的老母鸡？它们可是家里下蛋的香港明星，比我跟姐姐还金贵；腊鱼腊肉……没有谁家能管过清明的。等等，腊肉？母亲会留一点腊五花肉煎出的猪油，藏在玻璃罐里，涂我们夏天满头疱疔的偏方？或者是留一点荤腥的念想，在长达七八个月萝卜白菜的“斋戒”里？原因我不太记得了。母亲舀一茶匙腊猪油，抹到小瓷碗，兑水，放到锅里与新米饭一起蒸，这是我家犁田饭里唯一的荤菜：白水蒸猪油。我揭开锅盖，给祖父盛饭，闻到的香气终生难忘：新米清绵，腊猪油醇厚，蕴藉在缥缈蒸汽里，扑入口鼻，会让人眼泪与口水一起涌出来。我将小瓷碗端到饭桌，按母亲的示意，将蒸猪油一滴不剩，倒进祖父的饭碗。祖父吃猪油饭，佐三五酒盅谷酒，脸色稍霁。我们埋头扒饭，新米珠圆玉润，津津有味，不用咽菜，都可以吃它两碗，何况里面还浸染着一丝腊猪油的奇香。

前几天看到蔡澜列“死前必吃清单”，提起“猪油捞饭”：“谷类之中，白米最佳，一碗猪油捞饭，吃了感激流泪。”大才子天南海北，世界各地美食尝遍，返璞归真矣，念念不忘的人间清味，与我们当年那个穷苦人家的饭桌边，祖父手中的一碗猪油饭比较，何如哉？我觉得，祖父的口福，可能尤胜一筹。我去考证，“猪油饭”也记在《礼记·内则》里，名字叫作“淳熬”，是供给帝王钟鸣鼎食的“八珍”之一：“煎醢，加于陆稻上，沃之以膏，曰淳熬。”说起来，皇后娘娘端一碗“淳熬”敲门，比诸“野人献芹”，我们也不会同意交换：我们的陆稻，是刚刚由自家稻田里“耕种之、薅锄之、刈获之、载积之、打拂之、簸扬之、凡几涉手”加工出来的新谷米，我们的膏，秋收冬藏，经春过夏，已经积攒了大半年的香气，还有我们的舌头，在瓜果菜蔬里修行的，还未周游世界的舌头，每一个油脂的分子，都可以在舌尖上砰砰“爆破”。

祖父去世，也有十六年。不知道他老人家黄泉之下安好否，苌弘化碧，抗战老兵，在今天已经成为一个体面的称呼，让我们子孙觉得骄傲与自豪。您知道这些，也会像青年时在云贵高原的山岭里呼呼有风地蹬脚踏车，老年耕田归来，在灶屋喝谷酒，滋滋有味吃猪油饭时一样，脸上有微笑吧。呜呼，尚飨!

2018年12月19日，武汉

24 野花六种

益母草第一

7、8月回老家荡路，算不上一个好主意。我出门跑步，要么是早上5点，天已放亮，小澴河里下鳝鱼的人都已经查遍篓子，将盘曲的大小黄鳝塞到摩托车斗里，突突突去涂河集赶集去，河堤上云蒸霞蔚、气象万千，排练出盛大的仪式，将伏天的太阳由东边的大别群山里捧出来，金丸跳出金神庙村的树影，就炙手可热、光华万丈，将稻田与棉田里流动的一点点夜凉驱散一净，你总不能戴着草帽跑步吧，不想晒成非洲小伙，6点钟就得打折返，回家托蔽于空调的清爽。晚上7点出门的话，太阳还斜斜地悬在舒家塆大澴河堤上呢，昏头涨脑地闯进万丈金光里？或者稍等片刻，撞入条条飞舞的蚊柱？沉沉暮紫、粥粥星空，还有在蝉蜩与蟋蟀的鸣叫里提灯赶路的萤火虫，这些都是美的，但在蚊虫堆里跑出一身热汗如瀑，还是令我望之生畏，要痛下决心才行。

所以一连数日的雨天，就显得特别可贵。在三楼的躺椅上翻书、抽烟、喝茶，听着白雨飘打屋瓦，雨水哗哗悬垂在屋檐，梦露泡影一般，浮沤阳台，风吹动枫杨与水杉的树冠，将西南方稻田的泥腥气味吹入门框，这样藏在无意识中的乡村雨气，真是久违了。等到雨脚稍停，将智能手机插在牛仔短裤的口袋里，撑着黑伞出门，由村巷走到队部，再由梅家塆的长坡走上小澴河堤，雨水在大大小小的沟渠里，携着鱼虾泥鳅欢快地流淌，天上的乌云一垛接着一垛，散聚无常，鲸奔象舞，谋划着下一场白雨。这样的盛夏，好像被雨水中止了片刻，蝉又开始叫，白鹭又开始飞，作物与树木，吸足了雨水，又开始恣意地膨胀生长。你这个返乡客，又可以看花识草，将自己弄得像普里什文与梭罗附体似的，他们的感官与六识，博物学的本领，多么了不起，而你，也只有一个装入了各种App的手机罢了。

远处藕塘里亭亭的荷花不用说，就是棉田里的棉花，其实也挺好看的，有一点像木芙蓉，轻绡粉缬，发到朋友圈里，含露带怯。稻花也不错，嫩绿细碎，玉雕粉琢，有清雅的香气，但它们沾惹上实用之后，就很难得有审美的立场。你将视线转向河堤上下的野草，一片片的小雏菊，随风起伏的狗尾草，一汪汪白花花的蛇床，结紫黑籽粒的垂序商陆，你能由无穷尽的无名植物里，辨识出来的几种，好像是由满天的繁星里，认出来的那几颗星星。这也没有关系，它们本来就是无名无识的，生长在天地之间，从前是没有文字来描述它们的。文字本来就是多余的、勉强的。

这种紫色的野花应该是最近几年才传入本地，没有紫娇花那么娇艳，也不像飞廉草浑身是刺，与马鞭草像，但马鞭草的花瓣是细细的轴突，我查过“形色”App，原来它们就是益母草，一片一片地生长在白杨林下的河曲里，将舒家塆大濖河以下的堤坡弄成了一片片紫色小草原。益母草又叫溪麻、野芝麻、九重楼，细长的叶子、钟形的花萼，它的小紫花一层一层开上去，的确也是八九重的样子，福建人将它叫鸭母草，是因为它展开的嫩叶很像鸭子的羽绒吗？之所以定名为益母草，大概是最后由中医们试验出，它的确是可入选妇女之友的良药——可催进产后子宫的收缩，治疗痛经、闭经、月经不调。眼下的乡村日益沦为荒野，妇女孩子们的伊甸园，当然，是长满荒草的伊甸园，不同的野草重新返回，或者滋生出来。不同的地域，涌入的野草，并不一样，我去年夏天在黄陂的一个村镇，看到大片的荆条，荆之楚之的标配，我们老家就没有。

雨天固然是好，但也有麻烦，大小濖河里管雨的龙王兴之所至，常常忘掉关上阀门，这时候，大雨持续三五个日夜，河里就会水位暴涨，平陆连江，当日蜿蜒如鳅鳝的河流会涌现成为浑黄凶暴的巨龙。这时候，我们在堤上散步，会有一点心惊胆战吧：洪水会冲破河堤，涌入我们的“伊甸园”里？园中的渍水排不出来，会淹掉拐上高速的铁路涵洞？因为堤面被洪水淹没，平时在河洲里啃草的黄牛水牛，都挤到堤面上来，将黑乎乎的牛屎糊得到处都是，还得小心那些游累了在堤边休息的肥绿水蛇，穿雨靴也许是更好的选择……我们继续往前走，在舒家塆那棵堤边的大枫杨树下，在早晨七八点钟村里升起来的炊烟里，那个七十来岁的老太太还在哭。“这个老婆天天哭，迟早要将眼睛哭瞎的。”老婆的意思，是老得很厉害的婆婆，堤下舒家塆里端着早饭的中年女人叹息道。

那天我们由舒家塆下河堤，蹚水经过何砦村的时候，遇到另一位中年女人，和我妹妹在初中做过同学，她认出我是“国平”家的老大，与我攀谈了半天，她是回家来看洪水的，判断要不要将两个孩子接到孝感城里去。她神秘地问我：“你知道那个老婆在哭什么吗？”是啊，几乎每天早上，我们经过那棵枫杨树的时候，都可听到她“数过”的悲迓腔。

“她哭她做军官的儿子，有一天，也是澴河里发大水，儿子由部队坐飞机回来，在孝感十五军的机场下飞机，坐吉普车回来，妈妈在做饭，他一个人去看水打旋，沿着堤坡往水里蹚，就在那个杨树下，被水卷走了。妈妈被叫出来时，一盘瓠子刚放盐，都没炕熟。”

那片堤坡，往下，我读初中时，也常来玩，一片沙滩上，种满了开水瓶大小的白萝卜，这次洪水来之前，我看到栽白萝卜的地方，已经扩展成为益母草的花原。花原之上，原来还藏着这样一个故事。

“你看那个坟，水泥封的，碑，大理石，是部队派人来修的，上面还有五角星。”何砦的女人戴着草帽，紫黑的圆脸，啧啧地说，她羡慕的，公家人嘛。

白花菜第二

白花菜算野菜？我妹妹第一个就不会同意。虽然种在田头地角，但毕竟也是在正经的菜地啊，夏天里，隔几天去掐一大把回来揉制成咸菜，等到8、9月，让它们余下的花枝结出荚果，留取细密的种子明年再种，这是一般种白菜、苋菜、菠菜、红萝卜的路数，哪里野了？“那你想想山墙下的菊芋，想想挂在榆树上的瓠子，想想院子里的南瓜，想想村里的麻雀，我们家逃走的猫，想想塘里的鱼，这些，都算是‘家’的吗？”我与妹妹磨嘴皮子，获胜的概率并不大，自小就是被她降输了唉。妹妹在陶盆里揉白花菜，想了半天，回答我："你说的这些，说家里养的吧，性子又野，说是野生的吧，它们又不太像，你们读书人，就是麻烦。"唉！又怪到我读书上，好像我读书，也将自己读野了。

将已经着花的白花菜梗切碎，太嫩的话，就是一泡水，太老，又像嚼树枝似的，妹妹不放心我，要自己去菜园掐，切好了堆在陶盆里，二三十年前，我们就在用的陶盆，和面，做米酒，做咸菜，淘米，与前几天我在西安半坡博物馆看到的红陶盆的形式、颜色并无区别。加多少盐，妹妹也是驾轻就熟，一层一层地将墨绿的汁水挤出来，将渍盐的菜团放到保鲜袋，一半放进我们刚刚买回来的冰箱里，另外一半，用筷子一点一点塞进三个农夫山泉矿泉水瓶子，拧紧瓶盖，她下午会带到朋兴集的申通快递店，寄到南宁我父母那里去。我给他们寄桃子、萝卜、白菜什么的，他们都会打电话抱怨快递费贵、不划算，但白花菜一样，豆腐底子一样，他们不会抱怨的。孝感人嘛，走到哪里，都忘不掉过年炸的豆腐底子、伏天里腌的白花菜，如果一定要再多加几样，还有黑白菜、红萝卜、米酒、麻糖？这些有没有，倒也无所谓，我妈在小区里跳完舞回来，会在微信里语音留言说："小红，白花菜下饭，我又多吃了一碗！"

会在集装箱、菜鸟驿站、快递小哥的摩托车的接力中坏掉吗？这么炎热的夏天，全国上下一盘棋……其实并不会，经过三两天腌制的白花菜，取出来炒鸡蛋、炒油盐饭，绿褐色，苦味消退，清涩辛香，味道刚刚好。之前父母在老家，讲到村里不懂厨艺的傻子，讲得最多的"梗"，一是城里回来的将小麦认成韭菜的学生：让你去夜雨剪春韭，结果是割一把绿油油麦苗回家，气得他老子掀桌子打板凳；二是地主家的少爷听说白花菜好好吃，结果去掐新鲜的白花菜回来炒肉，白花菜固然是像苦瓜一样，苦不能食，将好好的五花肉，也弄得苦无下箸，肉多金贵啊，也跟着糟蹋了，结果地主妈舍不得，在碗柜里放了几天，又忽然变得好好吃！所以说，白花菜的味道是会变的，它的性子野嘛，像菊芋一样，新鲜的菊芋并不受待见，它们必须在盐的加持下，经过一段发酵，才能变成珍味，而这个秘诀，一条美味的叙事弧，也只有我们本地人才晓得。对，这个本地人，应是扎根在泥土与日常里，读书不多，也不游手好闲的家伙，我？唉，在妹妹看来，以前是，现在不是，修正主义——在南宁的父亲也许会补一刀。

不仅是制法与味道，白花菜的长相，其实也是野的。种在田头地脚，乱蓬蓬，无拘无束，特别像一种我们用来做扫把的茅草，只是白花菜苦涩味重，一闻就知道罢了。我去过的满世界，除了我们孝感市，我再没有遇到过白花菜，就是在我们孝感，大概也只有孝南区、云梦县、安陆市三地，原来安陆府、安州、德安府的区域有种植，就是老家所在的孝南区，一过京广线，到东边丘陵红土的“冈上”，比如我外婆家，也不会种白花菜。外地人吃不惯，比如一些人不喜欢荆芥、鱼腥草、芫荽之类？吴其濬在《古今植物图谱》里“白花菜”的条目，只写了一行，说明这种“野菜”长在江西，其味苦臭。唉，吴状元，白花菜哪里苦哪里臭了，你这个北方人唉……

我自己分析原因，觉得除了地域的区隔之外，大概也是一方水土养一方植物吧，白花菜太老太嫩，太枯或者太肥，都不算好吃，它可能也需要在盛夏的湿热里，很快地成长，这样的环境，大概也只有云梦泽边的湿地，我们7、8月的酷热与豪雨交织的小气候，才能让它们爽利地生长出来，被妹妹们掐了一轮又一轮。与之相对应的是苋菜，它们长在我们的盛夏里，清腴可口，在北方或者更南方，都是少见的。苋菜又有白苋菜与红苋菜，我们老家的一种白苋菜，被行家称为“芝麻叶苋菜”，好处是它的娇嫩多汁，茎秆轻轻啪地一折，就断掉了，其他苋菜会长出来的筋络，它一丝一毫都没有。妹妹们去采摘这种白苋菜，也是像摘白花菜一样，摘取主茎周边的侧叶，等到主茎秆长到食指粗细，折断，加干辣椒炒食，其实是夏天下粥小菜里，与炒白花菜并列的第一名。这样的苋菜茎，如果放到瓮里腌制，就可以得到汪曾祺力荐的中国第一“臭”菜：腌苋菜梗。无论如何，这样的茂盛与娇嫩，可能只有在云梦土，云梦的三伏天烈日繁露里，才能够宠幸得出来。

大中午时，将三瓶腌好的白花菜装进车斗，妹妹要赶回孝感工厂里上班，一边戴草帽，一边要求我将陶盆里绿汪汪的菜汁倒掉，一边骑摩托车突突走远。菜汁稠绿，带着白花菜的苦香，我忽然想起小时候，妹妹与姐姐，也常用这个陶盆，来挤揉桑叶，将一提篓桑叶的绿汁挤出来，来清洗她们的头发，据说，用桑叶水洗头发，可让头发又黑又厚。姐姐妹妹们现在头发虽然比我多，也日见枯干，但小时候，却是好的，乌发如云，可以扎两根很粗的辫子。

“桑之未落，其叶沃若。”5月的桑叶，6月的芝麻叶苋菜，7月的白花菜，大概都有这样“沃若”的感觉吧。

金银花第三

津津有味谈完白花菜，接下来想到的，是金银花，这个有一点奇怪。一个是苦香好吃，一个是清香妙闻，一个实用，一个审美，被我联想到一块，大概是它们都开出细密的白花，都与姐姐妹妹们相关吧。

所以时间线要推回到三十多年前的4、5月。天刚蒙蒙亮，我跟姐姐背着书包去上何砦初中的早学，朝阳在东边小澴河的堤树上兴起，将霞光投射在我们的后背。如果我们抄近路，走田野中间的麦田的话，会在乱蹦的蛐蛐土蛤蟆中，踢到一脚的露水，将力士鞋沾满草叶，谁在乎呢？麦苗正在扬花，气味清甜，麦田中间的野豌豆，豆荚已经鼓起来脸颊，稍后放学，可以顺便扯一把回家去了。小路由肖家坝村后面的荷塘边绕过去，坡上是藤蔓交缠的树墙，绕过肖家坝，就可以看到我们的教室，在一排挂着亮绿翅果的枫杨树与松果簌簌掉粉的杉树中间。

树墙上正在开放的是芽芽碰，后来我知道它们是野蔷薇，荼蘼，开到荼蘼花事了嘛，白粉蝶在单瓣的花朵上飞舞，与它们结伴的是小灰蝶与蜜蜂，花朵的气味，粉蝶的气味，都是微甜的、腻腻的，冲鼻子。这种粉腻的“结界”终于有一天，会被金银花清丽的香气破除掉。我们姐弟俩由林莽间走过的时候，姐姐会深吸一口气，说金银花开了，我抬头去看，就会发现细瘦的三四束小白花，点缀在油绿的藤蔓顶端，逆着点点光线，它们的香气，能够束缚住蔷薇的粉腻，一线幽香，钻入鼻翼里。这一线香气，似乎是夏天的开始，接下来，是第一枝荷花开了，第一只蝉叫了，第一架蜻蜓飞来稻场了，第一只萤火虫在池塘边提灯，插下第一株秧，摘下第一朵棉花，第一次去池塘游泳，第一次吃新麦馒头，爷爷为割麦子磨出来的第一把镰刀寒光闪闪，打开期中考试的第一张卷子，老师们星夜用蜡纸用力刻写，油墨印出来的卷子，散发出清新怡人的香气……

姐姐会指使我摘花，她比我年纪大啊，还知道那么多我在学校捣蛋的秘密，我当然是要施展我爬墙上树的本领，去将那第一条开花的金银花藤折下来献给她。腿脚被挂到没啥，手掌扎进去刺，姐姐也会负责用缝衣针拨出来，怕的是树墙后面的人家。树墙往上的房子前面，有一口铸铁的压水井，问号一般的铁手柄，井栏有绿苔，井边有鹅，还有一条黄狗，它们的主人，是一个下肢瘫痪的女孩，后来我看到《孔乙己》，孔乙己背着蒲团用手走来喝酒，会想到她，听到张海迪的故事，也会想到她，她坐在草垫上，每天早晨，看着我们上学路过。她眼神有一点慢，年纪与我们差不多，只是她可能一天学堂的门，都没有跨进去过，也没有去放过牛、游过泳、摸过鱼什么的，她手撑着草垫，能够挪动的范围，大概就是水井周围的，散发着金银花香气的这么一块地方。那条负责任的黄狗，毫不犹豫地冲过来，在白鹅的鼓掌（翼）欢呼里，冲到我脚下，眼看就要将我的力士鞋叼到嘴里。救我的不是姐姐，而是那个草垫上的女孩，她喝住她的狗，脸上憨憨笑，露出来白白的牙齿。

前几天，我们出门去散步，大路不走走小路，由田野往肖家坝走去。盛夏时节，田园里的小麦早已收入仓廪与瓦瓮，棉花开得五颜六色，朵朵盏盏，与菜地、瓜地交错在一起，跳过我们布鞋的土蛤蟆褐色蛐蛐，已经进化了三十多个世代，其实也没啥变化。远处何砦初中已关闭十余年，枫杨与杉树长得更加壮观，怡然自处在荒草之中。肖家坝上的人家，井灶犹在，那个用手撑着草垫，率领着鹅与黄狗的女孩子，当然是不见踪影，她卑微的一生，大概很早就掩埋在附近的一丛荒草之下吧，一个未婚的残疾女孩子，可能立坟头的机会都没有，不会有《四个春天》里大姐的待遇。绿暗绵密的树墙上，蝉鸣如织，将树墙变得像蝉声的新毯子，金银花已经过了盛花期，仍有零星的几朵开放，香味清淡，不敌蒿草汁勇猛的气味。我摘一朵给她看，在杭州的时候，我们也由高银巷的粉墙上摘过金银花。那一朵金银花夹在一本食谱里，被我们保存了很多年。

那时候，姐姐也会将折下的金银花养在窗台下的罐头瓶里，开头几天，一日三五次，换水很勤的，但这样的宠溺，很快也会过去，接下来，一两周之后，栀子花登场，这乡间夏日的正旦，会将金银花变成嫋嫋青衣。罐头瓶里的花瓣，在凋谢前，会变成黄色，呼应它名字里的“金”字，这样的黄，轻柔温和，其实也是有珍珠的润泽的。

艾蒿第四

8月是艾蒿开花时节，一串串细碎的小白花，破絮似的挂拉在叶片上，不好闻，也不好看的。之前我没有注意过艾蒿的花，就像种萝卜的时候，很少能看到清明节前萝卜开出的淡紫花串，8月桂花开了，也很少去关心它结出的黑墨的种子，我们这些又实用又势利的家伙，观花赏叶，闻香吃果，哪里会去管植物的生生死死，春夏秋冬的细微变化。所以，可以吃的萝卜是“家”的，开花的萝卜是“野”的，所谓家与野，就是我们这些“多情”的人一点自私的移情罢了，有移情是“家”，无移情是“野”，多么的爱憎分明。回到艾蒿林，我们还不如蜻蜓呢，我们去澴河堤上散步，黄昏里，蒿草离离，薄翅蜻蜓在河堤上下的蚊柱里纷飞，吞食这一批同样刚刚离开水面的蚊子，为它们的交尾预备体力，累了，就休息在艾蒿林里，两个月前，艾亦柔止时，是这样，现在，艾蒿开花老迈，头发斑白，秋意初生，也不弃不离，并不介意它们浓烈而刚强的气味。秋风吹起来，艾蒿林枯黄，蜻蜓会卷飞去哪里？这个已经离题了，不管它。

所以端午节前，母亲去田野里扯回来的“艾蒿抱”，大概是在它们刚刚成年的一刻，绿叶蓊蓊，根株修长，枝叶俱足，气味辛香，就像水虿由河流里爬上来，成为蜻蜓，孑孓由湖荡里飞出来，变为蚊虫，蝉猴子由泥土里钻出来，变成神气的“秋铃”（蝉），像由金神庙捉回来准备阉割的小猪仔？像长出弯弯角的小牛？像准备往小母鸡背上跳的公鸡？它们已经长出了修长的尾翎。像十七八岁即将远行的少年人？走在人前，已经活脱脱是父亲的“形模”。所以作为“还阳草”的艾蒿，端午节前后采摘下来的药效最好，也是因为它与上面列举出来的事物一样，有着充分的“阳气”吧。母亲将这一抱“知慕少艾”的艾蒿挂在由厨房通往卧室的木门的门柱上，由它们风干，变成黄褐色，晚上我们在灯下吃饭，会闻到它的气味，父亲有时候也有将红艳艳的“农历”册子挂在那根木柱上，那个农历，当然是主导着我们春夏秋冬耕作收获的“时间线”。

我后来弄武侠，看武侠小说，常看到一堆侠客为包治百病的神药打得头破血流，争得死去活来，这个会被我母亲笑话吧。在她看来，天下没有什么病是艾蒿治不好的，如果真治不好，那就去金神庙找更了不起的王大夫吧，王大夫也没办法，这个……天收你的时刻来了，也没得什么好抱怨的唉。所以，大侠们你们是为几把艾蒿打得鼻青脸肿吗？我们兄妹几个，谁咳嗽，嗓子疼，“出蛾子”，妈妈会淡定地刷锅烧开水，由木柱上摘一撮艾蒿叶扔进锅里煎水，让我们喝下去，淡淡的苦味，加一点红糖压压。谁感冒，妈妈用嘴唇试试额头，烫得唉，也是这一碗神仙汤咕嘟嘟下肚。在外面被虫虫咬到，过敏，身上起“风疙瘩”，无非煎一大锅艾蒿水，倒到木盆里，由她一边抱怨，一边洗澡。之所以抱怨，除了我们的顽皮不小心，大概也是用掉了她好大一把艾叶吧！她作为母亲的“法力”，西王母的分身，大概有一半，是艾蒿赋予的，当然，还有其他的一些法术，比如，连续的猛烈的咳嗽，也许得让爸爸去茅厕里，捞到最深处的石头，借助于它的阴寒，煎出恶魔一般的汤水。高烧不退的感冒，也许与遇到了不该看见的东西有关，妈妈会领着爸爸出门去“叫魂”，我有一年掉进粪坑里，她为了祓除我的晦气，执意要领着我去讨“百家米”，吃“百家饭”，不知道我现在吃上“公家饭”，与她的这一段做法有没有关系。我之所以成为“木剑客”之类的“大人物”，跟小时候喝了太多的艾草汤，洗了太多的艾叶澡，也有一点点关联吧。

我在武汉，每年端午节，除了在沈阳路市集上买一堆清水粽，也会顺便买一把艾蒿回家，郁郁葱葱，挂到阳台洗衣机上面的墙壁上，年岁既久，慢慢地也占去了一面墙。派上用场？有一次，沧海大哥在小区里汗水淋漓地野回家，手臂胸腹上也“风疙瘩”摆成长蛇阵，他百度去查过敏，看到被一碟花生酱误了卿卿性命之类的故事，自然是惊恐交加，觉得掉到又麻又痒的地狱，我自告奋勇煎了一点艾蒿水，用洗碗巾帮他擦了几遍身体，褐色的汁液未干，就被他妈妈送去医院打抗生素。艾蒿发挥了作用没有，像堂吉诃德打败大风车？谁知道呢？三十年过去，当今世界，抗生素才是“还阳草”，包治百病唉。侠客们请留意。艾灸馆好像也流行起来，年轻的姑娘们穿着粉红色白色的护士服，在袅袅艾条的仙气里接待被电脑、手机、办公椅、羽毛球馆弄得腰酸背疼的都市客。艾草性温，祛寒除湿，调理经络，培本固元，李时珍《本草纲目》郑重其事，由他的家乡蕲春县收集的“蕲艾”，在武汉的超市也特别有名。有用吗？我没有试过，这些作法的姑娘们，与童年时作法的母亲比较，可能还是要稍逊一筹。母亲有两道药引，是她们没有的，母亲对不死神药的绝对信任，向生病中的我们投注的焦灼又温和的目光，这些可能才是真正的“法”吧。

我们还喜欢河岸上胜利桥边的那一片艾蒿林。黄昏里，夕阳西下，晚霞燃烧在远处的汉十高速公路桥上，巨大的积雨云被染成金山银山，远远堆在地平线上，由某军用机场飞出的训练飞机三三两两在蓝天上盘旋，由天河机场起飞的客机银光闪闪地由高空经过，带着忙碌的乘客奔赴世界各地。枫杨与白杨列阵的河滩平原上，半人高的艾蒿林密密麻麻，绵延不绝，好像能供无数的田鼠、野兔与黄鼠狼游戏。黄蜻与蝙蝠飞舞在它们的白花绿叶之上，河流，荒滩，植物，动物，在盛夏蒸腾出来的千百气味混杂在一起，为艾蒿的浓浓辛香所主导，正是大自然配制出来的夏天的气息，我与她的乡土气息，满世界独一无二。远处的肖陡公路边，奶奶与妈妈领着孩子们晚饭后出来散步，洗完了澡，穿着新衣服。一个牙牙学语的小女孩向我们跑过来，并不警惕我们这样的陌生人。我心里想，他们的澡盆里，会有艾叶调制的神仙汤，他们的脖梗里，也会被母亲们扑上滑腻清凉的“痱子粉”，“老马入和”（武汉当地的化妆品品牌），他们童年的盛夏，还会沉浸在母亲的巫术与艾草的法力里。我们的孩子，也会。

我们继续往前走，黄昏落幕，金星跳闪，黑暗中澴河幽幽发光，沉默在枫丹白露派的郁郁画风里。我们由附近的魏家河石桥过澴河，穿行在河滩湿地中间的曲折土路，河桥下石缝里的鳜鱼啪啪拍尾，惊动草丛中的戴胜鸟顶着花冠起落盘旋。我们举着手机，用虚白的光线照亮脚下的路，再向路两边看的时候，一时目瞪口呆：在小路两边，梦境一般地密植着一人多高的蒿林，高粱一般，箭雨一般，气息凝结成墙，暗夜里绿如翡翠，令我们产生错觉，好像穿行在海底交缠的绿藻里。一点点恐惧消散后，我们又惊又喜。这样自足而狂野的艾蒿，终于由人类的实用里摆脱出来，由李时珍《本草纲目》的伟大系统里摆脱出来，真正地成为“本草”——自我呈现的草，反身的草，有主体性的草，在它们的生态区位上达到鼎盛。是的，在母亲们的伊甸园里，欢迎枫杨，欢迎艾蒿，欢迎鸟兽鱼虫，自然而然地蕃育在四围的河堤之内。

卷耳第五

由保刚家的门前大枫杨树下土坡，向南，沿着一条小路，就可以走入我们村南的旱田，所谓旱田，是与西边的水田对应的，地势要稍高一些。我读陶渊明的诗“平畴交远风，良苗亦怀新”，会想到这一块“南头地”，读“贫居依稼穑，戮力东林隈”，会想到种水稻、油菜的“西头地”。8月立秋，南头地里，棉花可谓“碧玉妆成一树高”，盏花朵朵，棉桃结实，芝麻的钟形白花也节节开到了最高处，棉花与芝麻之外，是黄豆田、花生田，是一畦一畦的菜地，黄瓜茄子，豆角瓠子，辣椒番茄，土豆红薯，我自一口真气足，都在收获的要紧关头上。

二三十年前，这条田间的小路，会被各家各户，修整得平滑如绳，我在稻场学会自行车，升级的教程，就是沿着这条羊肠一般的小路，骑去魏家河村拜访同学。现在它当然是被吞没在种种杂草里，艾蒿、益母草、车前子，一蓬蓬垂序商陆，离离的狗尾草，新生的构树苗，交错纠缠在田埂上下，如同一首野花野草的交响乐，如同老巴赫以对位法演绎出数个声部，予我们这样叶公好龙的花草爱好者，赏鉴拍照，当然是乐在其中。今天的收获，是辨认出来一种细弱成簇，团成一片，高一尺左右，开出白色小花的野草，“形色”App告诉我们的名字是“卷耳”。它熟悉而又陌生的样子，我凝视既久，忽然明白过来，这就是早春的时候，生长在荠菜旁边的“猪耳朵”嘛。

所谓“采采卷耳，不盈顷筐”，童年里，吹面不寒杨柳风的2月花朝，姐姐妹妹挽着竹筐，筐里放着小锄头，来“南头地”里挑野菜，目标大概是两种，一种是荠菜，还未抽薹，鲜嫩可食，挑回家给妈妈炒菜，一种是“猪耳朵”，一寸之萌，娟娟可爱，会与糠麸混合在一起，浇开水拌好喂猪。因为是正牌的猪食，它占去了猪的“姓”，由刚刚回暖的大地上长出来，也的确如一丛丛细小的耳垂似的，好像在谛听旁边麦苗拔节的声音。有人说，春雨绵绵的晚上，麦苗拔节的声音是可以听见的，我可能是听力不好，没有听到过，相信“猪耳朵”们，一定是能听出来的。

“不盈顷筐”的原因，除了采摘的女子心如撞鹿地怀念“良人”，另外的原因，可能是初春的卷耳实在是太细弱了，得有足够的耐心，一点一滴地摘取，才能慢慢让筐子充满起来，这样的耐心，与放牛时，观察黄牛与水牛的肚皮时的忍耐，是可以等同的，姐姐有，我没有。怀想良人的女子，在恋爱里？新婚里？我猜她大概也是十六七岁的年纪。“采采卷耳”是赋比兴的“兴”，兴发情感，但也未必没有“比”在里面，春风多厉的田野上，卷耳又朴素又娟秀，又细弱又坚韧，与乡村的女子，是像的，它的叶片，有一点像耳垂，叶片上细小的绒毛，与她们耳垂、脸颊上的绒毛，也是像的，所以卷耳还特别有一点童贞的意味。

浇灌这一片田野的澴河与涢水（府河），是江汉的支流，在大别山以西的江汉平原，从前是屈原宋玉行吟的云梦泽国，在更早的西周春秋，是《诗经·国风》中的周南与召南。周公召公治理南方的公侯，采集民歌，有《周南》十一首：《关雎》《葛覃》《卷耳》《樛木》《螽斯》《桃夭》《兔罝》《芣苢》《汉广》《汝坟》《麟之趾》；《召南》十四首：《鹊巢》《采蘩》《草虫》《采苹》《甘棠》《行露》《羔羊》《殷其雷》《摽有梅》《小

我坐在窗下，
听她们在村巷里讲话的时候，
还是能分辨出来，这个雷鸣般的嗓音，
它曾经有过的青涩的童声，
是我熟悉的。

星》《江有汜》《野有死麕》《何彼襛矣》《驺虞》。二十五首诗里，多半是情感真挚的情诗。郑玄孔颖达《毛诗正义》讲“以二国之诗，以后妃夫人之德为首”，是因为南方表现出在周、召治理下温驯服从的“后妃之德”。这当然是扯淡了，就是在今天，去南方之南的西南山岭里，也能听到三苗九黎、百越南蛮之苗裔热烈的情歌，南方本来就是女性的、情感的、热烈的、桃花源的。

我们习惯了卷耳毛茸茸童稚的样子，不太认得它开花结果的成年样貌，也就不足为奇，这也像我们现在，在村庄里遇到回娘家的女人们，这些童年的玩伴，变得陌生而疏远，丈夫们长年在外面打工，留下她们在乡间劳作，照料老人孩子，生活的辛苦令她们显得憔悴苍老，嗓门如同雷鸣。就是这样，我坐在窗下，听她们在村巷里讲话的时候，还是能分辨出来，这个雷鸣般的嗓音，它曾经有过的青涩的童声，是我熟悉的。

那天我们继续往田野走，绕过蔺家台子的荒村，转向公路，路边已经有苍耳的果子田鼠仔一样抱生出来，招惹到它们，就会粘在我们的裤子与裙角。卷耳与苍耳，并不是同一种野草。卷耳在石竹科的卷耳属，细叶，五瓣小白花，种子如豆。苍耳在菊科苍耳属，长得有一点像小构树，开淡紫的钟形小花，结出来的苍耳子花生米大小，有毒，可以榨油，自带千百钩须，衣物纤维惹上它，就很难拔除下来。

公路由南向北，由肖家坝的西边经过。在一个打理网购快递的小商店前面，紫红木槿花丛里，一群人在聊天，旁边有一张轮椅上坐着一位中年女人，齐耳的短发，大声地讲话，我认出来，她就是当年水井边，喝住黄狗白鹅，送我们金银花的小女孩。她并没有死掉，如我凭空猜想的那样，成为田野中的一个坟垅，而是活下来，一改当年的沉默，声音洪亮，心安理得，兴高采烈。

泽珍珠第六

今年认得的最美的野花，是泽珍珠，认得它的地方，也并不是在老家的田野上。我们在乡村生活之外，自然还要在城市求生，所谓“倾身营一饱，少许便有余”。在武汉作息，我早睡早起，主要还是为了清晨能在沙湖公园跑跑步。春夏间，沙湖周边的植物由疏离转向繁盛，湖岸边莲叶渐圆，起立成为朵朵风荷，湖岸之上的楼林，就像沙湖这只武昌之眼的假睫毛一样。

我解读的沙湖公园计划者的雄心，大概是要将它打造成一个湿地、池沼，在城市中心还原出云梦泽的雏形，除了梅、樱花、碧桃、木兰、海棠、木芙蓉这些四季轮流开放的名木奇卉，他们还特别种植有一些野花野草，除了湖边的芦苇、水葫芦，又特别引进了一个“中法野花种植”的项目，一片片种出许多我无法叫出名字的欧陆野花来。我用App认出来的几种，最喜欢的是野亚麻，蓝色单瓣花，轻俏飞扬，真的是梦一样，其风致有一点像虞美人。但野亚麻是金发碧眼，虞美人是娉娉婷婷。还有一件，我也是喜欢的，他们由大别山里移来不少乌桕，长长短短立在水边，深秋里火烧火燎，显露出它们在山岭间的野性。营造者的“野化”方案，在我看来也是成功的，飞鸟用它们飞还的翅翼赞同，青蛙用它们的鼓噪赞同，亿万蚊子结成蚊柱赞同，朝晖夕阴里，人们聚集在这里，结成不同的社团锻炼与娱乐，其声势，比起我们在乡下，何止热闹百倍。与我们在乡下人烟渐少的桃花源比较，沙湖公园大概是一个人声鼎沸的乌托邦吧。

有一天我跑过湖北大学家属楼后的池塘，在一片正在朝阳中开放的垂丝海棠下停下来，吸引我的，倒不是娇媚崇光的海棠花，而是花下草丛里，好像一夜之间生出来的一种白花，它们单株开放，聚合有一点像蒲公英，半尺来高的样子，总状花序，白花密集，每一株上，有二三十朵簇生在一起，朴素平易之外，又特别精致有序。我喜欢的是它的花瓣，珠白、温润、简单，好像是刚刚结构出一朵花的样子，再不愿多花一分力气，多走一步，去求新求变求美，与野亚麻虞美人的俏丽，自然是没有办法比较的。哪怕不学野亚麻的色，它有金银花栀子花茉莉花的香气，也不会如此籍籍无名，让我只好掏出App来请教吧。“泽珍珠”这个名字多好听，在湿地里，开放出来的有着珍珠光泽的小白花，在繁盛的海棠花丛里，高高低低，有疏有密，像另外一首朴素的曲子去配合似的。它好像还有另外一个名字，叫“星宿菜”，大概也与眼前这样星星点点银河一般的花海有关。《本草纲目》的介绍，是泽珍珠“性味”辛、涩、平、苦，也是女人们活血调经的良药。

我由“星宿海”里摘了二十来支泽珍珠，捏在手里继续跑步，自然是引得路人侧目不已，唉，这大概是爱花成痴的灌园叟秋先才会干的事情。回到家，洗完澡，找出一张宣纸，将这二十来支泽珍珠裹好，去“菜鸟驿站”，寄给彼时在外差旅的她，我想她打开宣纸的时候，这几十支野花，多半也会枯萎掉，但泽珍珠干枯的样子，也会是平实好看的，珍珠的光泽，还会在。两三天后，我看到微信里她拍出来的照片，她将它们放到水杯里，泽珍珠们得到水，又重新舒展开，宛然回到它们在朝阳清露里的样子，虽然说不上“神女应无恙”，起码也是清溪小姑，神韵犹在，点点珠光，温润黄白，在由我掀起的一场无妄之灾里，稍稍振作，重生过来。

因为有千里寄野花这样的花痴事件，以后每次跑过那片“星宿海”，都不免会多看几眼，泽珍珠的花期很长，陪伴了池沼上3、4月各色名花的兴起与凋谢，期间我还看过三叶草的花海，紫云英的花海，在乌桕树与水杉树林里，都不错，三叶草是太雅致，紫云英是太热烈，皆不及这一片珍珠光芒的“星宿海”。倒是有一天，我看到三叶草花海上，一棵苦楝树开出的淡紫花冠，紫玉莹莹，让我徘徊好久，苦楝花也有着跟泽珍珠一样朴素无华的光。

“五一”之后，公园里的园艺工人们勤快起来，唉，5月也是我们这些大学老师最勤快的时候，勤快的多巴胺上头，难免就会折腾。有一天早上跑过“星宿海”，就看到一位全副武装的中年男人，工装裤的背上背着电机，右手伸出割草机的飞镰，墨镜，戴耳塞，网球帽，帽子的后檐里，露出来他束的小辫子：一位朋克风的除草师大哥，气定神闲地，踏晨露，清理繁花尽谢的海棠树下的泽珍珠花海。我想不出劝阻他的理由。第二天再去跑步的时候，“星宿海”当然是大地茫茫一片真干净，其他路边的野花，已经结出豆荚的野豌豆，带小钩蒴果的窃衣，打出白絮伞的蒲公英，开花的一年蓬，狗尾巴草，都被勤快的朋克除草家消灭掉了，我想这位大哥，一定有在老式理发店里，由理发师咔嚓咔嚓剪去他小辫，刮尽他下巴上庄严蓄出来的浓黑胡茬的快感吧。

可是，野花呢……在推进“中法野花种植”项目的沙湖公园，叶公好龙的公园，还是逃不掉园林的美学的轮回嘛。好好的大观园，只许留公子小姐，不许有丫鬟仆役……我们在城市里希望的野性，大概就是：将鲸鱼抓进水族馆，将油菜花种进校园，将老虎狮子关进动物园，将乡村的草木移进公园，将国外的花草归化到园圃，由城市的泥地里长出来的飞鸟、甲虫、野花野草，我们其实是拒绝的。

6月我准备返乡之前，最后一次去沙湖公园跑步，奇迹是：那一片被朋克大哥攻灭的“星宿海”上，泽珍珠的花海又兴起了，虽然每一株都比之前要矮小，花序也疏落，但依旧星星点点地生长出来，在海棠树下的晨光白露里，漾出点点珠光。

我已经不太爱赞叹这个了不起的重生奇迹了。也算妇女之友的泽珍珠，它的归宿，应是老家大小澴河堤里的桃花源，它应该与益母草、艾蒿、白花菜、金银花、卷耳们，一起去重建一个女性的、身体的、野性的、荒芜的、繁盛的新家园。

2018年8月15日，孝感市农四村

25 太阳落土坳里红

翻《孝感地区歌谣集》，看到这首栽秧歌，好喜欢："太阳落土黑了天，关了城门禁了山，过路客人归了店，河里艄公把船弯，太公钓鱼收了竿。太阳落土坳里红，唱个歌儿谢主东，一谢主东茶饭好，二谢主东活路松，三谢主东早放工。"这一首歌在1982年由搜集者梅廷堂、黄春林采集于广水市浆溪店乡，讲唱者名叫何文木，浆溪店人，其时69岁，如果活到现在，应是106岁，昔年能唱田歌、灯歌两百余首的民间歌王，活到当下的可能性已经不大了，我专门去百度，书房里忙半天，也没有搜到演唱这首歌的视频与音频。

多么好的诗，朴素、准确、明亮，又土气，又文雅。你看日落时分，沉沉暮紫，县老爷主持的城市关起城门，老虎野猪强盗们盘踞的山岭也不让行人通过，客人投店，飞鸟投林，澴河里红脸膛艄公摆渡过最后一拨客人，将暗黑的杉木船顺停埠头，岸边春阳里垂钓一日的老太公也收起钓竿，然后歌者、叙事者出现了，他插完最后一把绿秧，蹚出温热泥腥的水田，戴斗笠在沟渠下清水里哗哗洗净手脚，一边在淡红的余晖里唱歌，感谢好东家准备的精美茶饭，定下的轻松活路，还特别让他在长庚星上弦月升起来之前，就早早收工回家去。星分翼轸，日月其迈，世界有序，生气勃勃，劳动既让身体倦勤，又充溢力量，他过去的一天是愉快的，流过热汗，也得到了多巴胺的神秘馈赠，他对生活是感恩戴德，心安理得的。劳动令他成为自然的主人，让自然有了秩序，诞生出美，歌自然而然地由他的嗓子里流淌出来。

致谢的“主东”，也未必就是地主老爷。小时候我们遇到插秧季，7月里的双抢，收早谷，种晚稻，家里三四亩地，三四个劳动力，在一头脾气颇拧的水牛的帮助下，是很难在一二周的农时里完成任务的，必须请舅舅他们来做帮手，我们家的秧插完，当然也要去舅舅家还工。这样换工的劳作里，心里当然是希望，每天的活稍稍少一些，天天有红薯打底的粉蒸肉吃，能够在天黑之前，摘去腿肚上的蚂蟥，跳进池塘里清洗干净身体，早早去消暑乘凉看电视里演《红楼梦》《射雕英雄传》《西游记》：劳动是令身体舒畅，令心情愉快的，前提是有适当的强度，有美妙的食物，有歇会的消遣。这还是我自己幼孩的经验，更早一些，在以自耕农为主的唐宋元明清，一般的农户开辟出一二十亩田地，请人来劳作，轮流“主东”，共同“贫居依稼穑，戮力东林隈”，互帮互助，以克农时，多半是乡间桃花源的题中之义。

就算“主东”是地主老爷，又有什么关系呢？如果他有清白的身世、勤奋的擘画、仁义的心肠，能以“茶饭好”“活路松”“早放工”来善待他的雇工们，能在工作里予他们以身心的愉悦回馈。我又特别想到春节前几天遇到的一些事：来家里帮我寄快递的小伙子，麻利地抽动厚胶带呼啦啦响，捆绑寄往外地的洪山菜薹，谈论着即将来到的新年，他刚刚参加完公司的海南游，又得到了一点股份，准备开车带老婆孩子返乡过年，令他兴高采烈；雨雪霏霏，街上卖鸭脖的连锁店的小伙子，西装领带坚持到除夕最后一天，年后会有去担任一家分店经理的机会，一脸春风得意，特别要我加他微信做新店的会员。我自己，也不是在为刚由学校“东家”那里领到的一堆瓜子酥糖、水果米油高兴，新上任的年轻副院长在咖啡吧里打电话通知老师们，握着我的手说新年快乐时，觉得他的手又白又肥又暖和。在我们的心里，大概都想谢谢“主东”——他们运营良好的公司、运筹帷幄的团队。社会运作激发出来的勤奋劳作与脉脉温情一面，是以批判立论的法兰克福学派的学者们难以想象的。

劳动的创造与美感，予身体的愉快与心灵的喜悦，大概是超越体制与阶层的，它是一个个轮替在华夏史中的清平盛世的保证。我还特别喜欢一首诗。诗是由张爱玲的一篇散文（《论写作》）里看到的，她讲她喜欢的太平盛世，引用申曲里的套话：“五更三点望晓星，文武百官上朝廷。东华龙门文官走，西华龙门武将行。文官执笔安天下，武将上马定乾坤……”与插秧的农夫不同，它的歌者、叙事者是当朝的宰相或者是兵部尚书，具体而言，大概就是李鸿章、张佩纶这些张爱玲的先祖们，官庶有别，蒙犯霜露，辛劳却是一样。张爱玲说：“不论是‘老夫’是‘老身’，是‘孤王’是‘哀家’，他们具有同一种宇宙观——多么天真纯洁，光整的社会秩序：‘文官执笔安天下，武将上马定乾坤！’思之令人泪落。”

广水市前些年，已被划归随州。浆溪店这个地名好听，大概是给点颜色开染坊的地方？家乡的这首歌也是天真纯洁的，对照的是农夫、泥浆汗水与日暮里的乡野，“种豆南山下，戴月荷锄归”，与上层意识形态、御香缥缈、朝阳下的庙堂整合起来，“致君尧舜上，再使风俗淳”，庶民精英，人人皆是尧舜，满街都是圣人，各界联合，会进一步整合出一个真正“令人泪落”的清平盛世。

2019年2月11日，武汉

26 南瓜月令

清明节后去涂河集，有人卖菜秧子！一溜儿老头老太太摆地摊，朴讷古穆，黄发豁齿，满脸皱纹蚯蚓泥鳅般纠结，一个个像归元寺罗汉堂上蹲踞的罗汉，又像磨山景区正门进去，路两边戕伐过的支离其形的法国梧桐似的。萝卜白菜、豇豆茄子、辣椒瓠瓜，想栽啥，就有啥。好比刚破壳的鸡娃鸭娃麻雀仔鸦鹊仔，鹅黄间关，呷呷呷，一个样，每一棵菜苗活脱脱就是一个“屯”字，根须上敷着一抔褐土，分得出姚黄魏紫？她又惊又喜，犹豫不决，恨不得每一种都来一棵，种出个百草园来登对我们的“三味书屋”。讨论的结果，是挑了五根南瓜秧，十根番茄秧，为什么？一棵南瓜就可以跑满园，一根番茄长成了，就会是一棵树，一本万利，吃用不尽唉。

戴着青黑狗钻洞毛线帽的老太太，余下的牙齿每一颗好危险，双手枯瘦，都是茧，叫价是每一棵两毛钱，长成树也好，长成海也好，都是两毛钱，众苗平等哉。她又想多给钱，我捏她的手腕。提着塑料袋装好的南瓜秧、番茄秧、豆浆、油炸萝卜丝包子回到车上，跟她讲：“这三块钱，就够她打一下午麻将的。她种簸箕大小一块菜苗，卖好几百块钱，一个春天的麻将钱就够了，说不定她还是常常赢钱的那一个！老头老太太们种菜，自己吃不完，用篮子提到集上卖，是享乐，不是缺钱。”她含着热腾腾的萝卜丝，点头如捣杵嘛。

春风多厉，春雨如膏，“雷乃发声，始电，蛰虫咸动”，我拿着砍刀，她穿着套鞋，清理我们楼下的菜园，菜园在新居与之前未拆除的一幢厢房之间，四面有红砖墙，是五六十平方米的样子。父母未去南宁之前，在里面种过一棵桃树，6月血桃累累，后来粘满桃胶，被毛毛虫咬死了，隔壁大伯也来种过菜，几架蛾眉豆，据说长得并不好。现在是披离荒草里，长满了构树苗、乌桕苗、楝树苗、桑树苗，它们之所以能迁移到这里，无非是曾藏身在鸟儿的腹中，鸟儿们除了唱歌、偷稻谷，还是植树的师傅。我们在瓦砾之中剪伐出簸箕大小的一块空地，五棵南瓜秧围成一个圈，十根番茄苗烧香般排成两行，浇上了半桶井水后，菜秧在春风里摇晃，已经有了一点“良苗亦怀新”的样子。之后我们回到武汉，接下来的一周，天气晴明，艳阳高悬，东湖里的牡丹、樱花、海棠在朋友圈里开得如火如荼，我们躲在书房里，也无心去看，一心惦记种在老家的菜秧，是不是由移植里活下来，蚯蚓在它们的细根下痒痒地松土，会碰坏白胖的根须吗？会不会有地老虎将它们的嫩叶啃得精光？我发微信给妹妹，求她拨冗回娘家，帮我们给南瓜番茄浇水。妹妹笑话我们半天，还是骑着摩托车突突去了，浇水之后，拍小视频给我们看，果然是只愁种，不愁长，十五棵菜苗，一周之内，已蹿出一截，绿意盈盈，挺立在我们菜园中央。妹妹还随手带上了菜园的门，将大伯家龙行虎步的母鸡们挡在院子外面。

4月、5月，她忙着写博士论文，我掉到一堆学生开题与答辩的会里，时间表上没有回家的空当。春夏之交的天气，就是孩儿面，武汉，北纬三十度嘛，一周经历四季，一天经历四季，就是在彼时，风雨阴晴，冷暖不定，我们在人生中历劫修行，南瓜秧也会，妹妹就是扮观音菩萨，捧杨柳枝净瓶，也未必能急急如律令地救护，随它们去吧！直到5月底，我们驱车朝发武汉，到村巷里，曙色由白转红，太阳都没有完全爬上树，甫一下车，她去推菜园的门，哎呀就叫出了声：五根南瓜秧在过去的几周里，在阳光雨露里疯狂地滋长，所谓“阳春布德泽，万物生光辉”，具体而微到南瓜藤这里，阳春的德泽，已经赐予它们不可思议的生命力量：千百条藤尖由绿藤堆里昂起头，像一条条小龙一样摸爬滚打，洪流一般，将那十几棵番茄与楝树苗乌桕苗压倒在身下，形成一圈圈旋涡，将菜园填得满满当当，也将小木门蛛网一般封上了。

中午饭，我们就吃上了炒南瓜藤。她穿套鞋，戴橡胶手套，端小圆竹筛，拿剪刀去园子里，咔咔剪回来三四十支南瓜藤尖，我洗净倒进铁锅，加入碎蒜与辣椒丝清炒。南瓜尖清香脆嫩，在舌尖上有一点点涩，既是味道稍稍的苦涩，又是舌面舔舐纤维微微的艰涩，好吃的，她之前没有吃过，当然是赞不绝口，想到满园是几十上百碗的炒南瓜尖，真是有暴富的感觉唉，好像是种了一畦韭菜，永远割不完。我还知道一道菜，是油炸南瓜花，用蛋液或者面粉裹好过油，也是有滋有味，她却不同意：将花吃掉，如何结南瓜子，你读过的《护生画集》呢？她对。苏轼写诗给文与可，讨论到筼筜谷的竹笋：“汉川修竹贱如蓬，斤斧何曾赦箨龙。料得清贫馋太守，渭滨千亩在胸中。”竹笋初生的紫芽，的确有一点龙的样子，南瓜藤又何尝不是，也未被我们的剪刀赦免。文与可与妻子读到苏轼的诗，喷饭满桌，我们不会，炒南瓜藤比不上苏轼与朋友们食笋当肉的风雅，它是自然而然的一点乡村清味，还未染上林洪们“山家清供”习气。更何况，我们吃完饭，蜷曲在沙发上，看到微信里推介清炒南瓜藤与南瓜须（就是专门将藤尖的须爪摘下来），是很不错的“养生菜”，有通便与化解肾结石的功效，无论真假，对我们这些书生而言，就比能助长结石的竹笋友好。

这一次在乡下一直住到6月中旬，暑热渐盛，“暴风来格”，“苦雨数来”，几轮夏雨将小澴河灌满，我们才返回武汉，由武汉去秦皇岛。期间她端着小圆竹筛去菜园里“屠龙”数次，文与可“胸有成竹”，我们插上菜园木门离去时，大概也会胸中存下不少南瓜藤。只是这样的“倚天屠龙”，好像也没磨灭南瓜的斗志，它们继续分蘖、开花，卷起更多的旋涡，须爪如握，向着围墙与旧居的木壁攀爬，蜜蜂粉蝶成群结队地来去，无数的南瓜子如同密云中的星星，已经暗暗生成。

吃到第一只南瓜已经是9月中旬。我举着竹竿，由南到北在藤堆里蹚出数条叶巷，条分缕析，依旧是见花不见果，心里想，怕这开出的一园子南瓜花都是雄花吧，临出园门，脚下一滞，才踢到它，猪脚牛腿似的，油光沉绿：老太太赏给我们的南瓜种，却并不是那种圆圆金黄，可以在万圣节上显摆的灯笼南瓜。我喜滋滋地扭断瓜蒂，将它扛到厨房，心里想，七八斤总归是有的。就是这一只南瓜，我们在老家切丝炒片，剁成大块炖猪排骨，也只是吃掉了一小半，回到武汉，又分解成好几块放到冰箱里，到10月份才吃完。我们在餐桌上分享种南瓜的经验，花掉一元钱种下五根瓜秧，吃了十几次南瓜尖，又摘一只南瓜享用不尽，夔一足矣。作为我们第一次共同种菜的经验，是很不错的一个开端季。我们在创作研究之外，种地种菜，无闻逃世，可能就是从这只南瓜开始了。彼时我翻到李昕升博士的论文《中国南瓜史》，已经明白南瓜大概是与土豆、玉米、棉花、红薯等一道，在南

北美洲被发现之后，经由它们美洲的故乡，借道东南亚传播中土。要是它们的传入更早一些，陶渊明“种豆南山下，草盛豆苗稀”，大概就会改成种南瓜了，有土豆、玉米、南瓜、红薯这样易种肯长，又收获颇丰的粮食瓜菜，他大概也会有更多不为五斗米折腰的底气，能捧着南瓜红薯粥朝阳墙根缩脖啜之，也就不会有“饥来驱我去”的乞食经历。

11月初，母亲坐火车由南宁回来赶乡间礼，姐姐妹妹来陪她，我们也开车回家。帮她老人家拖地、铺床、清晒被子，忙活半天，总算是将归省的老太太安顿下来，在她自己的家里做起了客人。妹妹提议炒南瓜尖，母亲听说我们种了南瓜，也高兴，一家人开了园门进去看，我心里想，唯一的南瓜已被我摘走，这紧闭的瓜园大概已经是清秋节、音尘绝、西风残照南瓜叶。没想到，这一回封门的不是南瓜藤，而是南瓜墩，推进去，一园子的猪脚牛腿、牛骨驴尾，一条条南瓜像滑石溪中大大小小枕水的石头一样，长短不一，胖瘦不一，堆积在稍稍破落的瓜藤之中。藏在密云中的星星，被小粉蝶出入过的每一朵南瓜花，都让自己在深秋里长成了南瓜。老太太欢喜得合不拢嘴，由城市返乡的种种不适一扫而光，指挥我们将南瓜一只一只摘出来摆在走廊里，就像从前生产队冬月干塘分鱼，将走廊排得满满当当。一共三四十只南瓜啊！当日我们跟母亲告别的时候，妹妹与姐姐分别挑走了五六个，给母亲留下一个，余下的三十余只，我放到后车厢，一百余斤，都感觉后车轮往下沉了一截。

真正将南瓜们搬进厨房，我们才理解造物征用老家的小菜园，将五根瓜秧变成了一场如何盛大的丰收，将它们放入冰箱是不可能的，一个接一个煸丝切片往下吃，如果它们不腐坏掉的话，一月一只，可能会吃到下一届的世界杯，人工智能统治世界，5G、6G之类伟大的未来吧。顺丰快递给各地的朋友？快递费贵一点也无所谓，只是寄人家一只南瓜算什么事啊，你认为的金镶玉，人家却也只作呆瓜看。捐给附近的幼儿园，毕竟万圣节就要到了……可是前面已经说过，我们的南瓜是长条的，刻不出南瓜马车，也雕不好南瓜灯笼。要不，我去沈阳路菜场去摊个菜摊……我们谈论这些计划时心里是喜悦的，家乡的土地还在，还能生产，我们也有足够的力气与运气，来领受它的馈赠。我们差不多花了一周的时间，百度种种南瓜制作法，将南瓜削皮解块放到电锅里面蒸熟，用细纱布与金属滤网滤去绞干水分，做南瓜饼、南瓜汤圆、南瓜丸子……装入几十个大大小小的食品袋里，垒放在冰箱的冰冻层，这样，就算是AI统治了地球之后，南瓜系的早餐也可以间或出现在我们的餐桌上。

新年的第三天，东风解冻，草木萌动，我们果然吃上了炸南瓜丸子。糍粑的瓷白之外，有一点点南瓜的珠黄，糯米的温慈之外，又有一点点南瓜的清苦。我仿照汪曾祺《葡萄月令》来记下一年中种南瓜的事情，辞色才情，自然是远逊于他老人家。我又想到，南瓜、红薯之属，来中国既晚，错过了诗经楚辞、唐诗宋词，错过了陶渊明与苏东坡，它们融入了我们的乡土、我们的身体，却并没有进入我们的文化，所以特别将之补记出来。所谓时日如驶，马齿徒增，岁云早暮，能无慨然？种豆南山下之外，种南瓜在家乡的小园，也是日常的好生活唉。

2019年3月12日，武汉

27 一上水车摇三摇

在手扶拖拉机突突突闯入村巷，黑人大伯撅屁股将柴油抽水机摇动，大家开始使用铁齿森森的打谷机，爷爷将小广播电蜘蛛一般挂到卧房古壁之前，我们村最复杂的机器，是风车？纺车？板车？织布机？还是水车？唉，我投水车一票。清明节之后，密云布雨，池塘涨水，蝌蚪结粒，鲫鱼扳籽，草返青，树发芽，小鸡出壳，鸭子下水，布谷鸟叫起来，长一声短一声，黄鹂晨曲一套套，我们也春服既成，斜挎着帆布书包上小学校，大人们则开始浸谷种，赶黄牯拉犁办秧底田，往泥腥扑鼻的秧田灌春水，这时候，霜雪里休息了一个冬天，浑身桐油味的水车们就会登场。

水车的模样，有一点像龙灯。我常想，村里的男人们腊月里糊龙灯壳，扎龙骨多费劲，直接将彩纸裱在水车上，一节一节拼起来，多省力。这个计划不能通过，大概是水车太重吧，全村的男将都上阵，才能将这个火车一样的大龙灯举起来。还有就是，水车多金贵，如果任由我们元宵节前后几天的玩要，将它们弄坏，这开春车水种谷的大事，就麻烦了。水车有长有短，就像城里的汽车大小不一，一般的人家，都会有一张条凳长短的水车，可以将沟渠里的水，车到渠上稻田，而六七米之长，像从前武汉街头双车厢辫子电车般的长水车，是生产队的传家宝，由全村公用，可以摆入池塘，将塘水提取到水渠里。小水车两个人合作，手持木柄就可以推动，精壮的小伙子，一手一支柄，左右开弓，也行。大水车则需要三四个男人爬到车头，扶着横木，用脚掌用力蹬动踏板，才能令千百片扇叶哗啦轮转，长虹卧波，未云何龙，将春水陡直地虹吸起来。

男人们一边蹬踏板，一边放开嗓子唱《车水歌》："一上车儿摇三摇，问声车儿牢不牢。小小车娃四百头，栗树龙骨枣树闩。杉树筒子柏树轴，木梓树车叶把水关。姐姐门口一棵椿，去去来来好歇荫。过去过来吵闹了姐，冇得么事谢姐恩。候我八月收割了，候我九月下南京。候我十月从南京转，买点人情谢姐恩。一买金簪头上绾，二买银环挂耳根。三买水粉搽闺脸，四买胭脂点嘴唇……得你情来谢你情，绣个兜兜挂郎身。一绣红云登宝殿，二绣牛郎点天灯。三绣鱼子双摆尾，四绣知了会弹琴……"唱来唱去，就胆量渐长，转向女人们身上去了，不仅是虚构出一箩筐秋天里由南京市上买回来的金银首饰，还自作主张替她们作答，用抹了腊猪油一般的口舌吐出云霞一般的绣品。唱歌秀恩爱，激发出荷尔蒙，提升干劲，腿不疼，腰不酸，汗流浃背也不累，这是一定的。堂吉诃德想着心上人，跟风车打架都会有劲些。我估计这样男女和合的歌也会有一点巫术的作用，感化土地公土地婆风调雨顺，移栽进水田里的秧苗，就像断奶的娃娃，也会感应到一腔春意思，早日返青蹿个子。男人车水，女人被他们唱红脸，埋头在春水里慌慌张张插秧，老头老太太木木然骑着秧马，将秧苗一团团扯起缠好，由孩子们赤脚在田埂上提来提去，将一把把秧头子递给父母们。畦畦水田上，紫燕翻花线般穿飞，蓝背喜鹊阵阵聒噪，薄翅蜻蜓会集，绿衣青蛙酝酿鼓点，近处的村庄羽羽水杉，绿杨四合，更远的田野麦浪绿黄，蚕豆花发如蛱蝶，莹莹粉紫，塘陂上的灌木蓁林里，传来苦艾、金银花与野荼蘼混合在一起的浓香。四月天，孩儿面，顶草帽曝晒春阳的劳作的我们多么美。

当然，水车的回复一定是牢的，经得起男人们的放肆折腾。它用板栗树锯木刻龙骨，用枣树棍制闩，杉树板结构车筒，又用柏树做轴，用木梓树，也就是乌桕锯板割成关水的车叶，差不多是集齐了乡间杂树中坚硬的“五行”，五行相生，卯榫咬合在一起，它的沉着、耐用与有力，不会比飞鸽永久自行车差吧。空空的没有吃上水的水车，摇动转柄时，龙骨、车筒、车闩、车轴、车叶合在一起，会发出隐隐嘶吼。我看《考工记》里，讲到周秦弓人制弓，是这么讲究的：“弓人为弓，取六材必以其时，六材既聚，巧者和之。干也者，以为远也；角也者，以为疾也；筋也者，以为深也；胶也者，以为和也；丝也者，以为固也；漆也者，以为受霜露也。凡取干之道七：柘为上，檍次之，檿桑次之，橘次之，木瓜次之，荆次之，竹为下。”檿桑就是柞树。匠人们熟悉木性，以阴阳五行之道，取材制器，将弓造出龙性，将水车也造出了龙性。龙为鳞虫之长，“能幽能明，能细能巨，能短能长，春分而登天，秋分而潜渊”（《说文解字》），“角似鹿，头似驼，眼似兔，项似蛇，腹似蜃，鳞似鱼，爪似鹰，掌似虎，耳似牛”（《尔雅翼》），它的“生成语法”，与水车，也是大同小异。

所以正月是龙灯，夜雪明月的田园里飞驰，烟花爆竹的村巷里翻滚；四月是水车，击破满池春夏水，为有源头活水来；五月是龙舟，三三五五垂杨底，守定龙舟看不归。我们具身体现，挥汗如雨，就是这么组队与龙子龙孙们暗暗较劲的啊。

2019年3月7日，武汉

28 歇会亭

吾乡风景之好凡四处。往北是胜利桥边河滩，枫杨林下，盛夏里芝麻花开如箭，艾蒿林密密麻麻，波浪下起伏的海藻一般，药香浓郁如鬼打墙。往西是舒家塆下的陡峭土岸，益母草与红蓼镶嵌住的小水库，一面湖水，水银镜冷冷印照星月。往南是官家渡的湿地，芳草鲜美，杂花生树，错综交织在河边，散逸的牛羊边上，白鹭三五成群在蚊虻阵中聚散低飞。往东是金神庙通向铁路的小河堤，堤下青松水杉，松杉间鸦哇鹊噪，隐隐可见本地墓园，萤光磷火，碑影重重。我们在朝晖与夕光里散步既久，不怕的。我们看够了世界，回到家乡，将这些日常生活称之为风景，心虚哉？不虚也。3A、4A、5A的天下名胜，山川巨泽，名园朱楼，骇目惊心，是好的，真要拿来换取朴茂自在、温润有情的“小澴河四景”，我们未必愿意啊。

说说金神庙边的小河堤。我们将这一景取名叫“松间踢鬼”，对照之前的“艾蒿林海”“益母湖镜”“白鹭伴牛”，觉得它是第一。盛夏之后，中元中秋之间的月夜，来此漫步消食，走多久我都愿意，也不怕累。凉风里有稻田棉田的草木香，也有隐居其间的甲虫背壳与昆虫翅翼间的铁腥气。林外是堤下村舍里疏落灯火，比武汉夜空上的星星还少。曲曲如眉林中路，松枝筛出月影，果然是藻荇交横，积水空明，一如东坡写过的月夜，我想不出更好的字句。清晨我一个人拉木闩开门跑步，也常常是出村向东，跑过“松间踢鬼”，直到京广铁路下的保光村隧道，看见由武昌站发出往京师的第一趟复兴号，才一身热汗地折返。此刻小澴河堤上松风白露，朝暾乳雾，是另外一番景象了。要是三十年前，我这样在堤上蚱蜢般横冲直撞，恐怕不行。那时候金神庙还是一个繁荣的露水集，太阳由铁路那边跳丸一般升起来，堤林里的赶集人蚂蚁搬家似的连成一条线，集上摊贩如云，摩肩接踵，挥汗如雨，大人着急砍肉买菜，小孩嚷着吃油条豆腐脑炸萝卜丝包子，拥堵的程度，并不亚于7点14分之后的东湖路水果湖隧道的车流。我要是想跑步，恐怕得会一点儿在人群里闪转腾挪的轻功，如段誉的“凌波微步”才行。

“一世异朝市，此言真不虚”，陶渊明刘宋年间的市集都有生生灭灭，何况是我们当下这个极盛现代化的时代。无非是三十年簇拥在此的人流，已经被工业与机器，引向武昌与京师的城市都会罢了。太史公“天下熙熙，皆为利来；天下攘攘，皆为利往”的社会流动语法，并没有改变，安东尼·吉登斯读到这里，会虎躯一震吧！金神庙集的入口，是一座小石桥，栏杆上的铁条，漆成了猪血红，石桥掩映在一棵壮茂的枫杨树里，树上瓔珞般垂满翠绿翅果——这是我在《绿林记》小说里常常写到的景象，有时候我还会在枫杨树影里虚构一头嚼着草料、摇头晃脑、为蚊蝇所困的黑驴。在这个“赤栏桥驴”的风景之外，我爱看的还有一个“向阳楼”：集上一位姓黄的村民几年前盖起来的新居，普通的红砖三层楼，在三楼的墙壁上，他用彩色的石子嵌出“向阳楼”三个字，歪歪扭扭的肥泥鳅体，拙得很。向阳楼立在松林里，背后是缥碧如带的小澴河，朝阳由枫杨林里，由赤栏桥上瀑布一般涌来，水木清华，沐浴着红砖黑瓦，仙居隐隐，我觉得很美。主事的黄姓村民一定是感同身受，热爱他亲手筑造出来的家园，才会奋力由他简易的文化符号系统里，拈出“向阳”两个字来命名光大他的门楣？

“向阳门第春常在，积善人家庆有余”，这大概是吾乡除夕写春联热搜榜的第一名，清平盛世，妥妥的安全感。“葵花向阳朵朵开”，红领巾般的言语，刻写入我们的身体。我读初中的时候，新来的班主任，师范生毕业，十八岁，姓向名阳，运动服，带风帽，青春帅气，教我们数学、体育，我现在还能想见他示范三级跳远，凌风腾空落在我们新挖的沙坑里，风帽翻过来，反罩住他抹过摩丝的黑亮头发的模样。何砦初中荒废已久，不知道这位大哥老师，随着人潮回退到了哪里。但这位黄姓村民我是听说过的。之前他是集上的屠户，在桥边摊档上卖肉。吃斋的外婆常向我们抱怨，说杀猪这个行当太造业，屠户一辈子杀掉的猪，大概能沿着小澴河堤，由金神庙桥排到梅家塆桥，害得我现在跑步，想到她老人家的妙喻，都觉得自己是踏在猪背上的猪猪侠。外婆的碎碎念发挥了作用，黄师傅放下屠刀，去武汉做了锁匠，这个向阳楼，大概就是他用无数的“急开锁”挣来的，现在他打开的锁具种种，挂在“赤栏桥”上，堪堪够将它变成一座同心锁的鹊桥。可惜我跑步数月，也未见到这位已经“成佛”的黄师傅本尊，向阳楼大门紧锁，南瓜藤瓠子藤顶着黄花白花爬满窗台，由门前引出的道路生出蒿藜，深可没膝，但大门两侧的春联过年却是新换过的，秦琼拿剑、尉迟恭持锏，瞪着铜铃大眼，还在神采奕奕地值日做门神，替外出的向阳楼主抵挡松林间的夜游鬼。有门神与家神守护，一年只回一次的地方，也算家，不会沦为荆棘牵屋、野蜂飞舞的荒宅，相比黄师傅在武汉购置的单元房，这里才是他的“家宅”，他的“庙”吧！

向阳楼之外，我还需打卡的风景点，是堤林南麓的“歇会亭”，由驴桥向东，要走六七百米。堤回路转，有亭翼然在绿野里，春天的时候，亭边是青青麦田，转到小满芒种收了小麦，套种的棉花苗生成棉田，它就会又“翼然”在粉白黄红的万千朵棉“花”中间。与向阳楼一样，这个歇会亭多半也是乡间贝聿铭们的杰作。苏州名园里的亭子是天马下凡的话，这个亭子像一只笨骆驼，画虎成犬的木匠师傅啊，我知道你们在城里装修做手艺，已经习惯了气钉枪与螺丝刀，回乡来修亭子，对不住鲁班祖师爷没事，结实就好。亭中是石桌石凳，亭外的木匾上，题写的“歇会亭”三个字，蚯蚓体，大而黑，莫非也是黄锁匠（屠户）的大手笔？“歇会”两个字，我是喜欢的。从前生产队中，早早出工，晚晚收工，戴草帽，顶太阳，一身热汗，上午一次，下午一次，父母们听到队长说出的“歇会”两个字，就好像听到观音娘娘发送的纶音玉诏；就像我华中师大课堂上昏昏欲睡的同学听到“小呀嘛小二郎”的下课铃声，食堂饭菜熟；就像我出门去开那些高朋满座的学术会，主持老师终于说到“现在是茶歇时间”，咖啡缥缈香……大伙会在堤上的松林里坐成一排，男人抽烟，女人奶孩子，队里的老爹爹老婆婆抬来粗叶苦茶、红醋凉粉，清风徐来，小澴河里水波不兴，林间松子落，喜鹊叫不停。

我出生在生产队纪元中的某年月日，之前问八字，后来谈星座，塔罗牌什么的，都需要确定准确的时辰，我们来到世界的刹那决定着我们的一生。我小心翼翼地向我母亲打听，母亲的回答是：“下午去畈里割谷的人，回来歇会，我生的你。”吉登斯老师再来点个赞吧，钟表果然只会在工业时代嘀嘀嗒嗒，在我们的田园里，计时的办法果然是：鸡叫第几遍，日影有多高，上午下午林间的歇会……出生的模糊性，让我永失搞明白自己命运与爱情之类玄学的可能，但我还是喜欢“歇会”这个特别的时间“锚点”，热汗的休息，松林的清风。“真美啊，停一停”，浮士德需要的是沙滩上的神殿，我喜欢的，是麦林棉垄中的“歇会亭”，真累啊，歇一歇，再去下田。

只是现在亭子做好了，谁来歇会呢？那些去城里谋食的乡亲，他们多半是穿制服歇在立交桥的阴影里。田地交给机器，机器吃油电，是不知疲倦的。夜游鬼？也许亭中也应请一请秦叔宝与尉迟恭两位将军？算了吧，鬼神们冲风犯露，游荡在子夜的田园，也不妨来此亭中伸伸脚，他们中间许多人，说不定就是三十年前松堤上寒暄的喝茶抽烟客。

一边跑步一边狂想，对，这就是我喜欢的日常生活中的清晨，保光村隧道，赤栏驴桥，向阳楼，歇会亭，小澴河堤，天下风景在吾乡，吾在吾乡写文章，契诃夫拿他的草原樱桃园，鲁迅翁用他的百草园三味书屋，也不换。我喜滋滋跑回家对她讲，这“松间踢鬼”的散步家，歇会既久，美梦沉酣，还没有起床呢。

2019年5月23日，孝感市农四村

29 瓠子汤

最近爱做的一道菜，是煎瓠子。将半尺来长，土肥圆的瓠瓜刮皮、去蒂，滚刀切成两厘米厚的墩片，两面交错刻十字纹，得七八块，在煎锅里加油盐，正反面各煎三五分钟，大概就像料理由冰箱里取出来的牛排似的。起锅时，加一点广式腊肠切片，排在白瓷碗，交叠堆翠，滋味清腴。好看，好吃，其法简易，是我由母亲那里学来的。有一次，我微信拍照给弟弟看，朋友圈先吃嘛。弟弟的回复却是直撇嘴，觉得我的手艺还是不如母亲。母亲是在铁锅里“炕”瓠子，用没有提炼的菜籽油，不加水，没有火腿片，也慢，所以瓠墩会炕得微黄清和，正宗家乡菜，没有文艺腔。

不过前几天翻书，发现将瓠子搞出文艺腔的，不止我一个。先是南宋的生活家林洪，说他是生活家，由他写的《山家清事》《文房图赞》《茹草纪事》《山家清供》《大雅复古集》之类的著作就可以看出来。他大概是比明代陈继儒等要早几百年的职业山人清客，常被人家诟病的，是他常自称是隐士林逋之后，可这位林和靖君，“梅妻鹤子”，又哪里来的“后”呢？林洪的《山家清供》记下南宋一百零三个菜谱，常常翻得我口水直流。有一条《假煎肉》记到瓠子：“瓠与麸薄切，各和以料，煎麸以油，煎瓠以脂，乃熬葱油，入酒共炒，瓠与麸熟，不惟如肉，其味亦无辨者。吴何铸宴客，或出此。吴贵为后家，而喜与山林友朋，嗜此清味，贤哉！”瓠子本来就“肉头”，加上猪油与面筋同煎，当然是“如肉”无辨。只是林洪兄称赞的清味，难免堕入和尚们嗜吃“素鸡”的趣味。他凭人家吴贵人爱吃猪油煎瓠子，就赞“贤哉”，也可证他多半是个惯会溜须拍马的假清客，真俗人，还真不配去做鹤子鹤孙。当然，一定要强引“翩然一只云中鹤，飞来飞去宰相衙”，我也同意的。

还翻到一篇《瓠子汤》，是由《周作人文类编》里检出来的，他说自己小时候，“夏天吃饭有一碗瓠子汤，倒是很素净也鲜美可口的。在我们乡下这是本末如一的长条的瓜，俗语叫作蒲子……壶卢与瓠子的汤都是很简单的，只是去皮切片，同笋干等物煮了加酱油而已”。此处所说的“壶卢”即葫芦，与瓠子的区别，大概是前者壶身材不如瓠子，也更木头木脑。煮瓠子比煎瓠子来得更素净一些，也更合乎知堂老人的名士做派，我读到时的开心，倒不是为了这个，是因为由周作人的母亲或者长妈妈们煮出来的瓠子汤，除了周作人在喝，一边还有日后成为鲁迅的大先生啊！不知道他老人家，对这道瓠子汤的胃口怎么样，知堂老人接下来提到的瓠子切丝煮熟和面，油煎出来的“蒲丝饼”，又如何，鲁迅爱吃，但不爱写，油豆腐茴香豆新鲜蚕豆之类，是回忆故乡的谈资与哄骗，解馋却难。

瓠子的确是乡下再平常不过的菜蔬，与南瓜、丝瓜、蛾眉豆、菊芋一样，我们都不会将它们种到菜园与大田里，只是随意点播到田头地角，短墙篱落之间。我家的瓠子，我记得爷爷常将它们种到猪屋的侧墙，春天的时候，给它们递几根木棍，让它们爬到猪屋的屋顶。两只黑猪在猪屋里哼哼唧唧地聊天，制造出满猪圈腥臊恶臭，瓠子藤毫不为意，继续攀爬，开出大朵大朵的白花，又肥又厚，在浓郁的猪粪气浪中招摇，是瓢虫、粉蝶与吊吊蜂（马蜂）们喜欢的。等到瓠子“结儿”，大概是6、7月份，由手指大小长到手臂粗细，虽然比不上冬瓜南瓜的效率，变化也是惊人的。这时候，藤蔓还会继续爬上猪屋边的大榆树，瓠子被榆树间的南风吹得东摇西摆。

6、7月农忙，我们又由小学校里放假，妈妈教了几次，就将晚饭的工作交给我，我才十岁出头啊，由水井里挑水，都要挽起桶勾，两只水桶里，也只能盛半桶水晃荡，在灶前炒菜煮饭，按黑人叔他们的说法，是要搭一个小“椅娃”才行。我最早学会的菜谱里，就有瓠子汤：将嫩绿的瓠子由猪屋上摘下，如果是榆树上的瓠子，就要用竹竿绑上镰刀将它们“剜”下来，再用瓷瓦片，刮皮去蒂，然后滚刀削成块，扔到锅中沸水里。对，我们的瓠子汤，除了一匙油、一匙盐，一瓢井水，再也没有其他的调料，“很素净而鲜美可口”，爷爷父母农活回来，吃夜饭，滋滋地喝瓠子汤，也并不会去夸奖坐在旁边心中暗喜的煮汤小孩，在他们看来，这样轻松的家务事算什么，过两年，他要下地种田，那个才叫累，才是真正能帮得上忙。

所以“炕”瓠子、瓠子汤这样的“农家清供”，比诸清客文人们的“清腴”“素净”，大概都有一些不足道，一定要讲的话，它只是清苦的乡间生活的一个隐喻。说到这个隐喻，可以补充的还有两点。一是瓠子易老，黄瓜瓠子一夜老，今天还计划留到第二天煮汤的瓠子，吹了一晚上的西风，就泛白变硬，难以下咽，这个与多病易老的乡下人是像的。另一个，是瓠子的苦，总有几条黄瓜，几根瓠子，它们会由变异的基因里，转向苦涩难食，所以刮瓠子的时候，一定要在根蒂处用舌头舔舔，清甜滑嫩第一，如果有苦味，就应该去剜另一个瓠子兄弟。

可是对一个十岁上下的椅娃厨师而言，漏网之鱼是难免的。油灯荧荧的晚上，大人们由农事里解脱出来，沉默地举箸端碗吃饭，唯一或者唯二（另外一碗菜可能是清涩苦香的腌白花菜）的瓠子汤苦得难以下咽，母亲叹气，父亲扔下筷子去纳凉，椅娃厨师他自己，也是很难忍住挫折沮丧的眼泪的。

2019年5月30日，武汉

30 乡村瑶池

“怀君属秋夜，散步咏凉天。”说的是中元与中秋之间的这些乘凉的晚上吧！“明月别枝惊鹊，清风半夜鸣蝉，稻花香里说丰年，听取蛙声一片。”比起韦应物的小资腔，辛弃疾更风土，南宋占城稻已传入江南，农历七、八月间晚稻扬花灌浆，正其时也。清风玉露，夜色好，才会让喜鹊们多走几步，“秋铃”（蝉）与“客蟆”（青蛙）多叫几声。我们晚饭提前，出门变早，走得更远，回家也晚，有时候，宝伟家的狗子都等不及扑出来咬我们，就在门前桂花树的月色阴影里睡着了。小澴河堤上的绿褐色松子的确扑簌簌在秋风里掉落，只是世界上已经没有哪位幽人，需要去特别地想念。

初来乍到的秋风想将火热的村庄与平原吹凉，的确是有一点难。我回乡下四五年，今年是最热的一次。白天戴着草帽来村里叫卖的商贩人数与次数都变少了，槐如大伯家旁边电线杆上的广播，上午10点，下午3点，人工智能合成的女声播报国内外新闻，庄重的声音在烈日里被锻打，也有一点发糊，像宝成路上铺好的黑柏油在变黏，黄昏时去菜园里浇水，南瓜藤瓠子棵还在热浪里活着，喝水滋滋响。还有呢？五仁大叔的两个孙子不爱做暑假作业，被五仁大婶拨通儿子儿媳手机视频狂骂的次数也在增多。老太太们也不来我家楼前的樟树下开牌场打“上大人”长牌了，午睡恹恹醒来，休想再听她们乡音土语，活色生香的龙门阵，一团浓荫被狗子们占领，小贩热汗淋漓地骑三轮车来，它们也不爱叫了，恨不得将舌头全部都吐出来，将自己变成一只风箱。

有几次动念想开车去恩施州山里，或者干脆高铁去哈尔滨，都放弃了，觉得在水深火热里出逃不仗义，我们沉浸在乡村的生活体验里，如何能舍弃极寒极热的两个点呢？春花秋月固然好，火焰山与雪国的老家乡也莫逃。消暑的法门，当然是空调第一，看到白色圆柱的海尔空调在小客厅里敞开肺叶，日夜送出清凉，就觉得童年时“六月天气热，你热我也热，扇子借不得”的杨朱式灵魂拷问，终于得到完满的解答。雪天读书，三伏天也宜读书，心静自然凉，《聊斋志异》比《西游记》的效果要好，读点弗洛伊德、拉康、拉什啥的也不错，我看最好还是柳宗元，“永州八记”绿意森森，遍体生凉，是冰箱的“冷藏层”，等到“孤舟蓑笠翁，独钓寒江雪”，就是抽开了冰箱寒气凛凛的“冷冻层”。再就是由黄昏到夜晚的乘凉的散步。酷热的漫长晴日，将大地的水汽蒸腾成为嵯峨云山，阳光又刚劲如箭，定会在濮河上空映射出庄严而盛大的晚霞，在催发出来的作物的“云香气”（读者诸君原谅我由云计算之类的新词里造出来的词）里，被暗蓝的夜空一点一点吞没。世界不同，这些水气、云气、地气、夜气交织成的黄昏也会不同吧！半明半暗间，枫杨树丛里长出来的南风慢慢变盛，星月光影里，白天的炎热一层一层潮汐般退去，身上的汗意也一点一点地撤离，露水里降下来的凉，像萤火的亮光、蟋蟀的弹唱、黄鹂的晨曲、蜘蛛的新网。这是深藏在夏天的蜜。一点甘露味，人间清凉意，人终于可以在黑漆漆的深夜里入眠，在新买的蔺草席上成梦，草席细密清香，是梦的小小伊甸园、青荇中的龙宫。这样复杂微妙的夏夜叙事，才是真正令人迷恋难舍的。

我们发现与创立的乘凉点，已经有好几处，胜利桥的草滩、金神庙的松风、舒家塆的枫杨林堤，都很不错。我喜欢的，还有朝东往梅家桥小澴河堤走去的大路边的“草地”。这是一片如假包换的“真正”草地。我印象里，大路两边的平畴，分别为梅家塆与肖家塆的村民耕种，从前是棉花、小麦与油菜的轮作，春天经过这里，去保光村坐巴士去孝感上学，一路荞麦青青油菜如金，后来农民们又将农田改种成菜地，黄瓜瓠子茄子豆角之类轮番登场作法也还罢了，也有苦瓜、红菜薹、秋葵之类的“稀奇”菜，它们的兴起，显然是与汉口各菜市场里“汉口人”的口味相关联的。再后来，种菜的农民日少，瓜棚豆架一夜间消失，肖港镇北的葱农们南下，将这片菜地又改种成为葱田，郁郁葱葱小香葱，一两周一个轮回，逐日请附近村里的妇女们搬小板凳来田间拔葱，理成葱捆，运往外地，据说我们镇小香葱的出产量在全省、全国都排在第一，对，过去几年，我们可能就是以“小香葱”，在全球化的生产链条里注册的。但去年与今年，小香葱的种植“专家”好像也潮水般退走了，来承包这一块葱田的是由安徽怀宁来的草地种植商，他们将一两百亩良田全部种上了草，按他们在宝成路边立起的广告牌上的说法：“各种果岭草、马尼拉草、高羊茅、黑麦草等欧美名草，五元一平米。”三个月左右，他们就会将草地铲起来，蔺草席一般卷好码堆，用卡车经汉十高速运往城里，做小区、街道、体育场与公园中的草坪。它们由种草“专家”浇水、施肥、打药、修剪，除灭杂草害虫，果然名门世草，丰茂清嫩，茵茵如席，清晨傍晚，嵌在周边的农田与村树之中，就像瑶池仙境似的。有一天晚上，我们踏上草地散步，发现草棵间有嫩红的马齿苋，兴致勃勃地采了一小布袋，结果一位灰西裤白衬衣、面目黧黑削瘦的中年男人举着手电筒走来，客气地制止了我们，说草地常常打药，马齿苋会有毒，千万别吃，“你们来散步，是欢迎的，我们种的这些草不怕踩！”他骄傲地说。

发现这一片乡村瑶池的可不止我们。这位由海子的家乡来到本地的种草人立了“不怕踩”的规矩，大概就成就了这个盛夏黄昏里的乘凉晚会。附近魏家塆、肖家塆、梅家塆、郑家塆几十上百的妇女、老人与小孩晚饭后来到这里，由光芒万千的落日时分，消磨到星空历历的深夜，才会慢慢散去。所以此刻的景象，有一点像法国丹枫白露森林附近，巴比松画派卢梭、米勒、柯罗们的画。白杨枫杨朴茂苍茫，树顶上晚霞赤橙青绿，树林外小澴河蜿蜒西流，河滩里白鹭飞旋。蝉鸣鸟噪里，老人们举着蒲扇，坐在草地上聊天，大一点的孩子仰躺着滑手机，手机的返光照在脸上，小一点的打闹做游戏，更小的孩子就咿呀坐在婴儿车里由年轻的妈妈推出来遛圈，主场当然是交给了那些精通广场舞的中老年妇女们。年纪稍长的大妈大婶们，我脸熟得很，新嫁来本地的小嫂子们，就面生了。这些走南闯北见多识广的女人们，大概在她们从前打工的很多城市，都跳过广场舞吧，佳木斯广场舞、五行健身操、国标之类，流派之多、门类之全，不是我这个门外汉能说得清楚的。她们穿着新衣裙、新凉鞋，在凤凰传奇们的歌声里聚散有序、翩翩起舞，巧拙不一，老太太头发梳得清清爽爽，绝非是西王母“蓬发戴胜”的样子，年轻媳妇们“舞低杨柳河边月”，正是吾乡七仙女下凡后的苗裔。恍惚间，好像这一片草地，是一张《天方夜谭》故事中的魔毯，将她们由城市公园里某一块广场舞上载将回来，安放在半明半暗的黄昏的田野里，唯一的区别是，公园里的广场舞灯火通明，梅家塆草地上，只有星月与手机的光辉。

她用手机拍了好几张照片与视频，奇妙的光混合在一起，亦真亦幻，很好看，除了卢梭、米勒的画，这些影像也并不比《豹》《战争与和平》等电影里，那些欧洲宫廷与贵族庭院里的舞会差，我记得之前看过一部《绝美之城》的电影，罗马城里的奢华、铺张与颓废，未必就能比得上我们这个乡村瑶池舞会的“自然”绝美。美中不足的，也许是瑶池终究是女性的，乡村夏天的乘凉会，没有青壮年男性的加入，显得像一个女性的乌托邦似的。我们离开“草地”继续向前走，沿着小澴河堤葡萄暮紫的黄昏，凉风初来满襟袖。我又不禁掉起了书袋。我讲《禹贡》里提到的“云梦土作乂”，说的是将云梦泽加以疏导耕种，虽则土地肥力一般，之后可以向周王室贡献羽毛象牙金银铜与美竹林木之类。来到当今的城乡交换体系，我们出产的贡物在稻米棉花蔬菜瓜果之外，又多了一项“草地”：将云梦土席卷成“魔毯”卖到城市。这瑶池上的舞会大概就是礼物交换里，美好的回馈吧。她可不理我这些掉书袋，河堤上松风阵阵，她说你看月亮升起来了，它圆起来就是中秋节。

2019年8月10日，武汉

31 芝麻叶苋菜

这几天天气好，早上7点，朝阳由东湖的林樾，洒向翠柳街东亭小路黄鹂路的街道，樟树亭亭如盖，云潮一般的细蕊，幽香绕人，合欢树在羽羽新叶间，也打开了娟娟若扇的红花。焕然一新的金沙世界，去街上的小店过早，抉择在热干面、面窝、苕面窝、襄阳牛肉面、重庆小面、兰州拉面、公安锅盔、黑皮牛杂等诸色早点里，又喜悦，又自由，为人间的劳作所供养，然后去加入这劳作，觉得自己仿佛是附体于历劫重生的神佛。

其实最后多半都效忠给了热干面。不过话又说回来，没有诸色的多样性，又如何能体验出热干面还魂草一般，鲜香热活，是吾城之魂灵。吃完面，握着温热的豆浆杯去买菜。各菜市场还没有开放，但街上的三五家菜店，长棚接短棚，生意不错，正在接受着大妈大嫂们的挑剔与检阅。唉，如我这般，酷爱买菜的大叔，亦少见。正是新鲜菜依次上市的时节，先是山里挖出来的楠竹春笋，牛角马蹄，胞衣上还沾着大别山特别的红壤，由香椿树顶掐下来的椿芽，嫩红柔荑，在期待土鸡蛋的明黄汁液。接下来是头茬的春韭，细长挺直如面条，根茎绿白微紫，由菜棚的竹架上摘下来的第一批黄瓜，刺突粒粒，微圆的瓜头上，还留着未凋的黄花。接下来是竹叶菜、白菜秧、菠菜秧、恩施小土豆、土萬苣、宜昌折耳根、苕尖，上周我回乡下，发现老家已经被开辟成“红薯尖省级种植基地”，说不定这些浓绿苕尖正是吾乡特产。对，还有翡翠一般的蒜薹，刚刚由地里用蒜锥划剥出来，肥嫩清爽，正好配合我藏在冰箱最深处的几块腊肉。还有各处池塘里掘起的藕带，含着春夏蝌蚪味的塘水，有长有短，有粗有细，扎成把，码成堆，乌贵八贵（本地方言，形容非常贵），但是清甜敷腴，好像是洪山菜薹的初夏清凉版，好吃哎。还有潜江小龙虾，未必都是由潜江的秧田里长出来的吧，十元一种，二十元一种，三十元一种，比往年便宜得很，三大筐摆在菜店的豆腐架前面，千万头掉入陷阱犹不自知，蠢蠢欲动，运山成丘，动辄会有一只越狱出来，一耸一耸，又不戴口罩，散步在人行道上。正是虾头如牛，虾螯如蟹，虾尾小满，虾黄涌膏的时节，它们承受得起人间所有的辛香麻辣咸，诸豆麦酱料，诸中药材的厚重滋味。

新菜上市的5月，于今年，当然是特别令人振作。昨天去学校测核酸，在空旷的大操场排队，就听后面两位女老师讲，如何被1月23日的封城令留在武汉，如何抢购到五十公斤的面粉练成白案师傅，如何加入微信群团购买菜，一周一回，冰箱渐空，最惨的一次，是一天晚上，一家四口人，八只筷子指向一盘菜。我猜唉这盘菜，多半是大白菜炖五花肉，山东来的大白菜又圆又紧，冷库救急的猪肉也膘肥厚味，但架不住诸卿天天上朝堂啊。我连续做过近两百餐饭，白萝卜切

滚刀，切片片，切丝丝，生煎慢炖，土豆刨成丝、汩其泥，和其鸡肉与牛肉，上海青白菜与广东生菜是小程序上唯二可选的青菜，何其珍贵，担当着拯救一碗碗“光面”的重任。一家人围坐在灯下愁眉苦脸，儿子想要的是一瓶牛肉酱，妻子怀念喜头鱼，我想吃一把本地蔬菜，最好是…… 见下文。巧妇难为无米之炊，这是从前的荒年，此番小康中的危机，我的体会是，巧夫也难为无菜之炒。要是微博上那位扔掉肉食，喝骂志愿者不送小白菜的大嫂会写文章的话，她一定会写一个《思菜赋》。有县市没有护理好外省捐入的青菜，招来国人的缴讨，我们看到这些消息，心里痛还是其次，口水流是真的。晋惠帝说：“何不食肉糜。”被嘲讽了快两千年的皇帝，他要是穿越到上上月的武汉，去做志愿者某小胖，敲门送肉说这句话，某巧妇听了，也不会蛮开心的。

菜场自由才是真的。一个小小菜店，连通着全国的山珍海错，也特别连接着郊区县的田野。楚地的风土，阴晴霜雪，风雨月露，一年四季出产的蔬菜，在自然而然的生活之流，滋养着我们的身体，“本地菜”三个字，有深意焉。我喜欢的一家小店，是一个年轻小伙子与他媳妇一起运营的，有时候看店的是他们奶声奶气的女儿，好像《清平乐》中的徽柔公主似的。他家的菜，不爱泡水，藕带也不用药水清洗，除了由批发市场批来的大路货，有一小半，尚是他们在新洲老家的菜地里种出来的，番茄、紫茄子、黄瓜、荆芥苗，大小不匀，一眼就看得出来。我最喜欢的，是他们家的苋菜，一小把一小把用稻草捆好，码在竹筐里，根须上，还可以抖出来沙土。小伙子说：“我的苋菜，显小，看起来也没有别人家的肥，买回家，可能要在洗槽里，多洗两遍，但这是土苋菜啊，他们都不认得。”颇有明珠暗投的遗憾。

可是我认得啊，在围城里左思右想，令我投箸不食的，不就是此种恩物嘛。小时候，在乡下，5月初夏，换单衣，脱去布鞋，光着脚在村巷里奔逐游戏，头发汗津津的，直到黄昏里，炊烟四起，被母亲呵斥回家吃饭。踏进灶屋，就会闻到炒苋菜的香气，勃勃郁郁，鲜香扑面。与弟妹们抢着吃，夹一大箸在饭碗里，盖住米饭，苋菜的茎叶清嫩柔滑，汁液鲜红，如同红靛，能够将白米饭染成红颜色，苏轼写《二红饭》，我们这是“一红饭”。父母不晓得《大力水手》，并不觉得菠菜补铁，却由直觉的类比推理，认定苋菜一定是补血的，看到我们兄妹四人吃红菜红饭，油灯下，当然是一脸笑。我们村的苋菜种与别处的还不一样，3月份种下细细绒绒的种子，5月生出来的苗，比其他的红苋菜要细小一些，根茎也少筋皮，一折就断，叶片也不是卵形，而是狭长有序，老一辈人讲，这是芝麻叶苋菜，蛮形象的，除了叶片像芝麻叶，如果继续向着秋天长，它的根茎会长得又粗又嫩，如同芝麻秆，它炒食的时候，也有特别的香味，好像自带了一点芝麻油一样。

“青青园中葵，朝露待日晞”，我总觉得在《周易》里，已经写出来的“苋陆夬夬”的“苋”，可能就是汉魏六朝所说的“葵”，查找了半天，也只能由《尔雅》苋菜又称“蒉”的发音里，得到一点自圆其说的安慰。李时珍《本草纲目》里列出来苋菜六种，赤苋，白苋，人苋，紫苋，五色苋，马齿苋，又特别介绍了一种野苋，说“猪好食之，又名猪苋”。之后吴其濬《植物名实图考》介绍“苋”，他先推荐白苋，说“白苋紫茄，以为常饵，盖苋以白为美”。白苋菜吃起来，齿舌间有一股清气，我也喜欢的。他接下来又“状元献苋”，“或谓野苋炒食，比家苋更美，南方雨多，菜科速长味薄，野苋但含土膏，无灌溉催促，固当隽永”。还特别引用了南宋方岳的《羹苋》诗：“琉璃蒸乳压豚膏，未抵斋厨格调高。脱粟饭香供野苋，荷锄人饱捻霜毛。断无文伯可相累，比似何曾无大毫。见说能医射工毒，人间此物正骚骚。”说的也是

“一红饭”的好处，超过了大鱼大肉，让他这个“荷锄人”捻着白胡须（霜毛）开心。第三联难解，大概一是用春秋鲁国公甫文伯“相延食鳖”的典故，说明苋菜不可以与鳖一起吃的常识；二是用西晋何曾的典，他讲究吃喝，每天吃饭要花掉万金以上，所谓“何曾食万”。

新洲小伙子家种的，就是这种有土膏隽永、骚骚之味的“野苋”“芝麻叶苋菜”唉，三块钱一把，果然是“比似何曾无大毫”。由朝阳里，激动地拎着菜走回家。我心里想，如果说热干面是这条街过早的灵魂，大概芝麻叶苋菜，就是5月菜市诸时蔬的灵魂吧。我想起有一次去沈阳路，看到一个老太太的菜摊子上，每一种菜都插上了标识价格的纸片，她不会写“苋”字，所以，写上去的是“汉菜”，果断地将我们城市的名字，赏给了这种又普通又热烈的蔬菜。此时此刻，我们的确需要借老太太的“笔误”，借此嘉苗，“见说能医射工毒”，回血，补血，满血，重新上线。

2020年5月14日，武汉

32 青钱柳记

大疫后的第一次出远门，是到襄阳市下的保康县，与江清和、熊焕军、李鲁平、李建华、刘诗伟、钱道波诸位老师随喜，邀县乡的作家们座谈。8月中下旬，神农架下的青山里，习习谷风，天气清凉，令肌肤起粟。三个夜晚，都是在阒黑的村舍，在银河繁星之下，枕着轰鸣的溪声入睡。诗伟老师年长，为水鸣搅扰，难以成眠，听出水声是哗、轰、忽的三重奏。我微微中酒，会想到苏轼的诗："溪声尽是广长舌，山色无非清净身。"苏子解脱如此，只是我自己，恐怕还是入山越深，见到自己俗障愈重罢。

山是名山，神农架的支裔梨花山，高一千七百余米，雄伟峻拔，山岩苍黑，岩中含磷，磷矿兴焉。水也是名水，导游王小姐指着山峡间，与村民愚公移山般开辟出来的山隧山路并行着，曲折咆哮的山溪，说它的名字叫"尧治河"，之前叫"尧子河"。我有一点怀疑，这个名字是村里的乡贤们由鹞子河，点石成金化用来的，这种沉默的大鸟，至今也还在洞窟如麻的山岭间往还。夜里读本地的村志，尧治河上承玉泉河，下入南河、汉水，之前归辖于房县。房县流放之地，历代来居的帝王将相不少，帝尧放丹朱于此穷山恶水，开启山林，并非不能自圆其说唉。村子也是大名鼎鼎。丹朱的贫穷桃源已经被六七百名刻苦的村民开辟成矿区，又在矿区的基底上重组了生态，建设出国家级的磷矿博物馆与4A级景区，有运出的磷肥与涌入的游客，更兼村民们一直以村落共同体的形式，介入到当下的经济社会，其小康之道，融通协和，遂成名焉。

座谈会结束，我们即由王导游率领着，在峡谷边十余公里长的步道上参观。由对弈园下到清幽的深峡，步道一边是绝壁藤树，一边是由村舍里转折来的溪流。溪流随岸势盘旋曲折，沛然涌现，时而湍激，时而轻缓，有四五叠垂落的瀑布，也有一泓一泓被命名为“寻梦湖”“追梦湖”“圆梦湖”的深潭，潭水清绿如翡翠，流水则淡蓝如带。滋养发育峡边草木之外，还有一部分溪水被引入山体之中，推动发电站的电机，在黑暗地心中转动，提供乡村运作的电力。所以以我的见闻，“尧帝神峡”不及武当山逍遥谷的深幽婉转，也稍逊金鞭溪的雄俊峭险，好处是既实用，又审美。这也是桃花源的题中之义，它不仅仅是为外乡人提供景观，自己也是要以山水草木、四季作物来“活人”的，“不得活人”几个字，正是道波大姐刚刚学到的本地方言。峡中已是亭午，阳光闪耀，秋风渐起，鼓衣盈袖，也吹拂山中的草树，“纷红骇绿，蓊勃香气”。我们一行，有好几位草木爱好者。我自己叶公好龙，无非是鼓捣“形色”App罢了。保康县的陈德道老师，将路边的葛、崖柏、红豆杉、青檀、红枫、黄杨、野樱桃指示给我们看，这些山外的名木，在这里自由肆意地长着，我们注视也好，不注视也好，春天一树花，秋天一树果，年年如斯。

丛林间，我新认识了一种树。在电站大坝，村委会“创业纪念馆”的附近，有几棵大树青枝绿叶，高大挺拔，荣华朴茂，如撑巨伞，第一眼我以为是枫杨，枝条灰褐，羽叶翠绿，叶片中垂下来一串串翅果，须发皆绿，瑶碧生凉。细看又觉得不像，它的树形比枫杨要更挺拔一些，枝叶俱足，并没有招惹到枫杨常有的累累虫豸，翅果垂条，像文章中的句号，并不多，而枫杨的翅果可是文章中的逗号，满头满脑都是。翅果的形状也不一样，我老家的方言里，将枫杨的果串叫“鸭娃”，形容它果实的扭捏，的确是像鸭圈里小鸭的嫩黄嘴巴，而这种树的翅果更像肥厚而碧绿的“榆钱”。枫杨挂“鸭娃”是5、6月间，现在已经是8月末，农历的七月半。难道是橘生淮南变成枳，枫杨入山，就变成了这个样子？狐疑的飞廉打开手机，“形色”App确凿无疑地说明它的名字是青钱柳，又叫麻柳，山麻柳，摇钱树，是“冰川四纪幸存下来的珍稀物种”“植物界的大熊猫”，仅存于中国。“形色”也有大惊小怪的时候唉。同行的襄阳作家楚林女士精通本草学，她认得，说这种树杀虫止痒，止痛祛风，芽叶炮制成茶，更是降血糖，克服糖尿病的良药，“这种树，只有我们襄阳有，襄阳也只有保康县有”。我与清和老师赶紧摘下青钱柳的嫩叶，放到嘴里咀嚼，也尝不出代糖的清甜，是与枫杨叶一样的青涩味。童年的时候我们金龟子般在枫杨上爬上爬下，并不知道它还有这样一位显赫的表亲藏在深山。可是深山里的王导游，对全世界的磷矿石了如指掌，德道老师懂得山间的每一种植物，他们知道这树叫摇钱树，满山都是，也并不知道它的学名叫青钱柳，是“大熊猫”啥啥啥。就是叫“摇钱树”，也生动形象嘛，榆树是“榆钱”，它这个是“青蚨”，“你那樽中无绿蚁，皆因我囊里缺青蚨”，铜钱召唤铜钱，货币增殖货币，兴利除弊，的确是要含辛茹苦，以汗以血，就像去涂上青蚨的热血。

下午我们乘车，去山上看一个名叫老龙宫的溶洞。愈向上，山风愈烈，往复飘荡，鼓动着赫赫秋阳下的群山，山林里果然到处都是青钱柳，随风摇动着它们的青钱，好像要买下蓝天、白云与山岭。现在我一眼就可以在车窗下认出来了。老龙宫的洞口，开在梨花山山体的中上部，好像是绿巨人空明的头脑，此刻走进去，身体的感受，就像是与几尾活鱼一起，关进了空旷的冰箱里。洞中自然是奇穴连环，石乳交错，有飞瀑，有石梯，五彩纷呈的灯光，照耀出石英的琳琅，好像云海凝滞在石壁间。中国向西，向南，雄奇诡丽的溶洞，多乎哉，桂林芦笛岩的繁华，张家界黄龙洞的缥缈，九天洞的浩渺，相形之下，老龙宫显得质朴奇崛，中空其上，有条有理。我也很喜欢王导游的解说词，她说这个龙宫里，何处是龙王夫妇的居所，何处是龙族公主的闺阁，何处是他们的厨会宝藏，主体部分，蜿蜒向上，一节节，却是龙生九子，囚牛、睚眦、嘲风、蒲牢、狻猊云云，他们所开掘与守护的道路。导游指点龙子龙孙的钟乳拟形给我们看，问我们像不像，我们当然说：像。就是不像，又有什么关系，这样以血缘为纽带，勤奋地向着深山开掘求生求宝物的生物，是了不起的象征与隐喻。王导游又讲，这个老龙宫其实是没有尽头的，村里人讲，老一辈人里面，有人带着火把与干粮，一直走到了四川省……这是一个《太平广记》里的故事了，原谅飞廉难以置信，如果情状属实，丹朱、嫪毐、李显之徒，大概早就由鹞子河的梨花山洞，爬到成都看海棠去了。

我们都没有由支洞探险去成都的勇气，悻悻然由后洞出来，来到梨花山的山肩上。日之暮矣，夕晖满山，村支书孙开林请我们在云岭山庄吃晚饭。孙书记六十开外，瘦削，眼神锐利，任村支书三十余年，之前是放眼远眺所及的大山里的一名民办教师。云岭山庄不过是一大间平房，一厨，一卫，一厅，门前有一个挂满黄瓜、茄子、青椒、四季豆的小菜园。“暮作归云宅，朝为飞鸟堂”，这位开林堂主，之前大概就过着刘醒龙《凤凰琴》里那位青年教师的勤苦生活，彼时潜龙在渊，一定不会想到，会有今日亢龙有悔的修为。小菜园里的白菜秧、茄丝、腊五花肉、腊猪蹄、风鸡、小鱼虾、豆腐合渣、甜玉米、老面馒头，尧治河的楚翁泉酒，余量不胜蕉叶，带队的清和老师也是。我出身于大别山麓的乡村，清和老师是大别山天堂寨的山里娃，我们都借由青年时代煤油灯下的苦读，由乡村逃离出来，而区镇，而县城，省城，京城，世界。但逃离并非唯一的路。

我们背着星空，点亮手机，沿着石阶下山，去参加村舍小广场上铙钹齐鸣的篝火晚会。凉风吹动满山的青钱柳，满山的草木，“淅沥萧飒”，“奔腾砰湃”，如同交响乐。交响乐之下，是孙开林们重置重启后的大山，整理的水道若干里，修筑的公路若干里，挖通的隧道若干里，掘进的矿洞若干里，加上龙王们栖居的天生自然的溶洞若干里，这样以血汗，在城市化的巨浪里，由绝壁四塞的山村开辟出来的道路，足以令我们这些逃离的人羞愧。

2020年9月3日，武汉

33 次第鸡鸣

回乡越久，睡得越早。吃完晚饭，开车出去逛，保光村的枫杨好看，暮色苍茫里，枝叶渐疏；金神庙街上的人家，还在家猫家狗的督促下，围在餐桌边吃鱼；一〇七国道旁的金卉庄园已经灯火通明，外地游客还在游泳池里扑腾；肖港镇上华联超市前的空地，大嫂大妈们手持粉红扇子，翩跹跳起广场舞；保丰村的人这时候忙，一对对中老年的夫妇，围在家门口湿滑的水井边整菜，等着厢式大卡车来拖走理成捆的小香葱、小白菜、苕尖、紫茄子，连夜运往汉口的批发市场。

由肖白乡道往南转入宝成线，天就完全黑透了。匡埠村出来消食的人寥寥无几，月亮升到小澴河堤上，北斗七星映入后视镜，稻田中各处村庄漆黑无声，夜气上升，蜘蛛归网，蚊柱退散，蝙蝠回到房檐，池塘里白鱼不再泼剌甩尾，青蛙与蟋蟀的鸣声，在秋分夜里都变得低沉，路边的泥壤与草莽散发土腥的气味，好像各处坟地里的鬼神们已经在扯鞋装衣，就要接替下半场的星夜漫游。我心惊胆战地回村，驻车，开门，摸黑上楼梯，不看书，不写字，连从前用投影仪看电影的兴趣，都变得索然，在兀然降临的洪荒里，拉开被子，倒头就睡。

所以三四更天就会睡醒。窗外阒寂，黑夜浓稠如墨，我在棉被下，就好像收纳在睡柜深处的谷粒，像屈伏在枫杨树根须下的蝉猴子，像黢黑云梦土里的骨头。夜长梦多，一边做梦一边遗忘，人到中年，梦的印迹也是浅的。何为宇宙？系在何处？我是谁？由混沌与虚空里涌现出来的一点灵识，缓慢地充实着显得陌生的身体，如一点萤火，在无明中重新定位。我又在哪里？不是我居住的城市，那个三四居室的家，也不是在旅途，组合柜，电视墙，大同小异的宾馆客房。令人舒适的黑暗，熟悉的微微发霉的尘土气味……常常需要一刻钟的光景，我才能认出自己，一个回到祖居的城里人，又在老家的床榻上醒来，就好像书桌上的那个旧笔记本电脑，扎扎地开机半天，好容易跳到了蔚蓝的登录页面。

开机的神曲，是四野的鸡鸣吗？黑暗的乡村如同混沌鸡卵，我在鸡卵的中央，离我几米、几十米、几百米，以至一里、二里，数里路上，公鸡们一只接着一只，次第地啼叫起来。由一只公鸡的嗓子里迸发出来的乐句是明亮的、有力的、质朴的，它自动地触发出另外一只公鸡的应答，完全叠加、部分重合，或者精确的梦话一般一句接一句。当千百只公鸡的啼叫汇合起来的时候，就是一部错落起伏的交响曲，它明明暗暗，有繁密有疏散，就像即将隐退的银河。它浩然滂沛，有俯冲有回落，就像是挂在清江上游两岸的瀑布群。它起伏明灭，或灿烂或沉寂，就像前后村红白喜事之夜放出的烟火。是谁指挥了这样自由又整齐的乐章？圣大美神，翕纯皦绎，有伦有脊，不知道！我仔细谛听着这奇迹般的整体性中的相关差异。每一只公鸡的乐句是一个能指的话，其音响与质地也是不同的。今年春天孵出的小鸡，入夏才穿上褐色小马甲，最近才学会往母鸡背上跳，它们的鸣叫是青涩的、犹豫的，停滞的时间，好像也要短一些。过了一次、两次年的大公鸡，它们是由主人特别挑选出来的首领，平日里妻妾成群、昂首阔步，它们的啼声好像一个一个旋涡的中心，又坚定又响亮，滞空印刻，体现出特别的权力意志。云梦县、大悟县、陡岗镇、白沙镇，更远的鸡啼遥不可闻，舒家湾、晏家湾、匡埠离我们村远，他们村的鸡啼是模糊的、缥缈的，肖家河、魏家河、梅家河离我们村近，他们村的鸡啼是清晰的、有条理的，就像青铜器上的蟠螭纹，我们村的鸡鸣？它们当然就像灯下的飞虫，纤毫毕现，只是，虽然颇认得这些公鸡的模样，我并不能将它们的啼叫分别开来。继续入神去听的话，也许我还可以将间隔这支交响乐的铁路、公路、阡陌、树林、土堤、稻田、沟渠、池塘、房舍听出来？鸡鸣缠绕在这些在地的事物上，由它们中间生长出来，又为它们所演绎，所发挥，所迟滞。我相信，每一个地方的鸡鸣是不同的，同一个地方，不同黎明的鸡鸣，也是不同的，同一个黎明，每一阵鸡鸣，就像大海中更替的波涛，也是不同的。它们在召唤并填注着像我这样偶然的、返乡的、清醒的、支棱起来的双耳。

约翰·巴勒斯《鸟与诗人》里，描摹欧美种种禽鸟的啼鸣，云雀、杜鹃、猫头鹰、雨燕、潜鸟、夜莺，写得好。其中有一些鸟，吾乡也有。比如“快快做活”的杜鹃，比如喈喈嘶鸣的燕子。论鸟啼的优美，他们认为夜莺第一，我们这里，大概是黄鹂第一，夜莺长得有一点像猫头鹰，不算好看，黄鹂长得翠鸟似的，可谓有声有色。伏在飞廉的枕席上，鸡鸣的海浪甫驻，接下来就是黄鹂的歌，婉转往复，是

勤奋的“勇武金鸡”们
大概在全世界都织成了这么一个网络，
覆盖并穿透平原、草原、高山与海洋
……

麻雀与喜鹊的啁啾，闲言碎嘴，是布谷鸟醒来，咕咕咕，咕咕咕，好像在提醒你，不下地，在家看书也好，打麻将也好，都是罪过。巴勒斯没有写鸡鸣，大概是觉得，比较那些划然飞过的野鸟，鸡算不上鸟类，就像黧黑的丫头算不上小姐，朴野的农夫算不上高雅的诗人，池塘里的肥鹅肥鸭与大雁天鹅也相去甚远。但梭罗爱写鸡叫，他在《瓦尔登湖》里的摹写，不止一次。“在冬天的黎明，散步在这一种禽鸟很多的林中，在它们的老林里，听野公鸡在树上啼叫出嘹亮而尖锐的声音，数里之外都能听到，大地为之震荡，一切鸟雀的微弱的声音都给压倒——你想想看！这可以使全国警戒起来，谁不会起得更早，一天天地更早，直到他健康、富足、聪明到了无法形容的程度呢？……任何气候都适宜于勇武金鸡的生长，他比本上的禽鸟更土。它永远健康，肺脏永远茁壮，它的精神从未衰退过。甚至大西洋、太平洋上的水手都是一听到它的声音就起身……”勤奋的“勇武金鸡”们大概在全世界都织成了这么一个网络，覆盖并穿透平原、草原、高山与海洋，因为它的宏大庄严，又准确地标志出时间，所以有了特别的神性，不能被诗人们收入美学的鸟鸣集里？

但是在老欧洲的乡村空间，更具神性的可能是教堂的钟声，钟楼上的铜钟每日定时敲响，为社会诸节日与公民出生、死亡等过渡仪礼提供声乐的背景，“宏大壮严”，“又准确地标志出时间”。法国学者阿兰·科尔班在他的感官人类学名著《大地的钟声》里，描绘与分析法国乡村教区钟声的兴衰，他认为随着工业化、城市化、现代化的来临，“革命者”们由教区的钟楼上摘取了铜钟，将之变成硬币与炮筒，即便是几经复辟，18世纪末，法国国土上数十万铜钟，为宗教节日齐鸣的恢宏的听觉景观，再也无法重现了。我们的乡土从未渗透过晚祷的神圣的钟声，从前烟雨中的佛寺，它们的钟声配合着梵呗，是自为的，并没有形塑市井时间的兴致，从前此起彼伏的鞭炮，将平常的日子猛然惊醒，宣告出新年、清明、婚礼、丧事等，现在周边的乡湾也被默默划入“禁鞭区”里，锣鼓、唢呐、铙钹，从前闹腾的响器，也很久未曾听到了，之前生产队队长、小学校长敲打的铁轨钟，也不见了踪影。标识出土地的、自然的、生态的、神圣的乡村空间的声音，其唯鸡鸣乎？就是这一阵接着一阵的鸡鸣，与之前比较，也日渐寥落了，好像是一条稠密的毯子，现在换成了稀薄的渔网，卖火柴的小女孩，她只余下七根火柴可以取暖。

三四十年前吧，我每天就是裹在乡村鸡鸣的毯子里醒来的。当十里八乡的勇武金鸡奏鸣曲达到高潮的时候，好像爆发出的钱塘海潮，能将我少年的身体漂浮起来。在阵阵鸡鸣的缝隙里，可以听到隔壁父母已经醒来，在讨论农活。秧田里要不要上水？棉花要不要掐顶？晚稻已经到了收割的时候？家里老鼠多起来，去金神庙买一包老鼠药？猪栏里猪该出栏了？这个月要去汪梁岗接外婆来做客？我听到这些井井有条的予未来的安排，自然是安心的。“女曰鸡鸣，士曰昧旦”，这样鸡鸣中夫妇间的谈话，有一千年、一万年了吧！

上月去南宁探视父母，他们在我弟弟家照顾两个孙子，已经十余年了。他们家一楼的小院子里，有十数盆花，一个小鱼池，里面养着小金鱼与泥鳅崽，鱼池上挂着鸟笼，鸟笼里是一只不太爱叫的黄鹂，鸟笼下，一只稍小的铁笼子里，两只荷兰鼠跳上跳下，在荷兰鼠的王国之外，又新添了一个更大的笼子，笼子里一只公鸡带着两只母鸡，在它们逼仄的空间里打转转。以我父母养猪的本领，之前已经替二宝小明同学养出无数窝荷兰鼠，施舍给了他结识的每一位小朋友。这三只鸡是小明由小学门口的鸡鸭摊上买回来的，遇到两位养鸡专家爷爷奶奶，竟然摆脱了同侪们早夭的命运，成长为庞然大物。现在爷爷奶奶与小明的烦恼是，公鸡开始打鸣了，每天清晨都要与手机闹钟一道，提醒小明同学上学堂，邻墙隔壁的邻居们开始投诉了，小区物业的经理也客气地敲门了……在我们的小区里，可以养猫养狗，欢迎各种各样用粪便瀑布一般涂抹着车顶的鸟儿，但是养鸡不可以。可以想象每天清早，在城市的阵阵鸡鸣里醒来吗？这时空的错乱，会让我们觉得所有的城市化、现代化都失效了，我们一夜回到解放前，窗外是泥泞的、脏乱的、腐败的、落后的乡村，没有了文明的、卫生的、柏油路的、玻璃幕墙的好城市。所以让车辆汽笛自由地鸣响吧，公鸡的啼叫万万不可以，汽笛划出城市的地盘，鸡鸣划出乡村的空间，井水不犯河水嘛。

遥祝小明同学的养鸡大业能够成功吧。第四阵，还是第五阵的鸡鸣已经沉寂，窗外发白，鸟雀呼晴，我披衣下床，洗漱出门，趁着朝霞挂在小澴河堤上，保成线边的青草白露未晞，与一身寒气，骑着电动摩托车，开着电动三轮车的乡亲们一道，去赶涂河集！深秋里芋头、黑白菜、红萝卜、红菜薹、莴苣上街，猪肉条条，鱼蹦虾跳，炕春卷、炸萝卜丝包子、炸鸡冠饺、剁粑、包面、热干面、阳春面、刀削面，早点摊子热气油香缭绕。在小集市里与人群一起走走停停，买菜过早，远眺着太阳升起，才不会辜负公鸡们喔喔将我们唤醒的殷勤与辛苦。

2020年10月5日，孝感市农四村

34 乡村书

住在城里的时候，我们觉得武汉变化快，江景夜画，龙宫一般的地铁，盘绕纠结的立交桥，由内环往外环的空地上，房子还在像笋箨一样生长。外环以外的乡村，可能是停滞的吧，被岁月雕刻的老人，留守儿童眼泪汪汪，树不增不减，鱼悬浮在池塘里。好像是一个被纺锤诅咒的睡美人，乡村就在那里，等着我们去唤醒，可是我们实在是太忙了……这二元对立的思维唉，世界不停地改变，新技术是加速器，无非是，城市变化的速度快，乡村来得稍稍慢一些，但日逐一日，也在旧貌换新颜。

这是我今天跑步时想到的。譬如说草木。我小时候，枫杨、苦楝、桑树、杉树、泡桐、椿树，随处可见，是主角，现在它们多半都隐退了，新登场的是樟树、水杉、白杨、柿子树、构树、乌桕。樟树、水杉、白杨变多，是乡民们回返，随着城市的行道树沐猴而冠，可以理解。柿子树呢？现在大家都精通微信上的养生术，知道哎呀柿子吃多了会得结石云云，还是爱种，我猜是秋冬柿子树红叶尽脱，柿子还红彤彤挂满树，星座一般，照雪映霜，喜庆。构树与乌桕的增加，则完全是因为它们强大的适应能力，在人力干预变弱的前提下，远远超过了枫杨、苦楝之类的古典乡土树种。我还猜，喜鹊、麻雀等鸟类的播撒也发挥了作用，它们的数目越来越多，它们的口味，比诸苦楝的绿果、枫杨的翅串，更爱构树草莓一样多汁的球果与饱含油脂的乌桕籽。我的推测是：以后鸟雀们爱啄食哪种果子，鸟粪里哪种果核最多，乡村里，哪一种树就会茫茫然来到C位上。

草也是啊。田野间的荠菜、卷耳、马鞭草、马齿苋、野韭、车前子、紫云英、野蔷薇，这些细小多刺的野菜与小灌木已经式微，席卷而来的，春天是野豌豆，从前嫩苗饭牛喂猪，果荚是我们做零嘴的恩物，现在牛猪与小孩，都变少了，它们衮衮缠绕在路边，采薇采薇，养活一百个隐士都不在话下。夏天是青蒿，清明谷雨的雨水，将它们浇灌起来，密密麻麻地长在田埂上、大路边、塘陂下，薰莸如巷，堪堪能过人头。秋天是狗尾草，一蓬蓬簇拥在路边，或者就在人家的坟头上，零露瀼瀼，俯仰在西风里，比诸从前低矮、柔和、细穗、嫩绿的狗尾草，而今它们发育得粗犷、坚硬、高大，脖梗上染上了铁锈一般的红色，也许已经到了将它们更名为“狼尾草”的时候？冬天是红蓼，由肖港桥到中心闸，小澴河曲曲折折地流出六七里路，清寒浏亮，就镶嵌在两岸挨挨挤挤的红蓼棵里，一株两株红蓼乳牙齿齿，也未见得好看，它们千百亿地汇合起来，就有一点史诗的味道了。四大家族之外，逐年也会有一波波意外的访客。我的印象里，有几年，路边飞蓬很多，后来又有城里公园传来的车轴草，也就是三叶草，后来又有益母草，紫盈盈的，有一点像指甲花，后来又有商陆、蛇床子、接骨草，王朝一般的兴衰，前仆后继。这两年，当红的炸子鸡是苍耳，举着它们的小手雷，垂垂累累，交织在路边，望而生畏的不仅是我，草丛里的田鼠黄鼠狼们，它们也会有腹诽？

房子也是。立在河堤上，由苍耳小森林与乌桕树棵里向下俯瞰，堤垸中的村落就如同开局半晌的围棋，一簇一簇地散落着，又好像被某种暗力牵引。村庄中的房屋以三层上下的楼房为主，多半是过去十年里修筑，是由“70后”“80后”的农民用去城市打工的血汗累积起来的。白墙黑瓦的徽式仿古风，中间有政府官员的鼓励？宽门廊、罗马柱，欧洲中世纪的哥特风，这些人家的夫妇，童年的时候也会爱读安徒生童话与格林童话吧。绿草坪、落地窗、红瓦屋顶，屋顶上还有带烟囱的阁楼，这浓浓的英国田园气味，两口子也爱看《唐顿庄园》？新房子往后的村巷中，是20世纪90年代立起来的，乡村稍早的一批楼房，大概是城里筒子楼的简易翻版吧，水泥立面贴上细格格马赛克，二楼敞开的阳台栏杆用上瓷白美人靠，就已经是升级版了，它们的主人大概是“50后”“60后”，乡村的第一批万元户，他们作为的时代，在希望的田野上，是陈奂生的进城，是高家林的人生。村巷再向后，还会有一些遗弃的，改作杂物间与厕所的杉木框架的老房子，为灌木杂草包围，爬满南瓜藤，搭成蛾眉豆架子，那已经是爷爷一辈人的遗产，爷爷奶奶们多半也归葬在村庄周围，青碑历历的祖坟里。我最爱逛的一个村子叫澴河村，它就有以上典型的风格与时间的综合，既多元也有整体感。整体感是什么呢？除了围绕着村前的小池塘，我觉得，无论是哪个时代的房子，房屋的主人对屋脊是讲究的，有伦有脊，屋顶上的一尾神龙，关乎房子的精气神，老屋上有，新屋上有，也就是80年代的简易楼房稍有缺失罢了。澴河村还有几幢有意思的房子。我看见一个老头子在门口的菜园种菜，他身后的房子修成了簇新的歇山式庙宇。另外一个独居的哑巴女人，她的旧房子上写着“阿弥陀佛”几个字，在她心里，已将这人间的住宅舍成佛堂了吧。村口还有一个颇像黄鹤楼的四层楼台，我想这大概是村子里合修的风景吧，仔细看，却是一户人家，一个年轻的媳妇推开雕花窗晒棉被！

在变的，还有写在这些房屋墙上的字。从前乡村敬惜字纸，景观中的文字符号少，标语就显得特别豁目，眼下村委会、小学校、村舍墙面、电线杆、桥梁、公共厕所、垃圾箱上的字符都在生长，如同构树苗、苍耳子一般。房地产置业的广告第一。“靠滠河的房子”，打的是风景牌；“离汉口中心城区直线距离三十公里”，说明我们就是武汉这个磁铁石上的一粒铁屑；“文昌中学附近”，会吸引到那些想将孩子培养成秀才状元的家庭。乡间的“小洋楼”固然是根，但当务之急，是去城里买一套“小洋房”，不然儿子长大了，连媳妇都说不到！医药广告第二。只是从前常见的无痛人流之类的说明，已经被胃病、糖尿病、男科等代替，可以想见现在困扰乡下人身体的大概都是哪些麻烦。我还在金神庙集水泥桥边小瓦房的墙上看到一条招工的广告，“松林光电高薪诚聘寻人榜”，这个生产“棱镜、平面镜、透镜”等“光学元件”的工厂，在以月薪4000～6000元招收17～45岁的流水线上的工人。这些印制的图文广告之旁，是一串串手写的广告语，厨嫂一条龙，说明是一个等待着被召唤去，办理乡村婚丧酒席，砌大灶、布大锅、用铁锹炒菜的团队；打井，400米深，电话号码后面是一个开着三轮车，晒得黢黑的走村串寨的师傅；卫星锅？这个生意现在不太好做了吧；收狗……联想到涂河集和肖港镇上的狗肉餐馆，这个师傅也得改改行了。还有一条广告最爱写在电线杆上，应是一个有着狗狗尿尿的无意识的小师傅，骑摩托车，拎油漆桶抹上去的：道宗二手车。我觉得，这并不是要收购村民的二手车，而是将城里人的二手车，转手卖到乡下，为不久之后乡村公路的节假日大堵车做准备。“道宗”两个字我也很喜欢，既涂鸦了道君徽宗皇帝的书法，又好像得到了梁山戴宗哥哥的甲马，扑面而来吾乡民间的油滑味与流氓气。广告之外，标语也不少，之前的“农业学大寨”“世上无难事，只要肯登攀”，固然是罕见的文物，“只生一个好”“生男生女都一样”这样计划生育的口号，也已经满肚皮不合时宜，“好吃懒做可耻，勤劳致富光荣”“扶贫先扶志”，这些才是又新鲜又夺目的新话语，按下不表唉。

最令我着迷的，还是某位不知名的村民在广告与标语间写下的一片片粉笔字。我常常一边慢跑，一边做着这些古怪的文字的“知识考古学”。由我们村边房屋的墙面出发，到村小学的围墙，到梅家湾堤上从前小卖部售货窗口下的墙基，再到魏家河北边村巷两边的山墙，这位村民悄悄写上了十几处“黑板报”，每一处都密密麻麻有两三个字，粉笔字结体松散，少勾捺，排列得也算整齐，他大概是蹲在墙边，竖起耳朵，悄悄地急促地由上往下，一直写到快到墙根才起身离去，所以现在商陆、接骨草、苍耳长起来，会遮掉下面的好几行字，我想读完他的大作，就得分开草丛，惊起草根里的蛐蛐与飞蛾。他的字不好认，断断续续，语意也不太连贯，我自然也是连蒙带猜。他写肖港镇电影院里的电影，大概小时候也与我一样，是在那里最早接触到了电光幻影；他写朱湖农场，大概是年轻的时候去那里参加过血吸虫的治理，那里曾是云梦大泽血吸虫的渊薮，钉螺累累；他写去哈尔滨去做粉刷工，师傅收下烟酒后，告诉他，粉刷技术的要领是什么；他写去广东打工，记下了详细的账目，大概也曾被昔年的小工厂主盘剥扣留过血汗钱；他写子女们拉扯大，却像他一样不会读书，他的沮丧与愤懑。

我向好几个熟人打听，也不知道他是谁，何时写下来这些字，说不定，他已经离开了人世，埋入堤下的草林里。我读过一点心理学，猜想这位大哥大概是有一点谵语的症状，有的人会滔滔不绝地讲出来，有的人，会去网络上叫骂，有的人，会写在本子上，他的办法是找来一些粉笔头，将他的回忆录发布在路边，“过路君子念一念，一觉睡到大天光”，这是从前作法治小儿夜哭的遗意吧。又恰恰遇到我这个跑步的“君子”，是一个如此的“理想读者”。他的年纪可能比我稍长一些，说不定，也是我农四村小学与何砦初中的学长，我如果没有读书升学，大概率会与他结伴去朱湖垦田，去哈尔滨刷墙，去南方打工，暮年回到家乡，盖起“小洋楼”，在新屋里终老。他的字，契刻简易，结体绵密，老实讲，也与我的字迹很像。他写下的“回忆”，与我的“风土记”“家乡书”，立意并无不同。只是他的书法的萧条，叙事的血泪，发布媒介的天然，奇妙装置，神荒如此，又是我所万万不及的。所谓殊路同归，我们的记忆迸发出来，通过文字得以确正，这些印痕，这些滞留，这些踪迹，又都将被时间与荒草逐次吞没唉。

深秋时节，乡村的暮色多么美！火烧云，落日返照，堤垸下沟洫广布，秋风中晚稻畦畦如同黄金，稻田上下，是日渐频密的蚂蚱虫鱼与燕雀鸦雉，一只只白鹭陪伴着水牛漫步其中。家生野生，树还在长。或本土，或外来，草还在长。在这些风格迥异的房屋筑造的乌托邦里，老人，孩子，人还在活，活在风俗、符号、文字与电信的网络里，在偏僻的宇宙一角，留下微茫的痕迹。我慢跑其中，在这样悲辛莫名的新乡土的复杂性里，一边叹息着我的半月板，一边继续向前。

2020年10月12日，孝感市农四村

35 茧栗之牛

腊月的一天，被几位初中同学，魏伟、汤国元、晏鹏兄扯出村，去涂河集吃饭。脸颊冻伤的老板娘抹上围裙，端出来红萝卜烧五花肉、煮豆腐底子、胡萝卜丝胡椒羊肉汤、清炒黑白菜、小鱼小虾，鲜香热活，十足家乡味，肠胃表示极度舒适。微中酒，拉开八仙桌边的条凳，去小澴河堤上走路。

由栎树塆上坡，过魏家河、肖家河，到梅家桥，土堤曲折如蛇。灰褐草窠间，清晨的白霜已经化净，荠菜、卷耳、蒲公英，嫩苗一点一点迸发出来，新绿如鬣，的确是土膏微润，阳气稍蒸，新春不远。我们步行向北，涔涔细汗，寒风吹面，并不冷。小澴河在右手下，在稀疏的乌桕、枫杨、白杨树影里，层层清粼，明澈浏亮，婉转西流，对，就像苏轼词里“门前流水尚能西！休将白发唱黄鸡”所言，小澴河与兰溪一样，也是哗哗朝西，迎着下午三四点钟的斜阳在流动。

左手下，是河堤俯挽的田园，绽放在和煦阳光里。

畦畦麦田，麦苗已拔出黑壤三四寸，经历过五六场寒潮霜雪，已由芽甲的浅绿变成松针的苍翠。农谚讲，麦子是“出门冷，进门热，胡子长满身，来去八个月”，由总角童子变成芒芒老翁，它们也有修行。麦田之外，条条块块栽着油菜，粗茎阔叶，长得像黑白菜的表兄弟。年关一过，春雨润物，春雷发动，油菜就会起身抽薹，开成金黄花海，流光溢彩。油菜地麦田之上，是阡陌交通的簇簇村庄，萧萧村树，树间鸟巢如碗钵，枝条掩映着红瓦黑瓦、白墙蓝玻璃。鸡鸣狗吠里，传来爆竹的钝响，大人们在流水价的麻将声里等待过年，小孩们可等不及，提前放一点烟花鞭炮，应该的。我们指点着晏家塆、郑家河、魏家河的人烟，我们几个，还有其他十数百的同学，就是由这些村子里长出来的。我们读书的初级中学，也可以遥遥看见，在正西方向的何砦村旁边，南北两排房子，中间是长方形的操场。学校已经废弃多年，操场上茅茨荆棘，荒草离离，但我们提桶浇灌过的数十棵树还在，枫杨粗壮，水杉亭亭，各各已到四五十岁的树龄。

有人提议下坡去河边走走。我们几个由魏家河村后的泥坂左转，走向黄芦红蓼外的河道。这是小澴河折转向西的弯弓处，潴淤的泥沙堆积出台地，台地近泊河水一线，栽种有一排白杨，白杨好看，白杨与土堤之间，从前被开辟为新月般狭长的农田，由村民或种水稻，或种菜园。河畈东皋之地，地力之肥，用老人们的话，是插一根剥皮柳树棍子都可以发芽，坏处是要看小澴河的脸色，水缓则收，水涨则无。只是随着乡村人力的减少，荒草得寸进尺，河畈地又被抛荒，正在重返为湿地池沼。我们的脚步惊动了在白杨树上跳跃的十来只喜鹊，它们哇呀数声，振翼向对岸金神庙飞去。我们还惊奇地发现，在白杨树前的荒地上，有一片被重新开垦出来，半亩方圆，四面扎着树篱，一位老伯，正挥鞭赶着一头小黄牛，在菜园中间犁田。菜园刚刚收过一季胡萝卜，土坷间尚有丝丝缕缕的胡萝卜缨子。

其实也不是犁田。老伯没有戴帽子，白发稀疏，鼻子被北风吹得泛红，面善，也面熟，应是附近肖家河村的某位大叔，我想不起他的名字了。他走在小黄牛的前面，赤手牵着牛绳，牛绳的另外一端，系在小黄牛的头上。小黄牛可能还没有足满一岁，未及穿上牛鼻绳，插上“牛转”，只是在牛脸的两侧，由头顶绕住两股麻绳，像系斗笠一样，将头套住，引出来绳索。如果它长出来牛角的话，麻绳应正好勒在牛角上，像给它缠上鬘髻，只是现在，它的牛角才刚刚开始萌动。树发芽，有一点像指甲，所以是芽甲一新。牛角初生，其形像蚕茧，又像板栗，被古人形容为“茧栗”。这是一头小黄牯，童子牛，两只牛眼里清亮亮的，像不远处冬天的河水，蒙蒙生雾气。它眉目间的神色，没有疲倦，也没有厌烦，是好奇，是天真，跃跃欲试。它的肩胛上套着轭，木轭向后牵连着套绳，本来应该系上犁耙，这一次，仅仅捆着一块石头。它就拉着这块石头在散落着胡萝卜缨子的菜园里走。

老伯牵牛走过我们身边的时候，我们问他在做什么，他回答说：“我在教牛。”他讲的是方言。在我们的方言里，“牛”并不是读作“妞”的阳平声调，而是转成普通话里没有的“niong”的发音，用反切法注音，大概可以注成“泥熊切”。我们站在树篱边的草地间，饶有兴味地看老伯“教牛”。他的办法，是牵着小黄牯在他抱瓮侍弄的半亩园里绕圈圈，不紧也不慢，如果将缀在套绳上的石头想象成铁犁的话，现在菜园里肥黑的土壤就会被剖开，波浪一般地翻卷着，间或跳出几只冬眠的泥鳅与青蛙。这样凭空虚构的想象，老伯有，我们这几个出身农村的双手肥白的“干部”有，小黄牯不久之后，也会有？

用牛鞭的抑扬来呼喝，建立起权威，虽然是迫不得已，但也算不上高明。我们乡下教牛，还有一个“三字经”，以话语来与牛交流对话，老伯都会。让牛匀速直走，就对它喊“沟底”；走到田埂尽头，需要转向，拐弯，就扶犁对它喊“撇轴”，我觉得译成普通话，可能是“撇着”；要让牛停下来，四足立定，休息，或者是耕完地，解除轭套，就喊“挖”，听起来一音之转，很像刹车的“刹”。“沟底”“撇轴”“挖”，这三句话是“牛语”，我们乡下的小孩都懂的，有时候要对方或停或走，用上这些话，对方觉得自己被当成牛，智商受挫，就会又羞又恼。一代一代的牛被如此规训，当然也是能听懂的。这个还有一点像热拉尔·热奈特他们讲的叙事学，“沟底”“挖”是或快或慢的“时距”，“撇轴”是或顺叙或倒叙的“时序”，小说家们以此讲出张弛有度的故事。在我们乡下，耕种的“作田家”与勤勉的黄牛水牛合作，也是由这个办法，走走停停，一次次将收获一尽的旧地翻作如波如浪、镜面一般的新田的。每一次新田，也是一个全新展开的文本。

老伯性情温和，步伐稳健，声音不疾不徐，的确是教牛的一把好手。我还记得我祖父教牛，他脾气不好，甩出的鞭子固然是如北风吹林，狂啸不已，一边宣念“沟底”“撇轴”“挖”的咒语，一边还要将一堆脏话灌到牛耳朵里，我后来想，得亏是他供养的牛，听不懂这些污言秽语，一旦听懂，每天耕完田，它自己都会奔走到小澴河边，去清洗它的双耳。祖父教我插秧、割麦、捆草头、堆草垛，但没有教会我犁田，可能那时候，我自己的身量还太小，一个小孩，按他的那一套，去骂一头小黄牯，真是情何以堪唉。祖父还会用稻草编成各种各样的草绳，比如捆草头的“要子”，我也没有学会。祖父会写毛笔字，每年寒假，都是他教我在堂屋的八仙桌上写大字，横与竖，用中锋慢慢写，点要回笔，一捺一撇，要用心，捺像家燕的翅膀，撇像一把刀。我写得很糟，迟迟无法写春联。可能与祖父性子褊急，教习不得法有关吧。

更可能是我自己蠢笨，尚不如这头眼神清亮的小黄牯。只是有母亲护法，祖父不太敢骂我就是了。祖父1921年生人，与金庸、汪曾祺等同时代，转过年，就是他老人家一百岁的冥寿。

以上老伯的“教牛”法固然可以申遗，这头小黄牯学会的耕田术，多半也是屠龙技。我逐日作息乡间，了解到以机械“宰田”已是大势所趋，每个村都有一位像我们这个年纪的大叔，晒得黢黑，高高地坐在朋克味十足的新式拖拉机上，载着铧式犁、圆盘犁、凿式犁、水田耙、钉齿耙、圆盘耙，每天以几十上百亩的速度耕作，我们村三五百亩地，拖拉机一周左右，吃油饮电，就风卷残云般“宰”完了，这要是在从前，要多少头牛，多少位“作田家”，多长时间段的“双抢”，吃多少餐犁田的“蒸肉”饭。眼下放养在大小澴河水草间的水牛黄牛奶牛，不为祭礼，也不为耕作，只不过是肉联厂、乳品厂工作中的一环罢了。在夕照里学耕田的小黄牯，勉乎哉！

我们去冰冷的小澴河里洗罢手，作别不去打麻将、不去晒太阳、专心致志“教牛”的老伯，翻过河堤，由麦苗与油菜地中间的水泥路，往何砦村方向走。太阳已经挂在我们初中学校的水杉与枫杨树的顶端，正是桑榆向晚、杲日流景的时刻。路边的坟茔年年更新，已经有数位初中同学见松丘、游蒿里、掩夜台、从朝露，长眠在家乡。比较起来，我们几个的运气不错的，晏鹏、汤国元兄部队转业回城，之前在海上指挥舰艇，在深山研习气象；我与魏伟在学校教书，与田间教牛，道路不同，办法总还是差不多。

黄昏气象万千，天空如胭脂，如玛瑙，如熔炉，落日熔金，彩云片片琉璃色，就是太阳落了，还会有皎洁的新月、粲然的群星。我们继续向学校走，毕竟那里也曾有一个园子、十余亩地、数十棵树，茂林修竹，三十余年前，我们求学于此，也还是头角峥嵘的茧栗少年。黄庭坚写的诗是："春风十里珠帘卷，仿佛三生杜牧之。红药梢头初茧栗，扬州风物鬓成丝。"我要说，扬州哪有家乡好，鬓已成丝又何妨。

2021年1月13日，孝感市农四村

36 颇回故人车

入冬以来，我的活动轨迹，大概是周末下乡，平日6点半出门，开车到东亭小区附近的工作室，茫茫然读书，写一点文字，如果学校有课，就揣着U盘与翻页笔去教室打个转。中午随便吃吃，傍晚7点回家，正经做个饭。晨钟暮鼓，人到中年，读书难，作文难，上课难，唯有站在煤气灶前，在排气扇呼呼的风噪里，烟熏火燎，抄锅铲叮叮当当炒菜的时刻，才有一点汪曾祺老先生“虽南面王不与易也”“提刀却立，四顾踌躇”的欣欣然。

6点多钟出门是要撞黑的，乡下阵阵鸡鸣，人迹板桥霜，城里却已经是车水马龙。有一次，一位出租车师傅跟我讲，每天7点13分，水果湖隧道就会堵得水泄不通，我体验过几回，对他精确的观察是佩服的。好在一般我也不用去彼处添乱。车过岳家嘴立交桥下，即拐入东亭小路的街巷里，去吃蒋胜师傅的热干面，一边周身寒气，立在车边挑拨热气腾腾的面条，一边思考晚上炒煮煎啥，顺手就可以在街边的菜店里买个菜。

蒋胜师傅生意好，一蓬暖暖灯光蒸汽里，如沐春风的脸，立得塔似的，右手持爪篱，左手撮面条，咏春拳，皮影戏，变魔术似的。他要是去学说书，大概就是那个“其疾徐轻重，吞吐抑扬，入情入理，入筋入骨”的柳敬亭。这样的行家，沈阳路菜市场上也有几个，那家汪记鲜鱼糊汤粉店的老板娘，坎坎剁油条，打包鱼糊粉，麻溜算账，一套（一碗糊汤粉加上一根油条谓曰一套），两套，三套多加两根油条，多少钱，扫微信、支付宝，其指挥如意、波俏流利、闲中着色，也常让我这个食客兼看客无欠伸倦色。

生意好是什么概念呢？他们双手灵巧、摸黑睡晚，全家作业，克勤克俭，即会有钱如流水，顾客盈门。武汉之大，“白居不易”的困境，也会豁然而解。有一次，我听到团结路中百仓储对面襄阳牛肉面店的小伙子，闲下来抹着白围裙打手机，与家人讨论在武汉市再买一套房。他对房市了如指掌，对全款买房的攻略，也驾轻就熟，并不会输给那些踌躇满志的白领经理。我妻子有两位表姐，她们上汉口，在江岸区某菜场卖菜也有十余年了，买房之外，几个孩子都去六中上学。我妻子为没能给她们“找路子”择校而抱歉，她们讲，没事，多花几个钱嘛。唉，这风淡云清。对我而言，生意好的早餐店就是意味着要排队。汪记鲜鱼糊汤粉的粉丝队，比较起空降在附近武汉天地，我儿子热衷的茶颜悦色，当然是小巫见大巫，但也需要十来分钟在手机上划水消磨。吃蒋胜师傅的热干面，主要是停车麻烦，顺着道路右边的车位，有时候得往前寻寻觅觅好几百米，才能够靠边将车停妥，步行来取餐。

这一天，我吃完面，顺着人行道去取车。东湖的林樾之间，晨光熹微，深绯银红里，还有几丝黢黑的暗影。法桐、栾树木叶尽脱，枝干间印有白霜。右手边是一间间铺子，林林总总，驳杂其色，我沿着它们已经走了二三十年，老舍讲，街上的每一间铺子，生老病死，总有那么一个时刻，你会走进去，我已经领教到了。春夏间疫情告急，百业重整，落实到这条街巷，是一家中百超市关了门。物流链条的改变，让街区的生态有了微调。鲨鱼、鳄鱼游走了，青草鲢鳙，小鱼小虾，细大不捐，纷纷涌现。早餐店、小酒馆兴旺之外，菜店的数目也多了起来，肉铺、鱼铺、豆腐千张铺，各色干货铺，七八家收拾得还算齐整的店，四壁列架，摆着新鲜时蔬。店主人们起得不算晚，此刻正卸门亮灯，弯着腰清点货物，迎接头一批顾客，就好像在我们乡村的池塘里，第一群迎着晨光来冲“头道水”的鲦鱼们。

走到停车的路边，我发现遇到了麻烦。我的车靠右嵌在一溜车辆中间，靠左是行车道，此刻却并肩停下了一辆崭新的五菱宏光，后备箱盖向上张开，一个穿着黑色羽绒服的年轻人，正赤手搬一筐大白菜走下来，后座上，还层层累累堆放十几筐其他品种的蔬菜，沾着由菜地与批发市场带来的泥土与霜凌。一家新开的菜店的主人，凌晨打货回来，正在卸货中。我的错，我将车停在离他店面最近的地方，他只好挤过我车尾的空隙，将一筐筐青菜挪到人行道上去。他黑着脸教训我：“停的个么事车，占了我的位子。”孝感话，家乡人唉。我说：“这是公共的停车道，我现在就将车开走。你要感谢我才对。”这句话惹恼了他，他气呼呼地将大白菜筐拖进店里，坐在店口的门板下，一声不吭，点火抽烟，不再出来。

三十六计，走为上计，我赶紧爬进驾驶室，点开发动机，准备撤退，却发现，我掉进了这位怒气冲冲的小哥设定的陷阱：我的车头与车尾，离前车后车大概都在一尺之内，车身右边是立着梧桐树的人行道，车身左边，离他的五菱宏光也就是二三十厘米，我一个开车近二十年的老司机，脑海里跳出来无数左冲右突倒车的弧线，都被一一否定，我其实没有办法，让车毫发无损地突破这个“隔着深辙”的“穷巷”。我握着还未喝完的温热的豆浆，坐在驾驶座上，进退两难，哭笑不得。去和他理论一番？没必要唉。将车停在这里，干活去，管它洪水滔天，傍晚再来洪水总会退，这是以不变应万变。打电话给110，人行道归城管管，车行道归交警管，总有城里的规矩可以治治他。或者将他气鼓鼓青蛙一样蹲踞的样子拍照发到微博微信，提醒一下大家……恼归恼，我想起我自己，我也卖过菜的，少年时代的寒假，天不亮起床，骑着自行车冲风冒雪，去涂河集上出摊，也会有郁郁勃勃的起床气，他刚刚到城里来盘下这间小门面，房租水电，种种水土不服也是有的，我这样一个“城里人”正好撞到他的气头上：他大概是本能地将门面之前的人行道与停车位看成了他的“领地”，就像他乡下老家门槛前的晒谷场，我不明就里，一脚踏进来，他的气恼也算蛮有理？

那天早上，将我由“穷巷”里救出来的，是隔壁鱼铺的大叔，他是汉川人，水箱里游动的也是汈汉湖中捞来的水族种种，他杀鱼的技术好，一棒子敲昏，剖鱼三五下，剜鳃去鳍，批鳞也是飞飞神。他认出我，笑着由店里走出来，主动将他一辆停在我车尾的旧桑塔纳向后移了大半米。我慢慢地在清冷的晨光里打着方向盘，左修修，右修修，在倒车雷达大惊小怪的提醒里，将车由豁口里一点一点倒出来。我额头冒汗，觉得自己在罚考驾照。那种感觉，就好像我是汉川大叔刀俎上的鳊鱼，在被一点一点地剐去鳞片。蛤蟆又出一身油。我由后视镜里看到五菱宏光的小哥坐在门口抽烟，一边偷偷往我车子这边瞟，他是觉得欺负到一个“城里人”，有了得胜头回？还是起床气消退，有一点不好意思咇？

现在我想起那个早上倒车的经历，还有一点恍惚。我觉得坐在菜店门口抽烟生闷气的也可以是我自己，而那位小哥是另外一个清晨开车去工作的斯斯文文的我。我们要经过多少辛劳、规训、逆鳞、反省，修行多少戈夫曼所谓的“脸面情感工夫”，才好不容易由乡村的池塘，游进这个都市大海洋。我的默默退让，是对着我自己，那个寒夜里骑自行车去卖菜的少年。我其实没有必要，东施效颦，愧怍如《老王》中的杨绛，《一件小事》中的鲁迅。

2021年2月3日，孝感市农四村

37 阳雀来啄枫树花

早上醒来，红光满屋，窗外依旧是晴天。爬起床，穿“打单”的运动衣去东湖公园晨跑。好像是予去年风雪摧磨、禁足室内的那个春节的补偿，牛年立春以来，连续两周阳光充满，城市闪耀，天空瓦蓝清明，好像是不肯撤下的巨幕。朋友圈里梅花鼎盛，木兰花树仿佛响起的一片片掌声，江汉平原的油菜花、大别山里的野李花、武大的名门正派樱花，都跃跃欲试开始抢跑。东湖里晨光暮色，曲桥回波，旧杉新柳，鳞鱼鸣禽，更是成了手机摄影家们的乐园。天公有美意，不要辜负他。我的办法，是逐日趁早，打开跑步软件，以乌龟、蜗牛的最高配速，慢慢跑进这个园子。渐次地将棉衣棉裤，换成了夹衣夹裤，今天又在气温将升至二十摄氏度的预报里，减成了单层的春夏服，春衫薄薄，温煦和风，餐沆瀣，带朝霞，“具身体现”，去沿湖路上打卡。

公园里的工人起得也不晚。一拨是清扫路面，持帚俯身，唰唰唰，唰唰唰，霞光条条块块，印满道路，黄鹂、鹧鸪在头顶池杉与香樟树间喈喈鸣叫，这时候树木全神贯注发芽，停止落叶，路面光滑干净，清洁工大姐们的扫除也轻快、“了撇”（长沙方言，形容办事利索）、有力。我看到有个大姐立起扫帚，以湖心三亭为背景，撩开前额染成栗色的头发，自拍抖音。劳动真美。另一拨是穿着长筒雨靴的男工人，两人一组，坐在电力的机动船上，一厢一厢地清理湖面。所谓一厢一厢，是他们顺着扯在两岸垂柳间的浮标绳，往复移进。这个手法，像在清明节之后的水田里拉着草绳插秧，我估计大哥们也是会家子，轻车熟路。与我想象的用捞网淘漉水草不同，机动船的中央安装有一条上下轮转的铁筛，不断地沉没入湖水，无声无息，将湖底的水藻根茎挂住席卷上来，堆积在前舱里，春水淋漓，嫩红翠绿，清灵淡腥，蓬蓬如丘。参差荇菜，左右流之，闪闪铁筛，上下采之。这采之的形模，又有一点像从前男人们踩踏水车，只是已经变成电动，无须人力，所以妥妥穿着工作服，也无须黑汗水流光脊背。这些荇菜、浮萍、水葫芦，运去农场喂猪作肥，都是好东西。经过一番清理，园柳变鸣禽，池塘生春草，可能就要麻烦一些了。鱼虾们游回来啃啮新芽，会猛然发现，它们的厅堂厨房，敞亮了不少？新一代的蝌蚪们挣脱卵网，去找正在砰砰打鼓的青蛙爹娘时，跋山涉水，也要容易得多？

由香樟林到水杉林，由内湖边的白天鹅雕像到北岸的小白象雕像，大概是两公里，眼前是浮光跃金的大东湖，微风吹浪，虚涵万象，磨山、喻家山、南望山、珞珈山，矫矫翩翩，游龙惊鸿一般。额头已经有蒙蒙细汗，在行吟阁前的老朴树下，回头向北，折转入屈原祠下的枫林路，我的“秘密基地”。“停车坐爱枫林晚，霜叶红于二月花。”但是2月早晨的枫林，也不坏。枫树长到三四十岁以上的树龄，合抱粗细，七八丈高，在寒来暑往的风土里，会挣扎出自己的模样，雄奇中有妖娆，沧桑里有妩媚，绿叶荣荣的春夏看得见，层林尽染的深秋更加突显出来，要是由我来讲，木叶尽脱的冬天才是刚刚好。现在阳春发动，细枝密干的黑褐色树冠，已经浸沁了些微绿意，漠漠然里，绽露出生机。

枫林中的柏油路，软硬适度，对脚底友好，并不比“松间沙路净无泥”的兰溪路差。我东张西望，徜徉其中，忽然看到路面上，细细碎碎，掉下来不少叶芽与茎块，叶芽像新茶嫩绿的旗枪，茎块则好像由榴梿里剥出掰碎的淡黄膏粒。抬头去看，蓝天下，朝阳里，蒙茸枝叶间，十几只灰喜鹊，正双爪如钩，尖喙如凿，专心致志，毕毕剥剥，啄食枫树的新叶，不，新花。我去翻弄那些膏块，发现其实是花蕾的碎片，有花萼、花蕊与荧荧的花蜜。我在树下走，闻到的就是枫林开花的清新气息，我并不知道它们在高处开花，但这些“鸡贼”的灰喜鹊是晓得的。它们一大早，不站在树顶像乌鸦一样思考发呆，黄鹂一样啼叫求偶，而是结伴赶赴宴席，沉浸在它们的美食里。我们乡下，将灰喜鹊叫“阳雀”，大概是因为它们双翅上的颜色，像青靛染上，如同雨过天晴的蓝天，这些了不起的建筑师，护崽的狂魔，可能还是鸟类里顶级的“吃货”。我见过它们啄吃沟渠间的活蹦乱跳的红蚯蚓，棉田里蠕蠕扭动的棉铃虫，菜地上肥胖白皙的地老虎，偷吃麦粒与稻谷，飞上柿子树，啄破熟透的柿子，十一二月，挑剔深红色的海棠果串，它们对荤素的搭配，主食开胃菜的挑选，香脆绵软，干湿冷暖，我估计不比微信公号里的那些美食家们差，要是它们也去弄一个舌尖上的啥，不知道这2月春风枫树花的料理，会排在第几名。

春天里来百花开，姹紫嫣红谁家宅。桃花、李花、海棠、蔷薇、月季、红花才是正旦？樱花、梨花、柑橘、栀子、槐花，白衣胜雪，是花中的青衣？迎春花、油菜花，到秋天里的金菊，黄色也蔚为大观。

紫云英、野豌豆、泡桐花、苦楝，清明节之后，还会有一拨紫色的浪潮，乡村展现出高贵的“紫色的灵魂”。梅花、莲花、木兰、牡丹、郁金香们，姚黄魏紫，自由选择，能开出各种颜色的花，所以也有一种特别的都市高级感。绿色的花？其实是有的。簌簌衣巾落枣花，枣花是淡绿色的。梧桐开花，也是青碧细碎，也在入夏的南风里，窸窸窣窣落到地上。这时候多看几眼香樟，它挤挤挨挨的新叶里，密布细绿的花蕊，有一两周的时间，香樟林散放着郁郁的香气。稻花香里说丰年，稻花与麦穗上的花粒一样，也是鹅黄嫩绿的。就是当下立春的时节，去看垂柳、枫杨、乌桕、榆树、法桐，它们累累垂序的花束也是绿的，只是人类为自身的视锥细胞与嗅觉细胞所哄骗，不太能发现罢了。屈子写的赋是：“纷吾既有此内美兮，又重之以修能。”“内美”与“修能”如何由日常的生活，由平庸的常人里突显出来，其实是难的。进一步追问的话，是为何？为谁？一定要突显出来呢？

绿色的花，可能更沉默、更乡土、更源始？它们可能也更好吃？可惜马斯克还没有弄出鸟脑的接口，微信尚未开发出人鸟沟通的小程序，我不知道聪明的灰喜鹊，是否赞同我的胡思乱想。告别枫林道，结束今日份三公里的晨跑。我想起上周在小澴河堤下试着挖野菜，碎米荠尝起来清甜，车前草有一点像牛皮，野豌豆苗一股子青草味，没有焯水的泥胡菜真是苦不堪言。走到团结路菜场，菜摊上摆出来春笋、香椿芽、蒜薹、枸杞尖，卖菜的大姐招呼说，这些都是新出来的，是春天的味道。想起之前遇到的枫林中的灰喜鹊们，我心里也有一点欣欣然，唉，生而为人，浩荡春风里，我们还是能尝到一点自己的清味的。

2021年3月2日，武汉

38 一件“礼物”

我在村小学读四年级。这年暑假，在嘉鱼县做泥瓦匠的父亲，收到我替母亲写的信，搭长途车回家割早稻。他在门口楝树荫放下行李网兜，身后跳出来一个城里孩子，男孩，睃着眼睛，头发比我长，穿着崭新的黑皮凉鞋。父亲介绍说这是他们建筑队队长的小孩，放暑假，托父亲带到乡下玩，与我同龄，也属虎，他的名字叫黑黑，其实长得并不黑。对，鲁迅《故乡》里的故事，只是在这里，由城里下乡度假的小孩不是我，我的角色是闰土。

虽然不在东海之滨，我们江汉平原也是种瓜的。这时候，西瓜已经长过了拳头大，鼓出“洋辣子”一般的纹路，有一种本地的香瓜，嫩黄色的皮，折褶厚实，内瓤也已变甜变软，一种叫“洋糖罐”的小白瓜，刚由外地引进来，也可以尝尝看，第一批挂枝的西红柿，嘴尖尖上也开始发红了，我们盼了一个春天的高粱秆，挂上穗，扬了花，可以砍倒当甜水秆吃了，刚刚结出来的棉桃，甜甜的，也可以打牙祭。我们领着这位城里来的小朋友，光脚板光上身汗浸浸在田埂上跑，用田野来请客。自己家种的，慷慨地献个宝，不是自己家的，悄悄弄一点给黑黑也没事，我们村里也有“六一公公”啊，他们看到穿着海魂衫、皮凉鞋，兴冲冲跟在我们身后的城里娃，也会摆手说：“好好地摘，不碍事。”

要是那时候我像现在这样，熟读了鲁迅的书，说不定，也会在明月夜里，屏住气，用粪叉去抓一只猹，装笼子里给黑黑玩玩。没有猹，田野里兔子、刺猬、黄鼠狼也还是有的，我不怕它们。但那时候，我着迷的，还是摸鱼与抓鸟。爬到枫杨树心的枝丫上，就可以由上往下看喜鹊搭好的井井有条的窝，窝里摆着好几枚鸟蛋，又光滑又好看，但最好不要将这些鸟蛋掏走，喜鹊们是出了名的护崽与记仇。麻雀会衔来稻草，将窝搭在屋瓦下面，由屋檐下的砖洞就可以摸到，再深些，就可以触碰着肉乎乎的刚孵出来的小麻雀。真要是捉麻雀的话，得晚上打着手电筒去杉树林里，手电筒的光柱打上去，它们就像被施了定身法，可以像石头一样，捡到蛇皮袋里，这样照青蛙也是可以的。我们去砍竹子做钓鱼竿，由来村里摇拨浪鼓的货郎那里买到尼龙丝与有倒刺的鱼钩，将牙膏皮捶成坠子，折大蒜秆染靛做浮标，挖红蚯蚓做鱼食，一大早去村东的池塘里钓鱼、钓虾。如果是遇到下雨天，天边的云山倒掉了，满天都是乌云，打雷闪电，化成倾盆大雨落下，稻田放水，每一条田塍都水流如瀑，每一条水沟都浩浩汤汤，我们取出小抄网，到处去捞鱼虾泥鳅鳝鱼。黑黑高高兴兴地跟在我们屁股后头，他跟着学，只是笨手笨脚。要是考试不考数学、英语，而是考摸鱼与抓鸟，该多好啊，我们读书就不会比不上城里孩子。夏天的太阳毒，黑黑晒得又黑又红，他不以为意。父亲看到，也很高兴，因为他请假回来的时候，黑黑爸爸嘱咐过，就是要让黑黑下乡，当一个小知青，晒得像面酱一样黑。

撒一把白米，用木棍支起一面小筛子捉鸟，这个办法我也会，我还会支起一块木板来抓老鼠，但这些游戏是找不到伙伴，一个人无聊时，自己玩的，没有什么意思。现在是暑假啊，大家不上学，作业也不多，不用赶忙，我们全村的孩子，当然要聚在一起，结伴好好玩个痛快。跳绳、跳房子、拍烟盒子、弹玻璃珠子、抓石子、踢毽子、滚铁环、扳住一条腿蹦来蹦去斗鸡，赶在电视机与互联网还没有哄骗统治我们之前，我们发明了无穷无尽的游戏，足够让我们不知不觉玩到天黑，天黑了也没有关系，吃了晚饭，继续出来玩。凉风吹来，树叶哗哗响，不用扇扇子，月亮明晃晃的，也不用点灯，每一条村巷都树影珊珊，通透如同龙宫。我们玩“闯麻城”，一群孩子紧紧地手挽手，由一个孩子冲过来，将手拦起来的“城池”撞开，黑黑是客人，当然被要求来“打城”的次数最多。我们玩捉迷藏，胆大的孩子会躲到打稻场上的草垛里、打稻场边的棉花地里，黑黑一时还摸不到门路，自然是像将头拼命往沙子里钻的鸵鸟，一下子就会被发掘出来。最后的压轴戏会是“打仗”，我们由电影《小花》里修改过来的“大型真人秀”。一伙人分成解放军与“白狗子”两大派，分别由树影与墙角里冲出来“巷战”，枪是我们用芝麻秆扎成的，或者用杉树枝刻出来，“子弹”也应有尽有，这时候，枫杨的翅果与楝树的球果，一捋就是一把，塞满了我们的每一个口袋，规则是，只是被对方掷出的翅果或球果打中，哪怕只是碰到衣角，你就必须捂着胸口，乖乖地扮死下线。这个时候，黑黑会被推选成为解放军的“排长”，除了我们对城里孩子的“迷信”之外，还因为他的确有一把能够打响火炮的玩具枪。

黑黑随身带来的玩具还真不少。文具盒被姐姐妹妹、春娥翠娥她

们看了又看，好像那里面藏着爱丽丝的仙境，这也太娘娘腔了，没啥。文具盒里的自动铅笔，一按就可以吐出笔芯，这是懒人的装置，用处也不大。几本小人书，都崭新崭新的，不像我们的小人书，皱巴巴像由奶奶的腌菜缸里掏出来似的，他一个人翻看，我们每一本小人书，可是要被全村的小伙伴轮流看几百遍的。玻璃珠的花色比我的也多一些，这没关系，下次提醒货郎大叔进货时多挑一些就好。有一些新鲜的香烟盒子，看样子下次我们沿着京广铁路线捡香烟盒子时，要尽可能地走得更远一些，沿着小松树林走到保光村。但这把玩具枪太好了，它的枪架是用乌黑的粗铁丝扭成的，枪托与枪杆上一圈圈缠着细密的铜线，枪身用自行车的链条贯连起来，一共九节，扣动扳机，撞针就会被橡皮筋拉动，高速穿过链条串的孔洞，撞向前端的螺帽，螺帽的臼窝里刮入火柴梗头的火药，越多越好。黑黑说这叫链条枪，是他爸爸给他做的，他爸爸之前做过钳工。

我们的木头枪、芝麻秆枪虽然做得也惟妙惟肖，但它们是没有灵魂的。黑黑的链条枪会打火药，被击发后，发出啪的一声巨响，硝烟缭绕，气味令人陶醉，枪身也是滚烫的。他的枪是活生生的，无限接近于“真枪”。我们搬凳子去宝伟家看《射雕英雄传》，大侠们在电视里抢的“屠龙刀”与“倚天剑”，“宝刀一出，谁与争锋”，大概就是黑黑的链条枪这个样子。黑黑当排长，指挥着他的小分队的时候，我们修改了游戏的规则：只要听到枪声，闻到硝味，就应该哎呀一声，捂着胸口乖乖下线。

朝云暮霞，蝉声如雨。时间飞逝，转眼就是一个月，父亲割早稻，栽秋秧，搞完双抢，拎着行李网兜返回嘉鱼县的工地，黑黑也要跟着回家。我躲在灶屋里，接替妈妈烧开水煮猪食，不敢去楝树底下送他们。我还没有告别的经验，不知道怎么办。妈妈走进来，看到我眼睛红红地坐在灶前的木凳上，还以为我被烟熏到，或者是被浮萍麻痒到了手与眼睛，她高兴地说："这个小崽子走得好，再不会糟蹋我的火柴了。"晚上我闷头闷脑，一个人在木盆里洗澡，掀开蚊帐，爬上床睡。过去的一个月，我睡在床的南头，黑黑睡在床的北头。我去收起他的枕头，发现枕头下面，放着那把链条枪。

是他收拾行李时，忘记了吗？他的文具盒、小人书、玻璃球，都收拾得干干净净，没有一点踪迹，好像他从来没有来过我们村，我们家。是他想将链条枪送给我做礼物吗？我不太相信，谁会把"屠龙刀"送人呢？他也没有跟我提过，一次都没有，每天晚上，他都将枪擦得干干净净，这是他喜欢的东西。我要给父亲写信，求他替我问问黑黑吗？在父亲回信的空当里，我要拿着它去参加小伙伴们的"打仗"游戏吗？他们会认为这是黑黑的礼物，还是我偷偷将人家城里孩子的玩具藏了起来？窗外依旧是明月如水，青蛙打鼓，帐子外蚊声如雷，我在帐子里翻来倒去睡不着，激动、兴奋、羞耻、喜悦，一浪一浪席卷着我。

第二天早晨，我没有跟妈妈讲，悄悄将黑黑的链条枪藏在床头垫絮下的稻草里。我决心照着它的样子，自己做一个链条枪。那一年的秋天与冬天，我都在筹划这件事。偷偷地由我家的自行车链条上取下来三节链条，帮同学扫地，求他们由自己家的自行车上取一节链条给我，自行车的长链条，取下一二节，问题不大的。周末步行去镇上的供销社，买《少年文艺》《儿童文学》《故事会》的同时，也找同样型号的铁丝与铜丝。晚上我在煤油灯下写完作业，就掀开垫絮，对着黑黑的链条枪，用父亲留在家的钳子与锤子，来组装我这些由各处搜罗来的零件。

我已经不记得这个秘密工程的结果了，就像爱因斯坦的小板凳，我那支DIY的、笨拙的、充满了工业风的、蒸汽朋克的、乌托邦的链条枪研发完成没有？有没有祸害到妈妈灶屋里的火柴？我没有长高多少，上学的成绩，却好像忽然变好了，先是语文，接着是数学，再到初二、初三的物理化学，老师摸着我的头说，你有希望吃上商品粮，做一个城里人。

于是我就走上了成为城里人的不归路，抱歉唉，没有成为闰土。

2021年5月29日，武汉

39 种草南山下

梅子黄时日日晴，唉，这个诗人骑驴泛舟往游的，一定不是湖北。5、6月，武汉的天气是乍晴乍阴，乍明乍晦，乍冷乍热，乍短袖乍夹衣，怎么一个“乍”字法，老天可能知道，天气预报不知道。所以阴天的早上，我在薄薄的鸟鸣里出门跑步，就难免战战兢兢，不敢不带伞。

今天大概就是这样，6点半下楼，走出电梯厅，金银花的清香若隐若现，洋槐花濡湿露水挂在枝头，隔壁大叔站在金鱼鼓眼巡游的池塘边，有招有势地打着太极拳，东边的天没有洇开，墨色的云层里，几缕霞光盘屈其中：一个不错的早起的清晨。可是等我驱车爬出小区，经过岳家嘴立交桥，钻入博物馆的地下通道，来到东湖公园侧门口小停车场的时候，雨滴啪啪打到前挡风玻璃上，感应雨刮器展开双臂，一张一翕，已勤奋地投入了工作。

举着伞走走路，也没事。白雨洗濯着柏油路两边的行道树，樟树新叶簇簇，水杉羽翼初满，法国梧桐莹莹翠绿，不再飞絮。或月季，或蔷薇，或大朵的广玉兰，花重武昌城，雨气与草木气蕴涵在一起。隔壁海洋公园鸟语林的网罗里，由世界各地捉来的鸟儿，孔雀、锦鸡、鹦鹉、鸵鸟，站立各自的笼子问答，井水不犯河水，牛头不对马嘴。对面大草坪上童话镇一般的游乐园，最近兴办的活动，由湿淋淋海报上看，应是“小镇咖啡下午茶”与“乡村帐篷节”之类，供文艺范的大叔大姐们来此怡情怀旧，昨夜星辰昨夜风，画楼西畔桂堂东，今辰醒来，是少年听雨歌楼上，还是壮年听雨客舟中，还是而今听雨僧庐下，得唯恍唯惚好半天吧。

转过鲁迅广场，大先生坚定地眺望着茫茫东湖。他大概是奔赴广州时，坐过汉阳门的轮渡，倒是他的两大弟子，萧红与胡风，与武汉有更深切的关联。雨中东湖，更见苍茫寥廓，萦青缭白，磨山挺立，南望山奔逸，珞珈山崭崭新眉，湖中道翩若游龙。过长天楼，小白象石雕前，游泳队的游侠们纷纷跳入温温凉凉的孟夏水，往湖心里扑腾，更远的地方，体育学院皮划艇队的学员在密雨里奋力划桨，将小艇操持得像梭子一般。长天楼，小白象，还有碧潭观鱼之上的那些绿顶阁子，转眼就是六七十年，经过两三代市民的游历，已经成为历史。山水在变老，风景在变老。我们都在走入历史，晴空万里也好，风雨大作也好。历史也不过是人的幻觉罢了。枫林道湖边的这些水杉树不会去管，往上羽仪习习，卑以自牧，往下，佶屈聱牙，向湖岸间长出来丛丛膝根，苍黑铁硬，这是它们的文本。冲雨飞到草丛里捉虫的斑鸠也是，它们不慌不忙地由我脚前振翼飞起来，我发现这种貌不惊人的小鸟，其实长得很美。黑曜石一般的圆眼，轻灵波俏的身体，它展开双翅的时候，背上的羽毛红黑相间，粼粼成纹，就像之前我出门看见的，乌云织霞的黎明，这进不去鸟语林名鸟微信群的隐士唉。

枫林道在屈原祠下，曲折深幽，路两边是枫香树与水杉树，树下种的是一簇簇的吉祥草。入夏杂草长得快，吉祥草自己也在萌蘖，所以林间的草地很快就是胡子眉毛一把抓，像好几个月都没有剪发剃须的“男将”。本周园林公司请来的园丁，被分派的工作，就是清理与修剪各处草地。早晨虽然下着雨，他们也按时出工了，蹬着黑亮的雨鞋，披挂密实的明黄连帽长雨衣，坐在塑料小板凳上，戴着帆布手套拔草，仿佛牛羊啃茎，唰唰有声，不疾不徐，所谓采采芣苢，薄言采、有、掇、捋、袺、襭之。他们一共有七个人，相距一两米，散落在树林里，摆出来一个弯曲的阵势，如果他们手上换成剑，恐怕就是《射雕英雄传》里全真派道士们的天罡北斗七星阵。我由林外走进来，由杉根、飞鸟与一蓬正在盛开的杜鹃花间看过去，觉得特别地好看。

这几位男女师傅，我初夏里遇见的次数，不会比林间飞落下来的斑鸠、喜鹊更少，面熟的。他们说的是麻城团风一带的口音，说“喝水”的时候，是“喝腐”，打头的“小队长”模样的中年男人，平头，耳朵两侧的头发推得短短的，在主导着他们拔草“论剑”的话题。他大概有抽烟的习惯，被大嫂们吐槽了，正在说，我们吃烟缴的税，要占国家税收的一半！话题一转，又说现在农村种田不用完粮，以前要交税，你除了怄气，能怎么办？现在村里越搞越好，横平竖直，路又修得宽，跟城里的小区一样了，马列主义就是要讲！一位大叔在他身后应和两句，其他大嫂们对“宏大叙事”兴趣不高，就想办法将话题转向，做媒如何，离婚如何，又在讨论谁家的媳妇，三十多岁了，还“不下架”，不干农活。

我猜他们是由印在明黄雨衣上的“听涛园艺”请来的短期的合同工，几周前，他们可能还在自己村的田地里，插秧，给棉花地、菜地扯草，除虫，南风吹来，他们抬头看见的是大别山的峰岭。“乡村四月闲人少，才了蚕桑又插田。”他们可能没有再养蚕绩麻了，插完田，就坐上园艺公司派去接他们的小客车，来城中公园里栽花种草，这些技术予他们，当然是自小上手，一流的，就像华科大毕业的同学们去高科技园区弄光纤，我们华师大毕业的同学去中小学做老师。这个道理，韩愈在《圬者王承福传》，柳宗元在《种树郭橐驼传》，欧阳修在《卖油翁》里，都说过，劳心的士人予劳力的庶民的表扬，不算新鲜。

我加快脚步往公园门口走，白天去学校上完课，向晚我就回村里去。我想起叶芝的诗，“我就要动身走了，去茵纳斯弗利岛，搭起一个小屋子，筑起篱笆房；支起九行芸豆架，一排蜜蜂巢，独个儿坐着，树荫下蜂群嗡嗡唱”。一边池塘里，水浮莲正在挨挨挤挤地开花，等到东湖里荷花开的时候，“小队长”也会领着他的团队，结束此一轮的城市打工，回去排成七星阵割“腐”稻吧。我自己心心念念“种豆南山下，草盛豆苗稀”，他们倒是已经实现了家园里的“种豆”自由，现在是“种草南山下”，来帮城里人打点磨山、南望山、珞珈山以下的公园了。

2021年6月6日，武汉

40 乡村可畏

我刚回乡下那几年，胆子还不算小。再远再陌生的村子，也是敢去的，村口枫杨树白杨树下，土狗们探头探脑，巷子里还有可疑的大白鹅在立颈张望，蹑手蹑脚走过去就是了。能天不亮就出门，朝着小澴河鱼肚白的黎明，深一脚浅一脚地慢跑，遇到河边穿连帽长雨衣，眼神冷厉，手持电鱼竿的捕鱼人，也是心如止水。晚上在灯下看书累了，推门出村，沿着村西的大路向破败的学校走，天上明星繁繁，北斗七星铁钩一样，悬置在舒家塆的村树上，摆脱掉象征界符号界的纠缠，走在蛙声、稻香、星光与夜露里，我的身体是放松的，心情是愉快的。

最近我不太敢清晨出门跑步了。往晏家塆的土路不走，由肖家河绕上小澴河堤也不行，并不是像《诗经·召南》里那位清早出门的女人，“厌浥行露，岂不夙夜？谓行多露”，担心打湿鞋，牵惹是非，而是有一点怕蛇。虽然只遇到过一两次，也没有弄明白是水蛇还是“火桑根”（赤链蛇），蛇可能更怕人，远远地滑进青蒿丛里，我就有一点像惊弓之鸟，忧心于杯弓蛇影了。总不能穿着雨鞋跑步吧，那些路边的竹林也非常可疑。我所盼望的乡村的神荒，一点一点地临近了，不仅是野猪野象、鼋鼍鱼鳖会重归故里，野狼呢？吊睛白额大虎呢？蛇呢？小澴河会欢迎它们，河边的人会欢迎？之前我看见小飞蓬与狗尾草离离在路边，觉得还蛮诗意的，这几年看见苍耳一片片席卷着堤坝，深秋里黑铁般支棱着枝柯，掷出它们带钩的小地雷，《诗经》里，采采卷耳有诗味，要是改成“采采苍耳”，会让我们读者手忙脚抖、心烦意乱吧。向南经汪寺村上小河堤，路边是白杨树，我散步常去，曾写过《枫杨好看，白杨好听》文，一群群喜鹊常绕着杨树奋飞。去年冬天，霜雪未销，草黄树黑，我跑上堤坡的时候，第一次在本地发现了乌鸦，百千计的乌鸦站在电线上、枯枝上，“彼其之子，硕大无朋”，又一个个圆睁着眼睛，一动不动地盯着掏出手机的我，好像是“与子同仇”的车马阵，杀气腾腾。我赶忙转过身继续向前跑，那一刻，后背是隐隐发凉的。

我被狗狗们从小追到大，最近也有变本加厉。从前我们这边，还是非常纯正的中华田园犬，下雪天，也是黄狗身上白，白狗身上肿。黑狗都很少，因为有人说黑狗最好吃。和当下流行的柴犬比较起来，它们也很少笑呵呵的样子。它们的“狗生观”简单得很：对家人俯首帖耳、无限忠诚，对陌生人是狂吠如豹、龇牙咧嘴，在“我们”与“他者”之间，有一条清晰的界线，只要不越过这条界线，安全是可以得到保证的，万一被它们狂追，逃出这条界线，就是生天。可是这些我用无数克的肾上腺素换来的经验，现在已经变得很可疑了。附近村里的人，像接受二手衣服、二手汽车一样，接受城里的“二手狗”。这些来历不明的狗又与本地狗交往，其乐融融，重新乡土化，用它们的尿液努力划分各自的领地，令从前的躲狗地图多半失效。当你对一只陌生狗狗的攻击力与攻击范围失去判断的时候，最好的办法当然是绕道，君子不立于恶犬之前。狗犹如此，牛又何尝不是这样。大小澴河堤上草长鹭飞，日下已开辟成养牛的草场，传统的水牛与黄牛之外，也会有黑白相间的奶牛与其他花色不同的牛，这些牛的主要职责，已经不是去担当耕作的重任，成长为劳动的模范，而是默默吃草长肉，默默走进寒光闪闪的肉联厂。它们没有经过老农的规训，一身蛮力未发泄在田园中，又面临着悲惨的未来。我每次在窄窄的堤道上与它们擦身而过时，心里也是慌乱的。来养牛的、种铺花园用的结缕草的、种小香葱的、放蜜蜂的、放鸭的，也不是本地人，而是游动的，说不同方言的外乡客。我认得的面熟的老一辈邻村人，已经越来越少了。

接下来是怕“鬼”……每一个村子外都有自己的家族墓地，有时候，还会有外溢，没有办法进去满员额的墓地，子女们便将亲人安葬在生前劳作的田头地角。之前我们这边的习俗，是不太爱立碑的，也不会有砖墓，葬礼的当日，会抟土立坟，清明节的祭扫，会拔去坟间的杂草与树苗，在坟顶加一抔新土。年代既久，世易时移，坟垅渐平，亲人们下到黄泉，托体同山阿，也是古人“葬之中野，不封不树”的遗意。现在大伙修起了别墅新居，翻新了交通道路，眼光就移向田间的祖坟，立起青石的大碑，碑面恭楷金字，雕龙画凤，坟体也青砖水泥，整饬一新，还有在坟上起楼修阁，重檐雕梁的，不在少数。仓廪实而知礼节，衣食足而孝父母，孺子之情，欲养之思，丹心寸意，我能理解的。只是在村庄之外的田野中，坟墓从前是藏在河流、堤陂、树木、土丘之中的，是低调、不起眼，自然而然，随物迁化的，现在以一种特别的修辞凸显出来，处处提醒着亡灵的在场，这对我们这些以医院太平间、远郊山中墓园来隔绝死亡的城里人，的确是不小的挑战。不太敢晚上出门步行，又被西天的晚霞与跳闪出来的长庚星蛊惑的时候，我就开车出去做夜游神，由保光村到金神村，由革新村到我们农四村，翻坡越河。在车里我是不怕的，好像强劲的发动机，车内座椅的工业感，音乐的摇滚风，划破黑暗的大灯，都能够让我觉得足够安全，我踞在一个由都市漂移出来的岛屿上，鬼影重重的乡村无奈我何。有时候我纯粹是自己作死，想打开车门走几步，或者降下车窗抽支烟，这时候夜色泼墨，是因为的确有死亡的暗影如石墨一样深涸其中，星光如针芒，那也是细如牛毛的亡灵在闪耀，夜风黏稠，好像缠绕着蛛丝，那是由亡者的土地里分泌出来的蛋白质，扑面而来，弥漫头皮，渗入肌肤。我心里发毛，悸怖，失魂落魄，赶忙结束这身体感的实验，开车回家里去。睡前用投影仪看电影，悬疑片是不可能的，去洗手间里上厕所回来，楼梯间的节能灯，也会亮一个晚上。

小时候，我也是怕的。三五岁，鸿蒙初辟，祖父父母不太识字，沉湎在巫风楚雨的乡俗里，外婆吃斋，又带来了因果报应的阿弥陀佛，我就是一个小迷信。不敢去水边，怕水鬼；七月半绝对不会出门，因为鬼门关开了；村里有人去世，七七四十九天以内，天天胆战心惊；一看到地上起了“旋荡风”就会跳开，因为外婆讲，那是在“过阴兵”；天上一打雷，就要自觉反省，自己是不是做了浪费米面踩死蚂蚁之类的坏事。半夜里想尿尿，不敢去找住在同屋北头的祖父用他的夜壶，因为祖父的棺材就摆在屋子的西头，也不敢打开房门，经过堂屋，去门口白榆下尿，外面黢黑，我自己想出的办法，是在木床靠墙的一侧，在墙上红砖缝里，用小刀悄悄挖了一个小洞，后来我读李渔的《闲情偶寄》，发现他其实早就独立发明了挖墙洞夜尿法，只

不过，他的动机不是怕鬼，而是懒。我记得读初二的时候，第一次看绘图本的《聊斋志异》，黄昏时坐在保明家旁边的土坡上，看着西边的田野，心里想，我可能再也不敢走出我们村子这个结界了，外面的世界，布满了狐狸与鬼魂，狐狸要人的元阳，鬼魂要人的性命。我读高一，十四岁，还爱回家玩，周末骑自行车走澴河堤，最怕的就是官家河魏家河那一段，杉树林下碑影重重，我飞快地骑着自行车，腾云驾雾，好像是孙行者失陷在红孩儿布置的火宅里。大概是十四岁以后才稍稍好起来，无神论的教育功不可没，没有神仙也没有皇帝，我们自己救自己。十四岁以后，阳气上升，胆气渐壮也是一个原因，即便世界上有鬼神与皇帝，也不怕。所以就像由东京回绍兴教书的鲁迅一样，你装神弄鬼，我就踢你一脚，哪怕真有鬼，也会学着那《搜神记》宋定伯，蹚过梅家桥，将你背到金神庙街上卖出几文钱花花。

是什么时候，又走上了回头路，有返生（本地方言，指回到原来的状态）的呢？去年去神农架田野作业，遇到一位老师，姓江，五十多岁，搞非遗保护的，老家在安徽金寨，谈到母亲大姐做的“红豆腐”，骗得我口水都流下来了。他也恋家，因为眼睛近视到1000余度，镜片厚如杯底，不能开车，只好求老婆开车载他回大别山环绕的老家去，爬天堂寨，梅山水库里游泳钓鱼吃鱼。但是他怕在老家过夜。有一次晚饭后，去陪旧屋里的老父亲谈话，乡下人天一擦黑，就睡意如潮，老父亲讲着桑麻鸡豚，不知不觉倒在床上睡着，鼾声如雷，江老师的床在新屋，他不敢一个人摸过漆黑的村巷回去睡，想到天上的星、地上的狗、路边的蛇、巷中的鬼，他就在父亲的鼾声中，在凝结的夜露里，哆嗦成一团。夫人又在县城里打牌，请不来做援兵，难不成将父亲喊醒，拄着拐棍送他去睡？少小离家老大回，犹比少小更怕鬼。明明知道世界上并没有鬼，连外星人都存疑，可是为什么会在乡村的黑夜里，觉得汗毛孔张、心悸如麻呢？江公好龙，飞廉好龙？你们这些自小就考学爬出乡村的男孩，满脑袋的农家乐与桃花源，哪里就真爱自己的家乡了？你们到底怕什么？

所以，并不是表面的恐惧，而是切实的“畏”。梭罗大约是1845年夏天去往瓦尔登湖，“如果我们村子周围没有未开发的森林与草地，那么乡村生活将变得死气沉沉。我们需要荒野来营养……”彼时美洲的林地，都是他们城中白人心里的“荒野”吧。“……也许大自然又会重新尝试，让我来当第一位定居者，而我去年春天建的房子将成为这个小村庄最古老的房子。我不知道以前是否有人在我这块土地建过房子。千万别让我住在一个建于更古老城市旧址之上的城市里，古城的材料已成为废墟，花园已成为公墓，土地应当晒白，受到诅咒，在有必要这么做之前，先要把大地本身摧毁。”他由湖上发现了印第安人留下的独木舟，了解到湖的名字来自一位名叫“瓦尔登”的印第安妇女的诅咒之后，他一定也明白，这并不是一片荒野，而是亡灵密布的，流淌着殖民血泪的土地。随着他对林地生活的深入，他会在雪堆掩埋的深夜，听到由明镜一般深幽而不可测的湖心里发出来的“瓦尔登诅咒”，让这位中年隐士很难入睡，会觉得“畏”吧。我猜他在美丽如画的湖畔隐逸两年多一点的时间，即告离去，会与如斯之“畏”有关？

江老师与我，没有梭罗这样“假装在荒野”的运气，也没有将“大地本身摧毁”的决心，我们回到老家，像一颗雨滴滴进家乡的水井，一粒谷子落进磨屋的睡柜里，像一只知了猴团在枫杨的根系上，这是母亲的子宫，它不仅是住着自然神的“荒野”。因为回到了源始，因为再无可退避，我们将要独自面对祖灵自远古的召唤，面对在家乡布满晨露的田园重新醒来后的黎明，在心里自然而然生出的畏：“……进行威胁的东西也不能在附近范围之内从一个确定的方向临近而来，它已经在‘此’——然而又在无何有之乡，它这么近，以致它紧压而使人窒息——然而又在无何有之乡。”（海德格尔）

知道了“何所畏”，也许就会无所畏。像王阳明所说的：“夜气清明时，无视无听，无思无作，淡然平怀，就是羲皇世界。平旦时，神清气朗，雍雍穆穆，就是尧、舜世界。”与乡村的风土草木在一起，与荒芜与新生在一起，与喜悦与畏惧在一起，与祖灵的桃花源和工业的乌托邦在一起，与宋定伯与鲁迅在一起，这大概才是美丽、清醒而有畏的田园生活的序曲？

2021 年 6 月 14 日，武汉

41 重返愚人之谷

由蜡梅吐蕊的大小寒，到蔷薇如瀑的谷雨立夏，三四个月里，一直在断断续续翻看何频老师的《蒿香遍地》。期间也下乡数次，漫游云梦泽，湘资沅澧，而长江，而汉水，而府河，而澴河，滠水倒水举水，乍晴乍阴，以阴以雨，亲证洞庭生春草，大地返绿，又一个四季的切切轮回，展开在江汉平原。微妙的花信风遍吹，种种物候在都市与乡村的综合里呈现出来。我作为读者的田野作业，与彼作家文本的记忆相交互，这样的读书体验，也是少有。边读边记唉。

正月寒风习习，吃七种生菜，还特别要吃嘎嘣脆的“愣头青”萝卜，这一咬春的习俗，在我们孝感老家，已经没有了。河南郑州周边“春来第一菜”的面条菜，被孟州人起名为“媳妇头”，吴其濬“深情而风情地”记录的稻槎菜，我也不认识，相信在我们村的野菜系谱里，还是漏网之鱼。挖野菜是一种口耳相传的文化，各个地方大同小异，落脚到品类多寡，究竟还是不同的。何老师考证荠菜之信美，详切细致，“眼亮花”“眼亮糕”的说法，之前我没有听说过的，我们过“三月三”，也用荠菜花煮鸡蛋。更讲究一些的老太太，还会在这一天清早，迈开解放脚，踏破露水，等我们课间，梅校长当当敲响铁轨钟，她们来小学校蓬蒿丛生的男厕前，依次讨要一罐子童子尿。这可是我们童男子们的高光时刻。老太太们一改平时冷厉的神气，一个个变得慈眉善目。拎罐子回到家，将尿液掺入铁锅里，与枝枝丫丫的地菜花，与温凉的井水，一起煮到嫩绿的汁水翻滚，鸡蛋熟了，分给家里老老少少，一个都不能少，以祓除不祥，增加大地回春的“阳气”。至于茵陈白蒿可以调酒，可以拌面，鼠麴草又叫引火菜、清明菜，和米粉舂制成“可以把鬼气带走”的蒿子粑粑，艾蒿入药馔，做艾粿，煮粽子，《食蒿三章》引《诗经》中的“呦呦鹿鸣，食野之蒿”，我心里想，要是我也被变成一只麋鹿，一定要提篮子跟在何频老师的身后，跟着这位能挑野菜的会家子。

“茵陈、面条棵、藿香、荠菜、榆钱、泽蒜、香椿头、构棒、葛花、柳絮儿、槐花、苦菜、扫帚苗……不客气地说，这就是当下郑州人吃的和要吃的春野菜。”这语气的笃定与恳切，也非常“何频”哈哈哈哈哈。我也是最近才由手机上刷到吃“构棒”的视频，知道构树开花，满树淡绿的毛毛虫一般的花穗，是可以摘下来拌面粉蒸吃的，滋味据说还很不错。可惜是我前天晚上，明月夜里散步，兴致冲冲找到小区里一排绿沉沉的构树，打开手机的“手电筒”，细细查看，它们开出来的花已经有一些老相，像欲上蚕山的春蚕，一个个倦头倦脑的。所以欲付诸实践，只好期待来年，4月中下旬，海棠开花，紫藤开花时节，切记。《红香椿，白香椿》区分香椿与臭椿，让我忽然想起来，小时候家门前的一棵椿树，其实是俗名臭椿的樗树，我们没有吃上传说中的“香椿头”，是因为想接李逵，结果请来的是李鬼。臭椿上总是吊满了打秋千的毛毛虫，这是因为它们臭味相投吧。臭椿的翅果，“椿谷谷”，据机灵的老北京人讲，是可以榨出比菜籽油更好吃的椿油的，这个办法，我多想穿越去告诉童年的自己啊，那时候，哪里是春雨贵如油，分明是油比金子还要金贵。我爷爷聪明又实干，他说不定就愿意将我捡来的椿谷谷，箕扬去壳，蒸煮榨油试一试。老何频又感叹乡村里榆树越来越少，我也深有同感焉。出门作业，眼见除了钻天杨、法国梧桐、银杏、香樟树等，其他乡土树种已不时兴。我跟金神庙的村支书讲，楝树、枫杨好看，朴树、榆树也好看，但支书们却觉得，还是要先在村子的池塘四周种上垂柳！历历天上种白榆唉，我家门前的那棵白榆倒下之后，我们村再也没有看到过榆树，想尝一点榆钱固然是不可得，就是那些金龟子，在初夏的阳光里上下飞舞，大概也是很难喝到榆汁可乐、榆老吉凉茶或者是茶颜榆色了。

5月麦黄，麦林中的面条棵又叫瓶子草，另外一种田紫草，老何他们叫毛妮菜，幼年时我们在麦田里巡游，好看而媚人的，小动物是浑身碧绿的小树蛙，鸟是五彩斑斓的野雉，野花就是这种芊芊红紫的毛妮菜，原来它有这么好听的一个名字。不知道“麻而微涩”的清化竹笋，与吾乡汪家竹园的竹笋比较起来，滋味如何，老何的老家在太行山王屋山的愚公之谷，其风土与大别山桐柏山南麓不同，但我们田野上云梦土里长出来的白花菜，也是“溢着清香，麻而微涩”的。苦楝花开的时节，我们这边，枫杨冠冕堂皇，玉串累累，老何他们是捣新蒜，燎新麦，吃碾转，我童年的印象，荐新的食物是磨大麦粉炒出来吃，我们将它叫“哑巴粉”，由搪瓷缸子里抓一把，拍进口里，因为又香又干地塞满嘴巴，一时口舌好像被凝滞住，胶柱鼓瑟，的确很难说出话来。我们还有一种荐新的食物，名叫“气克马”，为了将新收的菜籽油或棉籽油炼熟以备存放，父母会将它们倒进铁锅里煮沸，顺便炸一点东西，5、6月，一般会用新麦的面粉裹上很多红苋菜的叶片，不拖油，炸出来绿紫金黄，又好看，又好吃。我觉得写成“气客蟆”，更能形容它们张牙舞爪的新鲜劲。至于夏天的野菜，马齿苋常吃，野苋菜不如家苋菜，老何津津乐道的“猪毛草”、盐蒿子，又害我百度了半天。荆芥已经算不上野菜了，之前望文生义，它的名字让我想到任性而固执的拗相公王安石，又觉得，它以荆为姓，大概是应和湖北湖南人的重口味，一如鱼腥草与香菜。其实并不是这样唉，就像王荆公不是湖广人，荆芥也并非仅仅是楚国菜。老何又由紫苏藿香等芳草类的菜蔬中区分罗勒与石香菜，说“有机会去成都，我一定要掐点石香菜带给好友王家葵看”，那你老来武汉，也掐一点毛妮菜、猪毛菜、石香菜来，让飞廉开开眼界呗。

老何提到的“豫晋交界地区北方农村居家必备”的小鏊也让我眼热。吾乡之前摊饼，摊豆丝，已经径直用上了铁锅，只是为了摊得更匀称，有时候会去河边物色蚌壳来做手模。摊豆丝之前，父母磨米磨豆，调制浆水。抱一堆蚌壳来给母亲挑，将最称手的那一张选出来，我们心中就得意。我们村的河蚌可能还没有长出珍珠，但褐背白瓤，内壁也是珠光宝气，好像是龙宫的内墙。现在乡村里小鏊难寻，那种六印八印的大铁锅也少见，我们会用这些铁锅小鏊蚌壳织布梭子的母亲已经风烛残年，那些精通擀面摊饼腌制咸菜的祖母与外婆们，多半已经带着她们的绝技，挪动她们的小脚，走入白杨萧萧的坟垅里。蜀葵，秋葵，向日葵，老何已经考证清楚了，但“青青园中葵，朝露待日晞”的葵，“舂谷持作饭，采葵持作羹”的葵又是什么呢？在古往今来，南来北去，在朝在野的草木变迁的系谱里，贾思勰、李时珍等先贤，他们其实也很犯怵。人们的口味在变，菜蔬的习气在变，称呼与命名，都在延异之中。夏天的菜是苦瓜、茄子、瓠子、丝瓜、娟豆、空心菜，味道以酸与苦为贵，老何又讲到“酸饭”“糜羹”，与我们夏天的食物对照，大概就相当于“米酒”“面籽”与“烫饭”。夏天苦热，三伏天是顶点，巷子里，一片树荫，一丝风，都很可宝贵。擀面条，炕饼子，刀削面，或者是将面粉加水搅成面粒，咕嘟嘟煮面籽，或者是将昨天剩饭拌酒曲制成的酒酿煮成米酒，或者是将橱柜里的汤汤水水合在一起，煮成烫饭，这些我少年时都已经学会。各人盛一碗，打赤膊在巷子里吃得浑身冒汗，风吹汗滴，凉意初生，不亦快哉。老何提到的小苦瓜，又叫癞葡萄、癞萝卜、锦荔枝、红姑娘，之前我并不知道苦瓜能当水果吃，忽然记起来的是，在保渝家的菜园里，南风吹动的排排苦瓜架下，看到那些成熟之后，变得红彤彤的苦瓜，它们好像孔雀开屏一般，露出来的一列列种子，雕龙画凤，纹迹好好看，用手指蘸一点果肉中的汁液，的确是甜津津的，就像是泡桐花的花房。

乡村闪亮的8月之光，久违了，之后便是咬秋的时节。老何讲吃“甜圪档”，北方多半是指将熟未熟的玉米的绿秆，在南方则是“芦粟”或“芦茇”，也就是“糖高粱”。没错，在青皮甘蔗与红皮甘蔗普遍贩入，丛立在水果摊边之前，那一二十株在棉花地里，高高挺立，绰叶顶穗的甜高粱，的确是我们日日觊觎的恩物。孩子们想念它们腹中充盈的甜津津的汁液，父母想着它们结出高粱，取去喂鸡、酿酒，爷爷奶奶已经计算好，要剪下条穗团成扫把，一个扫猪圈，一个扫牛栏，一个扫庭院中落下的秋叶。满园的作物，如果要我们推举一个浑身是宝藏的家伙，其唯甜高粱乎？它长得挺拔舒展，又青枝绿叶，活脱脱是英气勃发的少年。我们说五谷，稻、黍、稷、麦、菽，就像农家的五个兄弟，我们外衣上的五粒扣子：“兄弟五口人，各进各的门，要是进错了，就会笑死人。”稻、麦人人皆知，菽是大豆，幺儿子，比较斯文秀气，黍是小米，在老三老四的不起眼的位置，稷呢？有人讲稷是另外一种小米或者谷子，其实像我与老何这样有乡村生活经验的人，一看“稷”，华夏第一作物，五谷中默默无闻的大哥，社稷的“稷”的甲骨文，就会明白，它其实就是亭亭玉立在初秋田野上的高粱。老何讲收芝麻，引《齐民要术》中的“乘车诣田抖擞，还从之，三日一打，四五遍乃尽耳”的汉魏古法，我们这边也是依葫芦画瓢，承其衣钵，继续在抖擞着“敲”（我们的方言念成“尻”）之不倦，只是隔壁七十多岁的申如大伯，已将从前贾太守们乘的牛车换成了当下的电动三轮车。犹记得童年的时候，黄昏时分去田里敲芝麻，之所以是黄昏，是因为暑热已经退下来，相比清晨，芝麻捆上的露水颗被晒干。西边是垂垂落日，东边是晚霞返照的辉煌云山，我们将芝麻捆倒转过来，往箩筐边沿上搭住，用手拍打着芝麻捆。芝麻捆很轻，像一束羽毛。第一遍，油黑的芝麻粒瀑布一般沛然涌出。三日之后的第二遍，就变成了点点滴滴的阶前雨。第三遍第四遍，芝麻粒已经是多乎哉，不多也，千呼万唤不出来，这时候，只有耐心的爷爷，愿意一个人，再去敲敲这些立在黄昏空旷的田地上的芝麻捆了。芝麻油炒菜，固然是仅次于猪油的好吃，由榨油作坊里讨要到的一小块芝麻油饼好香，但它还有一项技能吸引着我们，就是芝麻秆棱棱轻挺，易折易接，具体而微，或桌子板凳，或飞机大炮，正是我们拼“积木”、玩“乐高”的好材料。清风明月，成捆堆山，取之不尽，用之不竭，又不花一分钱。

10月微微轻霜的小阳春，老何“时绕麦田求野荠”，《霜秋的野菜》中，一一细数“堇菜、泥胡菜、野地黄、野菠菜、灰灰菜、猫眼草、大蓟、龙葵”等的第二春，要是我来写的话，还要加上濡着清露的狗尾巴草，还有小澴河边铺天盖地的红蓼，一个是依依秀眉，一个是点点乳齿，好看的。但这些都没有老何《南太行的柿子》《晒柿饼》《柿炒面》《拐枣和软枣》几篇里讲的柿子有意思。在全国性的柿饼地图上，之前我已经收藏了陕西富平的“嫩柿饼”，现在是盼着他们河南修武的“八月黄”了。原来由霜降摘柿，轮柿子，晒柿子，翻腾柿子，捂柿子，最后制成“肉乎乎蒙着厚而细腻的一层白霜，内瓤金黄色甜如饴”的柿饼，需要如此之多的“分环勾连”。白霜与金饴，表面的白霜是“风”，内含的金饴是“神”，当地柿饼的“灵魂”，是由“一年好景君须记，最是橙黄橘绿时”的清秋，这样金子一般珍贵的乡土时间里绽放出来的，离不开当地的风土节律，也离不开老成人的经验与定力。我老家的柿子树其实也不少，特别是在孝昌县一带的山区里，每年初冬都可看到微信圈里的朋友晒照片，看起来正是老何分出来的“小柿”，朱砂红，团团转，“一口就吸溜了”。但现在乡下人讲养生，一个说法是吃柿子容易得结石，所以满树的红柿担当完“风景”，喜气洋洋的乡村的符码与“象征物”，如果不被鸟雀赏脸吃掉，就会像4、5月的桑葚，7、8月的构果一样，红艳多汁，扑扑啪啪落满一地，成为“落红”，覆盖在霜雪下。另外老何提到一种“小火罐”，野柿子，乌柿子，龙眼柿，可以放红薯窖里，点灯制成烘柿，柿皮会被油灯熏黑，我颇怀疑就是曾皙所嗜，之后曾参不忍吃的“羊枣”。何焯《义门读书记》里面又讲：“羊枣非枣也，乃柿之小者。初生色黄，孰则黑，似羊矢。”这个说法，也颇有可能，但这个“柿之小者”应是老何说到的“软枣”，君迁子，未嫁接的柿子树原种的果实，“冬雪过后，风干成了极甜的果脯”，《救荒本草》称之为“黑枣”云，颜色可能也是黑褐色的“羊矢”一般。

子之外，自秋至冬，藕、红薯、甘蔗、慈姑、秋梨、芸豆、山

楂、山里红、蔓青、芥疙瘩、山药、何首乌、木瓜、榅桲，山珍海味之外的山野果蔬，有意思的，但最吸引我的，还是《腌芥菜》与《酸黄菜》。我父母清明、中秋前后，会由南宁我弟弟那里，返乡省亲，住一段时日。晚饭后出门去散步，会在路边采野芥菜，腌制成“蹿鼻子辛辣”的咸菜，用筷子拨进大大小小的农夫山泉水瓶，放到冰箱，这样积少成多，回南宁的时候，就会攒下高高低低好几罐，作为临别的馈赠，分别送给姐姐、妹妹好几家人。他们坐在去南宁的高铁动车组，滑手机，正是我们在微信群里表扬“腌菜好好吃”的时候。父亲说野芥菜像油菜，与老何的辨析，是一样的，它们是十字花科微信群里的“芥子油亲亲爱爱一家人”。从前冬月大规模腌菜的时节，涂河集上，长长的芥菜会一捆一捆地上市，他们也会去挑几捆回来，随白菜棵、红萝卜一起，腌制在半人高的酸菜缸里，用大石头压实。腌菜之外，还有爷爷晒制的麦酱，外婆送来的酱豆与霉豆腐，一小坛封鱼，裹上草木灰的咸鸭蛋，它们被密封在不同的坛坛罐罐里，被战战兢兢地交给迂回的时间线。寒冬腊月，雪乡霜国，由大石头下抠出来的“压萝卜”，冰凉酸脆，嫩红如玉，好吃。年夜饭，煮带鳞甲的鲤鱼，转喻“年年有余”，固然是不可少，用酸菜梗炒五花肉，也会有，大概近乎老何讲的酸黄菜带肥肉片的大碗烩菜。五花肉六七钱一块，切得周正，炕得滋润，与切成一两寸长的黄亮的酸菜段，相得益彰，正是穷人家的“金玉满堂”。以老何的奶奶、岳母、我母亲这一辈腌菜大师的手艺，她们料理的酸菜，汁水清亮澄黄，也不太会长出薄薄一层白霉。老何奶奶用陈年的老汤下面条，煮糜羹，屡试不爽。我母亲也有一个偏方，就是用酸菜汁醒酒。有一年春节，几个同学来我家吃饭，喝金神庙打来的谷酒，其中一位喝醉，彷徨无计，就靠着稻场上的草垛，喝过她盛出来的冰凉的酸菜水。比起肚中火焰山一般的烧酒，此刻酸菜汁就是山中的清泉与天上的甘霖。我父亲壮年的时候，做泥瓦匠，也好酒，他做主事的大师傅，难免在人家的上梁宴上喝多。郑师傅不要紧吧？要不我们搞个板车铺上被窝送你老回去？他耳朵上夹着两根烟卷，摇着手，说我没醉我没醉，定定地推着自行车，后座上夹着搓板与泥刀，在鞭炮声里由别人村出来。我估计，他歪歪斜斜骑自行车回到家，也没少灌他娘子汪氏酿的这道现成的解酒汤。我弟弟现在搞城市规划，高速路，立交桥，轨道交通，甲方乙方，应酬多，也常中酒，有一点子承父业的意思。半夜里代驾师傅将他醉醺醺送回来，我弟媳妇也得搞一个腌菜缸，在他们家地下室备用唉。

一年上头，由中州到全国，由当下到中古，老何这一本“山野田野、农村农事、蔬菜野菜、花木果实之书”写得好。他表扬齐白石作画的“蔬笋气”“泥土气”“草木香”，他也有，之外，可能还有一些书卷的香气。以上我与老何的描叙的补余之外，我们其实都喜欢同一批对话的文献。南北朝贾思勰的《齐民要术》，他将作物、果蔬、草木分出或南或北，或汉或胡的传统，作为农书之源，有一种精确与实用的态度，字里行间，有汗浸浸的耕作的喜悦，是陶渊明种豆南山下的神气。明代初年，朱元璋诸子孙中的一个，周定王朱橚，写的《救荒本草》，大概描写了四百余种植物，他取材的地理空间是河南开封附近，兼及太行山嵩山周边的山地，取材的标准，是这些野生植物，能不能吃，好不好吃。之后，又有正德年间的王磐，高邮人，汪曾祺的乡党，他写《野菜谱》，收野菜六十余种，有图，有诗。这两位先贤的文字是严肃的，有恻隐之心，那时候予黎民百姓而言，饥饿如影随形，挖野菜是为了活命，绝非郊野踏青的闲情逸致，野菜不是替补的清味，而是救命粮。明代嘉靖万历年间李时珍的《本草纲目》，自是周秦汉唐以来本草学的集大成，引证之后的阐述，分析入微，是福柯式草木系谱学的研究，我也常将它当散文集来读，喜欢它考证的周密、材料剪裁得当与文字的精细。清代嘉庆道光年间的吴其濬，河南人，点状元，做翰林，来武昌做过湖广总督，他官声不错的，但主要的精力，我猜还是在游宦邦国，考察田野，撰写他三十八卷本的《植物名实图考》上，收入本书的草木一千七百余种，之前作为预备，还编有《植物名实图考长编》。他精进不已的学术态度，颇像辞官去京，教书之余，编写《古文辞类纂》的姚鼐。著书立说，藏之名山，的确是比牧民任官，更可传诸久远的事业。《植物名实图考》也实用，以食以药，但辨析之精，分类之详，已经可与瑞典生物学家林奈的《自然系统》相呼应，林奈比吴状元要早出生八十余年。吴状元的书，实用性、科学性之外，文字之好，翩若惊鸿，矫若游龙，也常令我感叹不已。我们讲散文，要么是楚骚汉赋，要么是唐宋八大家，晚明小品文，《礼记》《山海经》《水经注》《齐民要术》《本草纲目》《植物名实图考》等，又何尝不是言之有物、言之有序的好文章。

这几本案头书之外，老何大概也会翻一翻《神农本草经》《荆楚岁时记》《南方草木状》《蜀本草》《食疗本草》《武林旧事》《东京梦华录》《帝京岁时纪胜》《农桑辑要》《遵生八笺》《说郛》《长物志》《古今岁时杂咏》《清嘉录》《扬州食话》《随园食单》《金薯传习录》等其他农书、本草书、笔记与杂记，在书房里检索古今诗人词家的草木谈。我注意到他还特别钻研《物候学》《中国蔬菜名称考释》《北京常见园林识别》《河南农田杂草志》《河南野菜野果》《郑州黄河湿地野生植物图谱》《太行山观赏植物及利用》《北洼村志》《博爱县志》等植物学、地方志书册，治学之癖，用功尤勤。他与现当代文学中，爱写草木的作家如周作人、梁实秋、汪曾祺、贾平凹等对谈，引文不少，实际上，老何的土膏味，专心致志，是要超过他们的。周、梁、汪旧时代地主家的少爷出身，下乡收租有，卷裤腿下田干活无。我们看到草木，第一想到的，是能不能吃。如果能吃的话，口水就会自然而然地溢满口腔。我们少年时走在田野中的时候，饥肠辘辘。至于写《野果》的梭罗，写《杂草记》的柳宗民，这些外来的和尚，念的草木经当然是很好的，但也并不需要由“愚公之谷”里走出来的何频仰视。周定王与吴状元的中州，“厥土惟壤，下土坟垆”，嘉禾野蔬，风土人情，老何接住了这个实用、科学与文赋的传统，正在认认真真往下讲。

这个传统，我觉得也是之前学者项飙《把自己作为方法：与项飙谈话》一书里，谈到的乡绅的传统。这些文人由外面的世界，回到自己的家乡，愚公谷，“小世界”，并不是要逃遁、避世、隐逸，而是有积极的作为。用项飙的话讲，“素材是由村里来的”，“乡绅很重要的工作就是保护井水的问题”，我们如何保护好家乡的榆树、柿子树，乡土的树种？“任何地方都会有比较愿意观察、愿意记录的人，这批人就是乡土的思考者与观察者”，问题是观察与记录，都需要投入大量的时间与精力，走马观花不行，田野作业也不行，就是人类学的“深描”，其实也颇可怀疑。乡绅是由他自己的家乡里成长出来的，他必得自己觉醒，在自己的家乡主动承担起责任。作为河南人、郑州人、修武人的老何，我觉得践行的，正是这样的“自觉”，有“全球、全国大区域之下的一种乡土意识”，由外面太多的“城市”，太多的“文化”里，尽可能地挣脱出来，返回柿子树白榆树下的小山村，奶奶踮着小脚煮糜羹，腌咸菜，舅舅们逢年过节来坐席，把酒话桑麻，喝得满脸通红。为什么要去记录这些、写这些？我也同意项飙与吴琦的话，在新时代的社会，我们的时间与空间皆被压缩、脱域化，“悬浮”在信息里、文化里，悬浮在异乡、在都市，我们需要“乡绅式”的工作，需要切实的生活体验。“最基本的就是给出安慰”，有什么比家乡的风物、风土，更能安慰我们的呢？

这里的“乡绅”，不是鲁迅《祝福》里，写的鲁四老爷那种自私的理学鬼，也不是那位躲上酒楼吃鱼翅的虚无返乡客，他们会有老何的文本里面，一种特别的气质，老成、典型、野气、狡猾、世故，又生气勃勃、初心不改。再引用项飙的话，就是“葛兰西说的真正的有机知识分子，是技工、农技推广员、赤脚医生、搞底层写作的这些人”，当然，是包含但不仅限于这些人，他们活在乡土之中，喜气洋洋，并没有觉得一定会被“后现代”“信息工业”攘倒在地。他们的有机性，也体现在他们的行动里、文本里、文字里。老何总算是渡过了“酸黄菜”这样土气的话入文章的大劫，这其实是一个标志，家乡正是通过方言、饮食、草木、水井、故居、河流、风土、山岭，通过乡亲们喜气洋洋的生活，在重新对我们发出“召唤”。贾思勰、陶渊明、朱橚、王磐、李时珍、姚鼐、吴其濬、汪曾祺等先贤这个绵绵若存的谱系之外，我想到的，还有写《北越雪谱》的日本散文家铃木牧之，一位贩麻贩粮的生意人，记越后盐泽雪国的生活，温厚有味；写《塞耳彭自然史》的英国散文家吉尔伯特·怀特，汉普郡偏僻村庄中的安静、敦厚的牧师，一个“真心爱美、爱真理的老实人”，记下了乡村生活“不变的姿媚与最初的新鲜”；写《大自然的日历》的苏联散文家普里什文，一位漫游在俄罗斯北方的农艺师，“鸟儿、大地和星星的歌唱者”；我还特别喜欢一部由罗伯特·雷德福导演的美国电影《大河恋》，蒙大拿州，底律河边的小镇，大河奔腾不息，兄弟父子垂钓其中。我们应该有这样“乡绅”一般的生活体验，心里有一条清水长流、鳟鱼出没的母亲河。

听到家乡的召唤，重返愚人之谷、鳜鱼之溪，在乡土的特色语言里，做一名农民作家，这就是读老何的新作给我的启示。所谓愚人之谷，就是愚公们投身劳作的乡土，在往返渤海、寒暑易节的时空之内，以子子孙孙的血脉体验其中，积极作为，抛洒汗水，将家乡建成人间的乐园。帝力于我何有哉，操蛇之神也多事。这个愚公之谷与柳宗元的愚溪也有不同。柳宗元筑室潇水之上，将门前的冉溪改名为愚溪，附近泉为愚泉，丘为愚丘，沟为愚沟，池为愚池，池中岛为愚岛，南边亭为愚亭，修的堂为愚堂，加上堂中的这个愚官，大概是九愚在兹。无论如何符号化、象征化，写诗作文，投射自己的忧愁，愚溪都没有成为柳宗元“亲在”的家乡。他身在永州柳州，心却始终是向着长安。这样的“谪居”，被勉强困居在他者的时空里，闷闷不乐，无所作为，何尝不是另外一种格格不入的“脱域化”：永远在寻找着家乡，但并没有勇气与能力做出抉择。

重返亲爱的家乡、亲爱的生活，在草木中“亲在”。引用海德格尔的话，就是“借一种继承下来的，然而又是选择出来的可能性把自己承传给自己”。老何的书里，其实也有现成的取象。

“呦呦鹿鸣，食野之蒿。”重返的有机的知识分子，就是这只曾经迷途、迭入罗网的鹿吗？“蒿香遍地”，立足当下，接住传统，面对未来，一种新的可能性，本真的田野，也许会绽放出来？

2021年7月18日，孝感市农四村

42 戴胜鸟的田园

早早地吃过晚饭，我跟父亲、母亲出门散步。6点多钟，太阳刚刚落土，天还没有擦黑，往西的水泥路，南边左手是正在拔节的小麦，已经超过了膝盖，北边右手是油菜地，繁花渐落，露出猫须般嫩绿修长的果荚，田野中的小枫杨树，珊珊可爱，枝柯上也绽开了勃勃紫芽，树下田地里有布谷鸟在咕咕咕地吟咏。东南风吹在手脸上，挟着土膏与青草的厚味，已经没有了寒气，母亲穿着早上姐姐骑电动车送来的新外套，大步向前，我在中间，举着我的登山杖，防备母亲畏之如虎的乡村田园犬。父亲跟在最后，刚才喝了两小杯白酒，妹妹村里作坊酿出来的谷酒，他赞不绝口，也不敢多喝，查出糖尿病后，他戒了烟，酒还可以尝尝，但超过两小杯，就会被母亲、姐姐、妹妹一起念紧箍咒。

父母离开乡下，移居南宁我弟弟家，已经有十五六年了，他们渐渐习惯了广西删除掉炎夏与寒冬的温和气候，每年也只是在清明节前，候鸟般回来祭祖、探亲，小住半个多月，然后在绿叶成荫子满枝的谷雨天里，坐高铁回程，继续接送心心念念的两个孙子上下学，吃早、中、晚饭。父亲是泥瓦匠出身，回来的第一件事就是检查他的房子，2003年，祖父去世后，他亲手盖的三层楼的新房，而今也有二十年了，屋顶漏水，门窗有缝，地板砖开裂，都够他忙上好几天的。然后是西边没有拆掉的一间旧瓦屋，之前是祖父、弟弟与我的卧室，外墙与屋顶上缠满了枯萎的南瓜藤与我未及摘下的老南瓜，他忙着扯藤子，撑木桩，直到确信接下来的一年，旧房子安全无虞，不会在他无法监管到的狂风暴雨中垮掉。然后是茅房边他种下的毛竹，由春韭般的一小簇，已经发展成参天立地的偌大一蓬，他要沿圈砍掉一些送给隔壁槐如大伯做扁豆架子，不然，竹枝迟早会戳到前面艾清家的屋瓦。今年他砍竹子的时候，还在茅房顶上发现了一小窝逃逸分群的蜜蜂，里面有蜂王与蜂后，他用旧衣裳将它们裹到三楼阳台下，专门找出一只木箱给它们安家。现在，我写这篇文章的时候，蜜蜂们正在阳光里绕着我们的房子嗡嗡营营唉。对，他由杂物间找来的木箱，红漆斑驳，改屋时舍不得扔掉，就是早年他结婚时，由母亲娘家陪嫁抬来的衣箱。

母亲也忙。村里老太太们“嵌五星”的麻将牌场，“上大人”的纸牌场，这些“召唤结构”已经期盼她有一年了，我弟弟的远程指令是“只能输不能赢”，但母亲哪里肯轻易认输，总得有一周左右的比试，才能勉强接受功力荒废、技不如人的残酷现实。好在牌场也是龙门阵，老太太们在淡定地赢钱的同时，也会将村子里的八卦一五一十地补课给母亲，母亲回到家，再转告父亲，这样他们两个，就可以将“我们村的新鲜事”同步更新一遍。牌场竞技之外，母亲的社交活动也安排得很满。去姐姐、妹妹家做客，不然带回来的新外套，不就要锦衣夜行了吗？去肖港镇看望舅舅一家人，教舅舅用微信发语音，给舅妈

演示她新学会的健身操与广场舞，嘱咐我在镇上开歌厅的表弟“走正道”，这大姐大的气场唉，一切都安排得明明白白。母亲还联系到了我外婆娘屋的一些表兄妹，其中有一位名叫双珍的表妹，公社时代的闺蜜，隔了近四十年后，她们又重新见面，两位七十出头的老太太手拉手，眼神热烈、兴奋，还有一点紧张与羞怯，就是杜甫诗里面“少壮能几时，鬓发各已苍。访旧半为鬼，惊呼热中肠”场景的再现。父母的长辈差不多都已谢世，只余一位母亲的姨妈，是外婆的小妹，嫁到我们村，住在村北，小时候我们叫她“北头姨婆”，父亲与母亲结婚，是她做的媒。她已经近九十岁，身体还硬朗。看望姨婆，是母亲社交活动的顶点。姨婆有养老补贴，不生病，花不完，所以坚决不要母亲给钱，母亲知道老人家爱吃蹄花，会清早去涂河集，买三四斤重的猪蹄膀，由父亲负责用斧头剁好，清理干净，然后两个人一起送去姨婆家，这时候，父亲会脱掉他砍竹子搞蜂子的工作服，换上呢子外套，洗脸梳头，神情里就有一点女婿去见丈母娘的忸怩。姨婆之前做过生产队的妇女队长，举手投足间有《红灯记》里李铁梅的气概，现在容貌神态是越来越像外婆了。外婆去世也有二十年了，小脚，吃斋，不识字，晕车船，在世时，清明谷雨，父亲会用板车载着她，来我们家做客半个月。

如此时此刻这般，跟随父母在乡间散步，并非容易。父母尚在，身体尚好，能远游归来，能有一点闲暇与兴头，这个是前提。散步的概念，与广场舞一样，也是最近才由城市传递到乡村来的。村庄与田野之间的大路、小路、沟渠、田埂，来龙去脉，我们像自己的手掌一样熟悉，出门，回家，往返作息，行走在路上，肩挑手提，冲风冒雨，热汗淋漓，是去做事，求温饱。大概也是最近，我们才能将这些道路当成闲逛的场所，鼓腹而游，去聊天、养生与消食。父亲与母亲是在南宁的小区里形成的“惯习”，眼下村里人晚饭后出来荡路的，三三两两的也不少，大概是肖港镇里传来的时尚吧。我们遇到后头屋的聋子婆婆，一个人背着手，稍伸着脖子，往前走，与母亲比画着呀呀讲话，她大概可以盯着嘴唇读懂一些字词，自己发出来的声音，好像也越来越清楚了，她要母亲去她的菜园里摘菜，她种的土莴笋已经可以开园了。槐如大伯慢慢追上父亲，沉默地抽着烟，父亲戒烟好几年了，自然是又要向大伯唠叨抽烟的危害，不久就将话题转向如何量血压，前几天他送了一支血压计给他的堂兄。大伯八十岁，目前是我们村辈分最高与年纪最长的男性，一周后我送父母回南宁，父亲在车里降下车窗与槐如大伯告别，大伯站在他家门口的桂花树下抹眼泪。我还看到邻村肖家河的一位大姐，坐着轮椅与我们打照面，她已经认不出父亲与母亲了，但我认得她，小时候，我去初中学校读书，会由她家门前经过，她因为小儿麻痹症，常常望着水井旁边发呆，像孔乙己一样背着麻绳坐在一只稻草蒲团上，后来她得到了轮椅，现在她手动的轮椅已换成电动的，沿着乡村新修的水泥路，可以毫不费力地回村去，我想，再过几年，外骨骼机器人的技术完全成熟后，这位大姐就可以自由自在地在乡间漫游了。

向西三五百步，走到十字路口，聋子婆婆与槐如大伯掉臂回村，我们三个折转向北，沿着汪寺公路继续朝前走。大路之西，澴河之滨，晚霞之下，沿着路下的沟渠展开的，是我们村一百多亩稻田，我们家的三四亩责任地，也在路边，方方正正，与其他的稻田一样，长满马鞭草与紫云英。稍远的澴河堤下，我一位远房堂兄保志，正开着他朋克味十足的新拖拉机翻地，保志嫂站在不远处的田埂上，看样子是来催促他回家吃晚饭。保志的父亲外号“黑人”，生产队的时候，他管我们村的抽水机，现在，保志与保志嫂几乎接手了全村所有的水田，各自开着各种农机，宰田，上水，插秧，打药，收割，脱粒，这是从前全村两百多男女老少的活儿，他们两个打理得不慌不忙，只是晒得黢黑，真正是接下了黑人大伯的班。等等，保志哥黑炭一般倒也罢了，保志嫂从前可是塆里的一枝花啊。这些水稻田里长的粮食，养活了我们祖祖辈辈无数代人。父亲母亲领着我们兄妹四个在路边责任田的泥水里劳作的情形，还历历在目，清明谷雨办好田，立夏小满正栽秧，我插秧割谷，水平都远不如姐姐妹妹，水田里泥鳅鳝鱼不少，蚂蟥蛐蛐也很多，夏天雷雨，水田下沟渠里水流如箭，正好用小挡网捉小鱼小虾，在小木桶里活蹦乱跳。

向北走一二千步，是匡埠村，母亲停下脚步，她已经听到了村口狗子的龇牙腹诽，一脸惊惶。我们转向东，再向南，沿着蔡家河与我们村田畈中的小路往回走。匡埠村正请来挖土机大兴土木，他们想将村东一连串新月形的池塘清淤贯通，筑成一片花园。父亲说，这些池塘向南，一串一串，断断续续连着蔡家河、郑家河、魏家河、官家河、涂家河，从前是澴河的旧河道。到底有多从前呢？父亲说他也是听祖辈讲的。柳宗元到南方，学到本地的词语，他写《永州铁炉步志》，说“江之浒，凡舟可縻而上下者曰步”，这个“步”，大概就是匡埠的“埠”，又写《袁家渴记》，说“楚越之间方言，谓水之反流者为‘渴’，音若‘衣褐’之‘褐’”，大概也通蔡家河、郑家河的“河”吧。所以由地名来看，我们耕作在周南汉东，澴水之滨，云梦泽陂，“子子孙孙无穷匮”，也有千百年，其间山陵倾倒，河流改道，也是有的。

我们村的墓地，就在这条旧河道东边，蔡家河与郑家河交壤的一片龟背地，当日应可向西俯瞰老澴河的一弯清流，再往东三五十里，就是大别山的列列青峰。祖父祖母葬在其中，前几天我们来放了鞭炮，烧了纸钱，伐去了坟头的构树苗与坟间的野蔷薇藤。我们路过的时候，

每一个戴胜鸟的小组，
可能都被上天安排有
一块巡视与作息的小小田园。

惊起坟林枫杨、构树与杉树间的鸟儿，麻雀、喜鹊、斑鸠，叽叽喳喳，翕动翅膀，又重归平静。

小路旁，纠缠的野豌豆丛中，还有不肯归巢的鸟儿，我认出来，是一对戴胜鸟。扇子一样的羽冠，船钉一样的长嘴巴，云霞一般灰棕色的羽翼间，还有白色的条纹，眼睛黑豆一般闪动，它们并不怕人，也不担心天黑，不紧不慢地走在田埂上，翻找草丛中的蚯蚓与蝗虫。它们不爱展开双翅高飞，用双爪走路还多些，来到庄子的《逍遥游》，既不是斥鴳，也不算鲲鹏。这并不是我在乡村第一次看见戴胜鸟，去年夏天路过殷家大塆，在村后的河堤上也看到过一对，它们好像遇到了兴高采烈的事，扑扑扑地叫着，颈部前倾，不停地点着头，头上的羽冠耸立怒发，有一点像公鸡的冠子。栎树兄跟我讲，在魏家河一段的小河堤上，他也遇见过一窝。可见它们各自是一对戴胜鸟夫妇，捉虫养育孩子，将家安在各种树洞或者河岸的夯土洞里。每一个戴胜鸟的小组，可能都被上天安排有一块巡视与作息的小小田园。这些年来，乡下的鸟，种类与数量，都在变多，黑背喜鹊、乌鸦、大雁、白鹭、野鸭，还有一些我叫不出名字的陌生的鸟儿，是从前我们的田野里没有的。我问母亲以前有没有看见过戴胜鸟。母亲先说看到过，之后又有一点犹豫不定。父亲说这鸟的羽毛颜色就像母亲的新外套。

我读《山海经》，讲到西王母“蓬发戴胜”“梯几而戴胜杖”，“胜”可能是纺织用的玉轴，绾戴在头发上，象征着西王母作为大母神，调节万物的权威。所以看见戴胜鸟，就会想起西王母。七月初七，晚霞里，喜鹊们倾巢而出，赶去为牛郎织女架桥相会的时刻，用发簪划开银河的西王母，给小儿女搞完恶作剧，可能正化身为戴胜鸟，与她的拉郎配东王公一起，在田野里散步呢。这的确是她的田野，女性的、身体的、子宫的，生养与收纳万物的田园，她开辟了田园，守护着田园，以前在这里，现在也不会展翅离开。所以我觉得父亲与母亲，之前也应见过戴胜鸟，只是从前求温饱的年代，我们向田园求索着实用的利益的一面，并没有闲暇去关切它的诗意与神性。

我们大概是被这两只亲切良善的戴胜鸟目送着走到村口的。村子里荡漾着晚饭的馨香，村巷中的太阳能路灯，正是在我们走上保刚家门前土坡的时候，兀然亮起来的。

2022年2月9日，孝感市农四村

代跋

43 笔会义法

春节在村巷里与堂弟抽烟聊天。我们都是候鸟的命，在家乡的青枝绿叶，一年上头，停不了几个日夜。我在武汉教书，堂弟在哈尔滨做泥瓦匠。我业余写一点字，主要是散文，堂弟盖楼起屋，主要是抹墙。孝感云梦一带的农民工，去东北做粉刷匠的，有一二十万人，糊墙风一般快，镜一般平，口碑极好。我问这个牌子是怎么搞来的，堂弟伸出右手给我看，满掌老茧，骨节粗大，手指已变形合不拢了，他每天推泥刀，由早6点到晚6点，十五六岁的少年出门，三十出头成家立业，十几年练就了“铁砂掌”。我儿子写作业，中指起茧如楝果，我自己敲键盘既久，也修成“鼠标手”，掌腕处的桡骨上，好像多出来一颗小田螺，这些与堂弟的铁掌墙上飘的童子功比起来，算是小巫见了大巫。

要是欧阳修也像我这样握着堂弟的手，免不了又会赞一个“无他手熟耳”。苏轼写《记欧阳公论文》，说六一居士传下来的作文不二法门，是“唯勤读书而多为文”，他自己回复苏辙之子苏适的求问，深了一层，由“彩色绚烂”写到“乃造平淡”，以至于“龙蛇捉不住”，强调的，也是学与练的手上功夫。我又问堂弟，刷墙有诀窍吗？堂弟想了想，说：“贴着刷。”也很妙，当年汪曾祺问老师沈从文怎么样做文章，沈从文的回答是：“贴着写。”他的意思当然不是泥刀贴着墙，而是笔贴着人，贴着事，贴着时世，如风行水上。

比较起欧苏强调的手上功夫，韩柳强调养气。韩愈的作文法在《答李翊书》里，由“戛戛乎难哉”，到“汩汩然来矣”，到“浩乎其沛然矣”，到“其皆醇也然后肆焉”，气盛，则文章自由。柳宗元《答韦中立论师道书》，极谢为人师，后半篇也难免夫子自道，“本之《书》以求其质，本之《诗》以求其恒，本之《礼》以求其宜，本之《春秋》以求其断，本之《易》以求其动”，参之其他经典“厉其气”，“畅其支”，“肆其端”，“博其趣”，“致其幽”，“著其洁”，柳侯“漱涤万物，牢笼百态”真功夫的由来，津梁在矣。

读书，养气，勤动手，由秦汉文到唐宋八大家，再由归有光转入清代桐城派，散文一线文脉，有潜有显，有强有弱。方苞讲“义法”，“义”是杀羊以告诉，是体察万物之心，“法”是面对神灵做出选择判断，是章法结构，是言有物之后的言有序。刘大櫆讲“因声求气”，将格律声色与神理气味沟通起来。到姚鼐总结成“义理考证文章”，编《古文辞类纂》，曾国藩在义理考证文章后面，增加“经济”两个字，以求实用，又编《经史百家杂钞》，桐城派的讲义与教材都备齐了，佳弟子也以千百计，所以姚鼐讲：“天下文章，其出于桐城乎？”后来胡适也说：“如果不是1905年后废除了实行千年的科举制度，我们今天还得学桐城文章。”

不仅是科举制度的废除，接下来五四新文化运动兴起，胡适、陈独秀诸位起来痛打桐城派这条落水狗，钱玄同“选学妖孽，桐城谬种”八个字的定评，将几百年清通雅驯的桐城文章，几等同于男人的辫子与女人的小脚，扫进历史的垃圾堆里。民国年间，周作人与郁达夫合编《中国新文学大系·散文二集》，提倡“公安派与英国的小品文两者所合成”的中国新散文的源流，由苍蝇之微宇宙之大中独抒性灵，造出雅致的俗语文。周作人求的“雅致”又何尝不是桐城派的“雅洁”，郁达夫少年求学，熟读《古文辞类纂》，而在三味书屋里跟着寿镜吾老先生诵读“铁如意指挥倜傥”的鲁迅君，领教的未必不是刘大櫆“因声求气”的法门。

世易时移，义兼中西，法融古今，但“义”“法”交会，构建文章的思路并没有变化；悠悠文脉，由周易到马列，由古典到现代，其实也未中断。义理考证文章，曾国藩加上了“经济”，“五四”巨子们其实又加上了“科学”。我读这几年的《文汇笔会》，又找来笔会60年编选出来的《一个甲子的风雨人情》《你要爱你的寂寞》，印象最深的，就是这一条隐显在中国散文之中的千年正脉，在继续延伸，由报纸的副刊，到纸质的年选，到微信公众号。“英华风发的伙伴”，“淳厚耐读的底色”，笔会的义法，如山河在，草木长，息壤生，在催发神理气味格律声色兼备的好文章。

成为向笔会投稿的一名业余作者是多么荣幸，好像赶到了乡贤刘大櫆先生八十大寿的流水席！我还是照着堂弟“铁砂掌”与“贴着刷”的指点，翻《古文辞类纂》和笔会七十年文选，学写文章去！

2016年6月13日，武汉

图书在版编目（CIP）数据

云梦泽唉 / 舒飞廉著. -- 成都：四川人民出版社，2023.9

ISBN 978-7-220-13416-6

Ⅰ. ①云… Ⅱ. ①舒… Ⅲ. ①散文集 - 中国 - 当代 Ⅳ. ①I267

中国国家版本馆CIP数据核字(2023)第149612号

云梦泽唉

舒飞廉　著

责任编辑	王其进　姚慧鸿
特约编辑	陈　轩　吴艳萍
插　　画	李启龙
装帧设计	陈小娟
责任印制	祝　健
出版发行	四川人民出版社（成都三色路238号）
网　　址	http://www.scpph.com
E-mail	scrmcbs@sina.com
新浪微博	@四川人民出版社
微信公众号	四川人民出版社
发行部业务电话	（028）86361653　86361656
防盗版举报电话	（028）86361653
印　　刷	四川新财印务有限公司
成品尺寸	148mm × 210mm
印　　张	9.25
字　　数	229千
版　　次	2023年9月第1版
印　　次	2023年9月第1次印刷
书　　号	ISBN 978-7-220-13416-6
定　　价	58.00元

图书策划：活字文化